Ma nouvelle vie
commencera
quand je l'aurai décidé.
Non mais !

MARIE PARKER

Ma nouvelle vie commencera quand je l'aurai décidé. *Non mais !*

Déliées

Au destin, au coup de foudre.
À toi.
À Luigi, Mario et Princesse Peach.
À l'amour qui dure toujours.

1

– À la vie, à l'amitié et à l'amour ! s'exclame Claire en levant son verre.

Je la reprends :

– À la vie et à l'amitié.

Béatrice m'adresse un regard réprobateur et fait claquer sa langue contre son palais. Je ne m'en soucie pas et vide mon verre de vodka en deux gorgées. Le premier *shot* a anesthésié toute ma bouche, lèvres comprises, et une partie de mon œsophage. L'alcool coule comme du petit-lait.

– Tu n'as pas le droit de tirer un trait sur les hommes, désapprouve Béatrice, éternelle amoureuse de l'amour.

– Bien sûr que si !

Claire pouffe devant mon air déterminé. Je prédis avec certitude que me passer d'une présence masculine sera aisé. Je refuse que quelqu'un me réduise à nouveau le cœur et l'amour-propre en miettes.

– Il faudra bien que tu baises tôt ou tard, fait-elle remarquer avec fatalisme.

Pendant cette dernière année, j'ai été tellement écœurée par les mâles (ces êtres méprisables !) que j'ai perdu toute envie sexuelle. Mais depuis plusieurs semaines, depuis que j'ai déménagé et que je dors dans un lit qui n'a pas accueilli mes ébats conjugaux, je réalise que les plaisirs de la chair me manquent. Hors de question de l'avouer à Claire, elle s'en servirait pour m'inscrire sur un de ces sites de rencontres avec lesquels elle me bassine.

– Tu comptes vraiment rester seule ? À vie ?

La stupéfaction se lit sur le visage de Béa.

– Je n'en sais rien, sans doute pas, finis-je par admettre dans un soupir résigné.

Première erreur.

– Haha, s'écrie Claire en remplissant nos verres.

– OK, les filles, ne nous emballons pas. J'ai mis du temps à me reconstruire, après que Grégoire…

– Ce connard de Grégoire, rectifie Béa, l'index tendu vers le plafond.

– Après que ce connard de Grégoire est parti. J'estime ne pas encore y être arrivée. Je ne sais plus comment exister seule.

– Putain, mais tu plaisantes ! s'écrie Claire. Tu végètes cloîtrée depuis un an ! Que veux-tu de plus ? Emménager dans une grotte ?

Je regarde tour à tour mes deux amies. Comment leur faire saisir mes sentiments ? La plus longue relation de Claire dure depuis trois ans, une grande première pour elle, malgré ses 38 ans. Quant à Béatrice, elle détient un record de six mois, si j'exclus la dernière année vouée à une liaison secrète et à sens unique avec l'un de ses collègues. Comment pourraient-elles comprendre la douleur de se retrouver soudain sur le carreau après avoir passé vingt années de sa vie avec le même homme ?

– Depuis un an, je survis seule, mais je ne vis pas.

J'hésite sur le choix des mots. Claire me fixe d'un air incrédule, cherchant à donner du sens à mes propos. Je vais devoir développer, et l'alcool ne m'aidera pas.

– Je ne suis sortie que pour nos soirées entre filles ou pour accompagner Raphaël à ses activités. Avant de rencontrer un homme, je dois me prouver que je n'ai besoin de personne pour vivre. Et quand je dis vivre, je veux dire exister vraiment, avec un grand E.

Si par malheur, je devais tomber amoureuse de quelqu'un, j'espère auparavant être devenue sûre de moi et indépendante. Je ne veux plus que mon monde tourne autour d'un homme. Si les filles m'entendaient penser, elles me feraient remarquer que mon monde tourne déjà autour d'un spécimen masculin : Raphaël, mon fils.

Je garde un détail pour moi : si je parviens à me prouver que je n'ai pas besoin d'un mâle, je compte poursuivre mon célibat autant que possible. L'amour, ça craint trop.

Claire écluse son verre et se ressert, vidant les dernières gouttes de vodka. Elle se lève avec agilité malgré le maigre taux de sang qui subsiste au milieu de l'alcool dans ses veines. Elle se dirige vers la table et s'empare d'une nouvelle bouteille.

– Je sens que je vais en avoir besoin pour la suite de ton explication, ricane-t-elle. Comment comptes-tu t'y prendre pour te prouver tout ton truc ?

Ma foi, je n'y ai pas réfléchi. Je tente de raisonner, mais mon cerveau imbibé fonctionne avec moins d'efficacité encore qu'à l'accoutumée.

– Une liste ! s'exclame Béatrice.

Claire et moi éclatons de rire. Béa et ses listes légendaires. Notre amie a toujours sur elle un calepin noir et un stylo. Grâce à ses outils magiques, elle dresse des inventaires sur n'importe quel sujet, prétendant y puiser la solution à tous les problèmes. En moins de temps qu'il n'en faut pour le dire, elle se tient le dos droit, le Bic en l'air, le carnet ouvert, telle une secrétaire zélée, dans l'attente d'un premier point à noter.

– Une liste de quoi ?

Deuxième erreur. Je devrais me taire ou détourner son attention plutôt que de l'encourager dans cette voie.

– De tout ce que tu veux vivre seule avant de croire de nouveau en l'amour, avec un grand A, me singe-t-elle.

À cet instant, son idée me paraît intéressante. Cela indique à quel point j'ai dépassé mon quota de vodka pour la soirée.

– OK. Aller au restaurant.

Je frissonne d'appréhension rien qu'en le formulant. Je m'imagine manger en silence, sans personne pour me distraire, me sachant épiée et plainte d'en être réduite à ce triste état. Je sens une boule se former dans ma gorge.

– Relax, cocotte, m'encourage Claire qui m'a vue me décomposer. Tu le mettras à la fin de ta liste. Quoi d'autre ?

– Le cinéma, suggère Béa.

Ce point-là me paraît à ma portée, je me détends. Je me trouverai dans le noir les trois quarts de la soirée. Les gens focaliseront leur attention sur l'écran et pas sur cette pauvre solitaire qui n'a trouvé personne pour l'accompagner. Emportée par je ne sais quel élan d'optimisme, j'ajoute :

– Me rendre à la salle de sport.

Gérable aussi, nombre de femmes vont seules à la salle de sport. J'en retirerai des bénéfices secondaires : retrouver une silhouette plus ferme que celle dont j'ai hérité pour mes 40 ans, cette silhouette empâtée que mon regard évite lorsque je croise mon reflet.

– Assister à une conférence ou à un cours pour adultes.

J'amplifie l'énumération autant que possible. Une idée a surgi des brumes éthyliques qui ralentissent mes neurones : plus la liste s'allongera, plus elle mettra de temps à être réalisée, et plus longtemps mes amies me lâcheront avec la fin de mon célibat. Telle Pénélope défaisant sa toile, je vais reporter sans cesse à plus tard l'achèvement de mon ouvrage.

– Je note les deux séparément, précise Béatrice, me rendant service sans s'en douter.

Le silence s'installe. Je cherche ce que je pourrais ajouter, mais je pédale dans le vide.

– Une minute, s'écrie Claire. Il manque quelque chose. Je ne sais pas quoi, mais je sens que cette liste est incomplète.

– Une liste n'est jamais achevée, sauf si tu le décides…

Je me lance dans une tentative de philosophie pour échapper à une idée saugrenue de la plus irresponsable de nous trois. Certes, je veux prolonger mon célibat, mais pas avec un défi tordu.

– Chut ! ordonne Claire. Je réfléchis.

Béa et moi échangeons un regard amusé devant cet inhabituel air grave.

– Je sais, crie-t-elle soudain, nous faisant sursauter. Voyager !

Je tressaille. L'alcool ne m'anesthésie plus suffisamment ou l'annonce a un effet dégrisant, difficile de trancher. En tout cas, j'ai une certitude : je ne veux pas voyager en solitaire. Hors de question. Prendre un train ou un avion, loger dans un hôtel, visiter, manger, seule et cernée d'inconnus, pendant plusieurs jours. Impossible. La boule qui se trouvait dans ma gorge il y a seulement cinq minutes vient d'enfler brusquement et de tomber au fond de mon estomac.

– C'est noté, fait Béatrice d'un air satisfait.

– Quoi ? Non, non, ce n'est pas mon idée, elle ne compte pas. Barre cette ligne tout de suite.

Sa proposition me rend soudain hystérique.

– Pas question, répond avec un sérieux impressionnant le docteur ès listes. Tu ne peux rayer une ligne que lorsque l'action a bel et bien été accomplie.

Claire m'adresse un sourire ravi.

Connasse.

– Quand tu auras exécuté tout ça, et compte sur nous pour veiller à ce que tu le fasses, dit-elle d'un ton réduisant à néant l'optimisme de Pénélope, tu te rendras compte que tu n'as pas envie de rester seule et tu nous supplieras de t'inscrire sur un site de rencontres.

– Ou de te présenter un copain, renchérit Béatrice.

– Je vais peut-être prendre conscience au contraire que j'adore vivre seule.

Mes amies échangent un regard navré. Je conserve un infime espoir d'échapper à leur plan idiot.

– Et si je ne parviens pas à tout accomplir ?

La moitié des points me paraissent inaccessibles. Même dans mon état. Je n'ose imaginer le bilan quand, à jeun, j'aurai recouvré la raison.

– Dans six mois, ce sera la Saint-Valentin. Si tu n'as pas tout accompli le lendemain de cette date ô combien symbolique, tu devras reconnaître que tu as besoin d'un homme, sinon envie, au moins dans certaines situations. Et si tu n'as rencontré personne, nous t'inscrirons sur un site de rencontres, conclut Claire avec un sourire diabolique.

– Ou je te présenterai un copain, précise de nouveau Béa.

Je suis coincée face à leur duo impitoyable. Claire se lève pour ouvrir son ordinateur portable.

– Qu'est-ce que tu fabriques ? Je te rappelle qu'il me reste six mois avant d'atterrir sur ton site de pervers.

La pointe d'angoisse qui perce dans ma voix ne laisse aucun doute quant à mon état.

– Je réserve tes vacances. Six mois, c'est vite passé. Si tu traînes, tu ne trouveras plus rien. Où veux-tu aller ? Non, dis-moi d'abord quand tu es libre.

Est-ce que « jamais » serait une réponse recevable ?

– Mi-novembre, finis-je par marmonner de mauvaise grâce.

Mon boss est conciliant et je pourrais prendre un congé la semaine suivante. C'est moi qui ai besoin de temps pour accepter l'idée. Claire pianote déjà comme une forcenée sur son clavier.

– Novembre, murmure-t-elle. Très bien. Je suggère un hôtel avec un spa. Tu en profiteras pour te détendre.

– Je n'en ai pas besoin !

– Ma chérie, tu es plus tendue que… Oh là là, j'ai trouvé un truc ! s'exclame Claire.

Béatrice se penche pour regarder l'écran tandis que je feins l'indifférence. Je vois ses yeux et sa bouche s'arrondir, piquant ma curiosité. À contrecœur, je marmonne :

– Montrez-moi.

Fière de sa trouvaille, Claire fait pivoter son portable vers moi. Oh-la-vache ! Elle m'a déniché un hôtel de luxe. Les photos exposent les nombreuses commodités, de la piscine d'eau de mer jusqu'au spa en passant par les chambres immenses et la plage qui longe l'endroit, construit face à l'Adriatique. Du bout des lèvres, je lâche :

– Pas mal, mais hors budget.

Une lueur démoniaque brille dans le regard de mon amie et la panique me glace les sangs.

– En novembre, c'est carrément hors saison et ils bradent leurs chambres pour qu'elles soient occupées, répond-elle en pointant les tarifs très raisonnables affichés dans un coin de la fenêtre. Passe-moi ta Visa.

Je me lève comme un automate pour aller chercher la carte dans mon sac à main. Je devrais lutter, mais une sensation inattendue m'étourdit et ce n'est plus la vodka. Je ne le reconnaîtrais pour rien au monde, mais cela m'excite de partir à l'aventure et de me mettre au défi. À 40 balais, il devient urgent de savoir ce que j'ai dans le ventre. Hormis une boule d'angoisse.

– Alors, une chambre single… commente Claire en parcourant la page de réservation.

– Non, une chambre double, ordonne Béatrice.

Devant mon froncement de sourcils, elle précise :

– Tu pourrais rencontrer un homme là-bas. Ou ici, et décider de voyager avec lui.

Claire acquiesce. Novembre est dans deux mois et je ne compte pas coucher avec un inconnu. Je les laisse croire à leur délire.

– Une chambre pour deux du dix-sept au vingt novembre. Vérifie que Raphaël est chez son père cette semaine-là.

J'ouvre mon agenda d'une main tremblante et le tends à Claire. Le sort s'acharne contre moi : c'est bien la semaine de Grégoire.

– Quatre jours, trois nuits, ça te convient ? Hop, c'est booké.

Je me contente de hocher la tête, trop épuisée pour contester. Le piège vient de se refermer sur moi.

2

Depuis son retour de vacances, Raphaël ne nage pas dans le bonheur et le communique à grand renfort de soupirs et autres grommellements. Outre le rythme scolaire qui l'ennuie – ce ne sont pas exactement ses mots –, il trouve sa chambre et l'appartement trop petits. Mon fils passe pourtant le plus clair de son temps affalé sur son lit ou sur le divan, plus rarement sur sa chaise de bureau. Il regrette même notre ancien jardin, lui qui n'y avait plus mis les pieds depuis ses 12 ans.

Chaque matin, dès son réveil – long et douloureux –, je l'entends grogner depuis la salle de bains. Les nerfs martyrisés, je culpabilise à peine de me réjouir qu'il loge la semaine suivante chez Grégoire. Pour l'heure, je m'efforce de garder mon calme et me concentre sur l'écran de l'ordinateur pendant que notre dîner mijote. Sur le bord du bureau me nargue la liste. La Fameuse Liste. Béatrice l'a recopiée sur plusieurs Post-it et les a posés à côté de mon lit, sur le frigo, dans la salle de bains et même dans les toilettes. Je la connais par cœur, mais la relis quand même. Quelle idée stupide ! Je vais ignorer les SMS de rappel de Claire et Béatrice et poursuivre ma petite vie. Je décolle le

Post-it du bureau, le chiffonne et le balance à la poubelle.

Pendant le repas, ponctué des plaintes de la chair de ma chair, je teste différentes techniques pour ne pas exploser. Compter jusqu'à dix. M'imaginer ailleurs, très loin. Réciter l'alphabet à l'envers. Rien ne fonctionne. Je dois m'aérer. Mon téléphone vibre, m'offrant une distraction bienvenue.

[Bilan de la journée ?]

Je dois regarder les choses en face, Claire ne lâchera pas l'affaire. Pourquoi ne pas profiter de mon besoin d'air pour relever un de leurs stupides challenges ? Les filles seront rassurées que j'agisse, relâcheront la pression et finiront par oublier. Je consulte mon téléphone à la recherche d'une conférence. Autant commencer par le défi le plus accessible.

– Je croyais que le portable était interdit à table, grogne mon fils.

Je choisis d'ignorer sa remarque et lui demande :

– Tu dois encore travailler ?

– Ouais. Ce con de prof de sciences nous a collé une prépa interminable en chimie.

Tous ses profs sont devenus des cons, cette année. Je ravale un commentaire désagréable.

– Tu as besoin d'aide ?

Pour toute réponse, Raphaël ricane, sans même me regarder. Le visage de Grégoire se superpose au sien. J'ai parfois ces flashs déplaisants quand mon fils s'essaye au mépris. Je chasse l'image avant que la déprime ne s'installe.

– Je vais sortir.

Il relève la tête brusquement, étrécissant les paupières.

– Sortir ? Comme dans : « J'ai un mec » ?

– Non, comme dans : « J'ai une vie ».

– Un mec, quoi ! Putain, c'est pas vrai. Je supporte déjà la dinde de papa, il faudra que je me farcisse un crétin ici aussi. Génial.

– Raph, j'aimerais que tu surveilles ton langage. Nous rediscuterons de tout ça ce week-end. Je vais être en retard à ma conférence.

Je me lève pour débarrasser la table sous le regard sceptique de ma progéniture.

– C'est sur quoi ?

Devant mon interrogation muette, il soupire bruyamment.

– Ta conférence, ça parle de quoi ?

– Philosophie de l'esthétique.

Raphaël écarquille les yeux. C'est tout ce que j'ai trouvé pour ce soir. Ça ou la pêche à la mouche dans les rivières de nos régions. Le choix s'est révélé facile.

– Bordel, t'as un mec, je le savais.

Il repousse sa chaise et regagne sa chambre, non sans claquer la porte. Je repose les assiettes, me force à respirer doucement et crie avant d'attraper ma veste et de sortir :

– Tu débarrasseras la table !

***

Je rentre chez moi à pas feutrés. L'appartement est plongé dans le noir. Seul un rai de lumière filtre sous la porte de la chambre de Raphaël. Aucun bruit ne me parvient. Trois mois plus tôt, j'aurais poussé la porte, discuté cinq minutes avec lui et lui aurais souhaité une douce nuit en l'embrassant. Je n'ose plus.

En actionnant l'interrupteur, je découvre la table débarrassée et la cuisine propre. J'hésite encore un instant à passer le voir. Notre ancienne complicité a basculé vers une relation tendue qui me serre le cœur. Je veux retrouver l'enfant gentil et enjoué qu'il a été, mais comment remonter le temps ?

Avec un soupir, je m'arme d'un marqueur et barre la première ligne de chaque Post-it. Je l'ai fait. Je comprends soudain pourquoi Béatrice aime à ce point les listes. J'envoie un SMS à mes amies.

[Première mission accomplie.]

Le SMS m'évite de leur raconter les détails de mon aventure. Je préfère qu'elles ignorent l'attaque de panique que ce challenge ridicule a failli provoquer.

[Bravo, ma chérie.
Je suis fière de toi. Béa]

Ce n'était qu'un simple défi de rien du tout. Vingt participants, presque tous d'au moins trente ans mes aînés, rassemblés dans un modeste centre culturel. Aucun risque d'y croiser le Prince Charmant, à supposer qu'il existe. Ce dont je doute plus que jamais. Raphaël n'a rien à craindre. Un SMS de Claire arrive à son tour.

[Tu as commencé par quoi ?]

[La conférence.]

[Petite joueuse !]

[C'était bien ? Béa]

[Bof.]

J'ai vite arrêté d'écouter le philosophe ennuyeux à mourir. Et vu la moyenne d'âge dans la salle, le risque était réel. Des souvenirs enfouis dans ma mémoire ont ressurgi : les cours soporifiques, la torpeur contre laquelle on lutte, les pensées qui dérivent pour s'occuper. Moi aussi, je me disais que les profs étaient tous des cons. Contrant l'instinct de survie, je me suis forcée à ne pas trouver refuge sur mon téléphone. Quitte à relever le défi, autant respecter les règles jusqu'au bout. Foutue crise de la quarantaine. Certains individus quittent tout pour une femme plus jeune (suivez mon regard), d'autres se lancent des paris idiots. Un autre SMS, de Claire cette fois, arrive :

[Des mâles intéressants ?]

J'ai aperçu le nouveau pharmacien du quartier. L'unique personne de ma génération. Il accompagnait une femme qui s'aidait d'une canne pour marcher à petits pas. Sa mère, sans doute. Attendrie, je l'ai observé prendre soin d'elle. Peut-être tenterai-je d'approcher ce séduisant quadragénaire. Je repousse l'image de Raphaël et de sa colère du soir.

[Pas l'ombre d'un,
que des vieux.]

3

Hmmm, oh oui. Oui. Encore.

Ses mains magiques me propulsent dans la stratosphère comme aucun anxiolytique n'y parviendra jamais. Je me retiens in extremis de gémir.

Hmmm, plus fort.

Je sens ses longs doigts puissants tour à tour m'effleurer ou me pétrir. Un doux fourmillement parcourt ma colonne vertébrale. La tension de la semaine s'envole. Je pourrais l'épouser rien que pour ce moment. Si je n'étais pas vaccinée à tout jamais contre le mariage. Et résolument hétéro, malgré la haine développée à l'égard des mâles depuis la trahison de Grégoire.

– Vos cheveux sont abîmés. Je vous fais un soin ? suggère Shirley, la jeune apprentie du salon de coiffure.

– Oui, s'il vous plaît.

Je t'en prie, ne t'arrête pas.

Je l'entends s'enduire les mains d'huile. L'odeur de la lavande associée à celle de l'orange annonce le plaisir qui va suivre. Cinq minutes supplémentaires de massage crânien, cinq minutes de bonheur.

– Vous pouvez accélérer ? demande une voix grave à côté de moi.

J'agrippe les accoudoirs de mon fauteuil, à deux doigts de bondir.

Putain, de quoi je me mêle ?

– Oui, monsieur, répond la docile Shirley.

Comment ça « Oui, monsieur » ? Non, Ducon !

– Merci, je suis pressé.

Mais on s'en contrefout. Fallait y penser avant de fixer ton rendez-vous. Je mérite de profiter de mon soin jusqu'à la dernière seconde, après cette semaine abominable. Le temps a oscillé entre ciel gris et brouillard. Mon fils loge chez son père et me manque. D'accord, bientôt, il reviendra et j'aurai hâte qu'il reparte. Mais pour l'heure, son absence et le silence de l'appartement réduisent mon moral à néant. Et au boulot, mon boss m'a mis les nerfs en pelote. Alors, oui, je mérite un peu de détente.

– Laisse, je m'en occupe, intervient Tony.

Je te bénis, Tony, mon sauveur.

Je me relaxe de nouveau.

– Parfait, remercie l'enfoiré d'à côté.

Il a une belle voix, posée, suave, envoûtante. Elle ressemble à celle de Chris Isaak. Mais j'ai appris à ne pas me fier aux voix, trompeuses et sournoises. Plus elles sont séduisantes, plus leurs propriétaires sont disgracieux. J'imagine qu'un type là-haut, le Grand Créateur, s'est un jour demandé s'il était juste de tout donner aux mêmes individus et qu'il a résolu le problème en gratifiant les gens d'une voix charmante ou d'un physique agréable. Ceux qui possèdent les deux deviennent des chanteurs à succès.

Souvent le Grand Créateur n'octroie ni l'un ni l'autre.

Chris et Tony échangent sur le voyage de ce dernier aux États-Unis. Depuis que je suis arrivée, je subis au moins pour la cinquième fois le récit de son périple aux « Steïtsss », comme il dit. Je n'en peux plus. J'aime bien Tony et son enthousiasme, mais ce matin, il dépasse les bornes. Lui, par exemple, est super mignon et a un timbre atroce. Perché, affecté, un peu nasillard. Une véritable agression auditive.

L'autre voix de loukoum poursuit la discussion, passionné par l'épopée américaine. Il pose des questions, s'ébaudit. *Mais tu vas la fermer !* Je l'écouterais volontiers réciter le dictionnaire, mais plus il s'intéresse au jeune coiffeur, plus celui-ci s'exprime. Toutes les anecdotes y passent. Je vais finir par mordre mon poing déjà serré pour retenir un cri de rage.

Quitte à utiliser mon poing, je pourrais le balancer à Tony pour qu'il la boucle enfin. Ou au débile afin qu'il arrête son interview. Pour être aussi faux jeton, il doit être assureur. Et à la recherche d'un pigeon pour atteindre son quota de contrats pour le mois. Avec cette voix sexy, selon ma théorie de nombreuses fois éprouvée, il ne peut avoir qu'un métier et un physique de démarcheur.

Quand je croiserai la patronne, je lui suggérerai d'installer des cabines insonorisées. Tout le bien-être ressenti il y a quelques minutes s'est déjà évaporé. Mes épaules sont contractées, mon dos noué et une migraine menace. Shirley m'emballe les cheveux dans une serviette et m'invite à me relever.

La jeune coiffeuse est discrète. C'est la raison pour laquelle je tiens à ce que ce soit elle qui s'occupe de moi. Elle est peut-être allée aux States, elle aussi, mais elle n'importune personne avec ses souvenirs « so eumeïzing ». À peine ai-je eu droit à l'histoire de ses extensions fraîchement posées. Et encore, uniquement parce que je me suis étonnée que ses cheveux aient poussé de trente-cinq centimètres en un mois.

Je la suis jusqu'au siège qu'elle m'indique et retiens ma respiration. Voilà le moment du terrible face-à-face entre mon reflet et moi, dans la lumière crue du salon. Je redoute plus que tout cet affrontement et le retarde toujours autant que possible.

– Vous voulez des magazines ? offre Shirley, comme à chacun de mes passages.

Je réponds : « Non merci », comme à chaque fois. Je n'ose pas lui dire que parcourir la presse people me donne envie de me tirer une balle, autant que les monologues touristiques de Tony. Je sors une liseuse de mon sac. Avant d'entamer ma lecture, je jette un regard courageux à mon reflet.

Outch.

Des cernes bleutés et des poches soulignent mes yeux noisette. Une abomination. Mon teint est pâle, mes rides de plus en plus marquées. Celle du lion, tout là-haut, les pattes d'oie sur les côtés, les deux sillons de part et d'autre de la bouche. Je commence à ressembler à ma mère. Déprimant.

Je sursaute en constatant que je ne suis pas la seule à m'observer. Un spectateur s'est assis à côté de moi. Il m'adresse un sourire. Pas un sourire charmé, plutôt un rictus compatissant. Celui qui exprime : « Ma pauv'fille, courage ». Entre la lumière brutale, mes rides et la meringue en éponge posée sur ma tête, je ne suis pas vraiment à mon avantage. Je me redresse et détourne le regard, feignant de ne pas les avoir remarqués, son air charitable et lui. Je me réfugie dans la lecture d'un roman d'amour. La liseuse a ceci de formidable qu'on peut bouquiner n'importe quoi, n'importe où, sans se soucier de ce que les autres en pensent. Je pourrais être en train de me perdre dans un roman pornographique, personne ne s'en apercevrait.

– Qu'est-ce que vous lisez ? m'interrompt la voix exquise du gars d'à côté qui a apparemment des dons de télépathe.

Le timbre envoûtant m'indique que mon voisin est l'importun. Quelle aubaine ! Je referme l'étui d'un claquement sec, espérant qu'il saisisse mon agacement. Je suis tentée de soupirer, mais un soupçon d'éducation me retient. Je m'adresse à son reflet.

– *Critique de la raison pure*, Kant.

Je me souviens vaguement que le conférencier s'est référé à ce texte. Les informations que je possède sur le sujet s'arrêtent là. Il ne me reste plus qu'à espérer que cela décourage Chris de prolonger notre échange.

Il est penché vers moi, le menton dans la main, le sourire aux lèvres. Sur des lèvres charnues, à la hauteur de la voix qu'elles laissent filtrer. Réalisant que je ne compte pas le regarder directement, il pivote et m'imite. Il n'a pas grand-chose à voir avec son sosie vocal, mais possède un charme évident. Il a de grands yeux noirs pétillants d'intelligence, un nez droit, une légère barbe entretenue avec soin. Même sous la cape du salon, il semble élégant. Il attend qu'on vienne le coiffer, mais sa coupe paraît déjà parfaite. Le genre de mec qui se rend chez le coiffeur toutes les semaines. Le genre de mec qui s'occupe de lui. Le genre célibataire. Ou marié à la recherche d'un extra. Tout le monde sait que les hommes casés se laissent aller. Pourquoi feraient-ils des efforts ? Pourquoi craindraient-ils que leur femme ne les quitte quand ils deviennent moins séduisants puisque cela n'arrive jamais ? Et surtout pourquoi les femmes agissent-elles différemment ? Qu'est-ce qui nous pousse à essayer sans cesse de plaire à notre mari ? Ce qui n'a d'ailleurs pas empêché Grégoire de se tirer avec une grande blonde aux mensurations de mannequin.

En attendant de trouver des réponses à ces questions, j'ai une exception à ma théorie sur l'attribution des qualités. Elle est assise à côté de moi dans un salon de coiffure. Une voix délicieuse, doublée d'un physique agréable. Très agréable. Rien à voir avec l'assureur grassouillet que j'ai imaginé quand nous étions au bac à shampooing. Il n'a pas réagi à ma réplique. Il semble réfléchir tout en m'observant. Gênée, je décide de l'ignorer et je reprends ma lecture.

– Et vous arrivez vraiment à lire ce style de texte au milieu des piaillements ?

Il se fiche de moi ? Je claque de nouveau l'étui et cette fois, soupire de manière ostentatoire.

– Pas vraiment, non.

Le con émet un rire mélodieux. De petits éclats apparaissent au coin de ses yeux et accentuent son charme. Je dois me mordre la joue pour ne pas sourire, ce qui l'encouragerait à prolonger cette conversation. Shirley surgit à point nommé derrière mon fauteuil.

– La même chose que d'habitude ?

Le regard de mon voisin est toujours posé sur moi. Il me juge, me jauge de son air narquois et cela me crispe. Je me vois un instant à travers ses yeux : une quarantenaire coincée, qui déchiffre Kant (s'il savait) et se coiffe de la même façon depuis vingt ans. Une femme inintéressante. Ce que je suis, selon toute vraisemblance. Si au moins je lisais vraiment Kant plutôt qu'une romance insipide, cela ajouterait un peu d'originalité. Ayant terminé de peigner mes cheveux, Shirley s'empare des ciseaux. Si je ne dis rien, elle prendra mon silence pour un oui et raccourcira ma crinière d'un centimètre ou deux, comme à chaque fois.

– J'ai envie de changer. Je voudrais quelque chose de court.

Stupeur dans le regard de Shirley qui ne s'y attendait pas. Moi non plus.

– Court ? répète-t-elle comme si elle craignait d'avoir mal entendu.

Tout à coup, je rêve d'une allure plus assurée. Si je ne m'affirme pas à 40 ans, quand le ferai-je ? Au diable le diktat masculin de la longue chevelure si féminine et si sexy. Aux chiottes Raiponce. J'ai envie d'être un mélange d'Anne Hathaway et de Sharon Stone. OK, une coupe de cheveux ne suffira pas, mais c'est un début.

– Oui, court. Allez-y, je vous fais confiance.

Re-stupeur. Elle me coiffe depuis assez longtemps pour savoir que je suis tout sauf spontanée. D'une main d'abord hésitante, elle coupe dans les longueurs. Je suis au bord des larmes en assistant à la chute d'une première mèche. Mais qu'est-ce qui ne tourne pas rond chez moi ? Shirley me jette un regard inquiet dans le miroir et je me force à lui sourire. Elle prend de l'assurance et se lance plus franchement. Par chance, Tony s'occupe du crâne de mon voisin depuis quelques minutes et ce dernier ne m'a pas vue me décomposer. Mon bourreau élague toujours ma chevelure tandis que son collègue en a déjà terminé avec Chris. Tony époussette son cou et le débarrasse de sa cape.

– Bonne journée, m'adresse Chris en se penchant un peu vers moi alors qu'il quitte son fauteuil.

Je lui réponds d'un air faussement enjoué :

– À vous aussi.

Ma tête se transforme au fil des coups de ciseaux et j'ai envie de pleurer toutes les larmes de mon corps. Pour me distraire, je suis des yeux son reflet tandis qu'il sort du salon. Il est bien bâti et a une démarche souple et athlétique. Il pratique sans doute un sport ou deux, de façon régulière. Définitivement un célibataire.

– Voilà, c'est fini, s'exclame la mignonne Shirley de sa voix aiguë de petite fille.

Elle passe un miroir derrière ma tête pour que j'aie une vue à trois cent soixante degrés sur le désastre. Je me concentre pour sourire et ne pas fondre en larmes. Je ne veux pas que la jeune coiffeuse se sente mal. Après tout, c'est moi qui ai insisté pour tout couper. Il n'y a plus qu'à assumer pendant quelques mois, le temps que mes cheveux repoussent. Ou bien demander la pose d'extensions.

4

Les dimanches soir sans Raphaël, pour tromper mon cafard, j'ai pris l'habitude de regarder un film d'action. Moins risqué que les comédies romantiques qui me font pleurer plus que nécessaire. Alors que je cherche une superproduction à mon goût, je tombe sur la liste de Béatrice. Pourquoi pas le dernier James Bond et savourer un tête-à-tête avec Daniel Craig ? Je consulte le programme du cinéma. J'ai juste le temps de mettre mes chaussures et de m'y rendre. Rien de tel que la spontanéité pour m'empêcher de peser sans fin le pour et le contre.

Le complexe cinématographique est presque désert. Quelques couples d'amoureux courent, collés l'un à l'autre sous la fine pluie froide qui s'insinue sous les vêtements, pressés de se réfugier dans l'antre surchauffé. Je paie ma place sans un regard pour la caissière. Je ressens un vague sentiment de honte à me trouver là. À mon âge, on prend soin de ses enfants, de son mari, on ne va pas s'asseoir seule dans une salle obscure pour vibrer au rythme des cascades d'un mâle alpha.

Dans la salle encore éclairée, seuls quelques sièges sont occupés. Je choisis stratégiquement ma place. En cas de problème, je veux pouvoir m'échapper rapidement.

Je n'ai pas le temps de repérer si je connais quelqu'un. L'intensité de l'éclairage s'estompe et l'écran s'allume pour diffuser quelques publicités. Alors que la pénombre devrait me rassurer, je me sens oppressée. Je redoute l'arrivée d'une crise d'angoisse. Je n'en ai jamais fait, mais durant mes années d'études, une de mes copines y était sujette dès que nous nous trouvions dans un espace public : discothèque, bar, grand magasin, salle de cours… et cinéma. Elle se promenait avec un sac en papier sur elle, y respirant aussitôt qu'une crise menaçait. Vais-je en être réduite au même stratagème quand je sortirai seule ? Foutaises. Je suis un peu tendue, mais gère parfaitement la situation.

Je me force à observer un couple installé quelques rangées devant moi. Il se tourne vers elle, lui sourit et se lève après avoir posé un baiser sur ses lèvres. Elle le regarde s'éloigner en souriant elle aussi. J'essaie d'imaginer leur quotidien, des soirées en amoureux, des nuits blottis l'un contre l'autre, des restaurants, des dîners avec des amis. De petits bonheurs qui pourraient être les miens si j'acceptais de me risquer à accueillir un homme dans ma vie.

Il revient quelques minutes plus tard avec une glace et un sachet de pop-corn dont l'odeur vient me chatouiller les narines. J'étouffe in extremis un soupir d'envie. Que m'arrive-t-il ? Si je désire une sucrerie, je n'ai qu'à me lever et aller en acheter. Dans un éclair de lucidité, je réalise que je ne convoite pas la nourriture, mais l'attention. Moi aussi, je veux un homme prévenant, soucieux de mon bien-être. Je tente de me remémorer comment se déroulaient nos sorties lorsque j'étais mariée à Grégoire.

Mon ex-mari travaillait beaucoup et n'avait pas de temps pour les loisirs. Quand nous sortions, nous allions rarement au cinéma. Greg préférait un restaurant étoilé ou un repas chez des amis. Ses amis. Il ne supportait ni Béatrice ni Claire, que je voyais toujours sans lui. Je me rappelle vaguement une soirée au cinéma qui remonte à avant la naissance de Raphaël. Impossible de me souvenir s'il avait été attentif à mon confort. Cependant, comme il ne se montrait prévenant que de façon sporadique, je peux facilement imaginer que ce ne fut pas le cas. Bizarrement, ces pensées me réconfortent : maintenant que je suis seule, je n'ai plus à attendre un peu d'affection de la part d'un mari égoïste.

J'expire lentement quand la salle s'obscurcit pour laisser place au film. Je me détends enfin, aussi en sécurité dans la pénombre de la salle que si j'étais restée dans mon salon. Daniel Craig occupe tout mon esprit les deux heures qui suivent et je ressors du cinéma légèrement ankylosée d'être restée longtemps immobile, mais fière de moi. J'ai réussi un nouveau défi et j'y ai même pris du plaisir. Le bilan se révèle positif : je n'ai besoin de personne pour assister à une conférence, ni pour aller au cinéma.

En rentrant chez moi, je me précipite sur mon marqueur et barre avec une ferveur étrange une ligne supplémentaire de ma liste. Cette fois, je n'ai pas cherché à m'échapper par la pensée. J'ai affronté la situation bravement, en toute conscience de ma solitude. Oui, enfin, avec l'aide de James Bond. Je m'envoie quand même quelques fleurs pour ce progrès, ignorant la vague de panique qui a failli me submerger, muselant l'envie d'être choyée.

5

Deux semaines après mon passage chez le coiffeur, le constat s'impose : les cheveux courts procurent un gain de temps indéniable. Une douche, un shampooing, un séchage à l'air libre, et c'est réglé. La mode est aux coupes ébouriffées, je ne vois pas de raison de m'en priver. En revanche, j'ai tiré un trait sur le décoiffage sophistiqué à la Sharon Stone qui nécessite deux heures, un ingénieur aérospatial et trois bidons de laque. Shirley m'a conseillé d'utiliser de la cire. Quand elle la met, elle obtient un résultat parfait. Lorsque je m'en charge, ma tête ressemble à… rien. Tant pis.

Je n'ai pas parlé à mes amies de ma nouvelle coupe, désireuse de juger sur place de l'effet produit. Je redoute quand même un peu leur honnêteté. Je teste donc mon pouvoir de séduction sur les passages pour piétons qui émaillent mon trajet vers le restaurant. Le principe est simple : si un conducteur mâle s'arrête pour me laisser traverser, cela signifie que je suis encore un peu attirante. Je suis lucide et je sais que bientôt, ce principe ne vaudra plus : les chauffeurs freineront par respect pour mon grand âge.

En attendant, j'ai traversé quatre rues et, chaque fois, un conducteur mâle s'est arrêté. Je suis ravie et essoufflée. Pour tester ma sexytude, j'ai dû me garer loin du restaurant et, bien que partie de chez moi à l'heure, je suis à présent en retard. Mais peu importe. Ma promenade test vaut bien l'agacement de mes amies.

C'est en souriant que je pousse la porte du restaurant brésilien où Claire a réservé. Je me retrouve face à un rideau cousu dans un lourd tissu rouge et mon sourire faiblit. L'entrée évoque celle d'un club échangiste. Non pas que j'aie déjà mis les pieds dans un club échangiste (mon mari, ex-mari, en aurait fait une attaque et moi aussi, sans doute), mais j'imagine ce genre de décor pour un tel endroit. À cause de ce type d'idées idiotes, je n'ose pas m'aventurer seule dans la plupart des lieux.

J'écarte un pan du rideau avec prudence et me risque dans le restaurant. Qui est tout à fait normal. Un jeune serveur m'accueille, s'empare de ma veste et me dirige vers la table où Béatrice et Claire m'attendent en dégustant un cocktail. Le mien m'attend, je n'ai plus qu'à m'asseoir, me détendre et savourer.

– Désolée pour le retard, les filles.

Mes deux amies, qui ne m'ont pas vue entrer, lèvent un regard étonné vers moi. Elles ont besoin d'une fraction de seconde pour me reconnaître.

– Tu es splendide, Léo ! piaille Béatrice en battant des mains.

– Très sexy, renchérit Claire.

J'ignore si elles sont sincères, mais je prends note de leurs compliments. Je rougis même un peu.

– Merci les filles. Vous êtes gentilles.

Je m'empare du menu et bois une gorgée de ma caïpirinha pour me donner une contenance. Le goût du rhum m'aide à dissiper l'inconfort que provoque le fait d'être au centre de l'attention.

– Vous avez déjà commandé ?

– On t'attendait. Raconte-nous ce qui t'arrive.

Je devine qu'elles font allusion à ma transformation capillaire et je cherche quoi leur répondre. Surtout pas la vérité. Je ne veux pas qu'elles me traitent de nouille.

– Rien de spécial, une envie de…

– Bonsoir, m'interrompt la voix grave d'un homme qui se tient à côté de notre table.

Je lève la tête, prête à demander un laps de temps supplémentaire au garçon, n'ayant pas encore choisi mon plat. Ce n'est pas un serveur. Et c'est à moi qu'il s'adresse. Son beau visage ne m'est pas inconnu, mais impossible de trouver à qui il appartient. Je passe en revue les endroits que je fréquente pour tenter de le localiser : le travail, le club de foot de mon fils… et c'est tout. J'avoue, j'ai la vie sociale d'un oursin.

– Bonsoir.

Il comprend à mon ton hésitant et à mon regard perdu que j'ignore son identité, mais ne m'aide pas et paraît attendre que je retrouve la mémoire. Un coin de sa bouche se relève en un sourire malicieux. Ce sourire insupportable ! Mon cerveau connecte enfin les différentes informations : la voix caressante de crooner, les lèvres charnues, l'air de se payer la tête des gens. Chris Isaak, mon voisin du salon de coiffure. Il a troqué son jean et son sweat contre un costume sombre, mais c'est bien lui. Dans une version encore plus attirante.

– Je ne vous avais pas reconnu sans la cape.

Alors que je tente de m'excuser, un sourire, frémissant cette fois, se dessine et une vague de chaleur se diffuse dans tout mon corps.

– Vous avez eu raison de vous risquer au changement, je trouve votre nouvelle coupe charmante. Bonne soirée, lâche-t-il, avant de me gratifier d'un clin d'œil et de tourner les talons pour rejoindre sa table.

Je reste sans voix, saisie d'étonnement. Me risquer au changement ? Pour qui se prend-il ? Il imagine me connaître parce que nous avons échangé deux phrases ? Et, bien que furieuse, pourquoi ai-je tant de mal à me retenir de sourire ? La raison semble évidente. Un homme, plutôt séduisant (carrément appétissant, même), vient de me complimenter.

« Charmante », c'est bien ce qu'il a dit ? Il flirtait ou j'ai rêvé ?

– Tu nous éclaires sur cette histoire de cape ? C'est Superman ? questionne Claire.

– Non, Super-Crétin.

Le souvenir de notre discussion au salon de coiffure me rembrunit. Je pivote dans sa direction et reçois une douche froide en le découvrant accompagné d'une femme. Nous tournant le dos, il ne risque pas de me surprendre en train de l'épier. J'ai tout le loisir d'observer celle qui l'escorte. Son compliment perd sur-le-champ de sa saveur. « Charmante », voilà le genre d'éloge que son élégante et jeune compagne ne doit pas récolter. Elle porte les cheveux relevés en un chignon délicat et ma longue crinière me manque soudain. Même si je n'ai jamais réussi à élaborer la moindre coiffure sophistiquée. À elle, il dit sans doute qu'elle est magnifique, séduisante, splendide, quand je n'ai qu'une « coupe charmante ».

– On peut savoir ce qui t'arrive ? demande Claire, interrompant le flot de mes pensées.

– Rien. Tout va bien. À la nôtre, les filles.

Je mise tout sur ce toast pour abréger l'interrogatoire.

– À nous et aux rencontres avec de beaux mâles, complète Béatrice avec un clin d'œil.

– Et au fait de ne pas avoir besoin d'un homme pour vivre sa vie.

Je n'ai pas pu m'empêcher d'ajouter mon grain de sel et les filles protestent à grand bruit, amenant Chris Isaak à se retourner. Il me surprend en flagrant délit d'espionnage et m'adresse à nouveau un sourire. Sa partenaire nous lance un regard agacé avant de porter une coupe de champagne à ses lèvres laquées de rouge. Nous sommes selon toute vraisemblance trop dissipées à son goût, nous qui sirotons nos cocktails au rhum en devisant joyeusement. Son air pincé me donne envie de rire de plus belle. Si Super-Crétin préfère les poupées insipides, grand bien lui fasse.

– Alors, ce beau gosse ? questionne Claire.

Avant de lui répondre, je rassemble les maigres souvenirs de notre rencontre.

– Je ne sais pas grand-chose…

– Balance, insiste Claire.

– Il est impoli, moqueur, sans doute infidèle et il se passionne pour les récits de voyage.

– Et il est diablement sexy, murmure Claire.

Sa voix à elle seule est une invitation à la volupté. C'est injuste.

– Et ta liste ? Tu avances ? demande Béa qui ne fantasme sur personne d'autre que son Thomas.

– Je suis allée au cinéma dimanche dernier. Rien de particulier à signaler. Et toi, Béa ? Du nouveau avec Thomas le Dieu Vivant ?

– Ne l'appelle pas comme ça, me reprend-elle avec un air béat. On a passé une soirée ensemble.

– Et c'est un bon coup ? Ça valait la peine de patienter depuis des mois ? se renseigne Claire.

– Mais non ! rougit Béatrice.

– Non ? Il est nul ?

– Arrêtez, bande de bécasses. Il m'a invitée à sortir et nous sommes allés voir une exposition de peinture.

– Oui, mais après l'expo ?

J'insiste. À défaut de vivre des aventures palpitantes, je compte sur mes amies pour qu'elles m'offrent du rêve.

– Après, rien, s'agace Béatrice. Il m'a raccompagnée chez moi et s'est comporté en parfait gentleman.

Déception. Je décoche un regard à Chris. Est-il du genre gentleman qui attend le cinquième rendez-vous ? Ou se jette-t-il comme un sauvage sur sa proie ? Je me surprends à désirer qu'il soit du type sauvage. Nouvelle vague de chaleur.

– Il faut que je vous montre, j'ai vu une robe de mariée exceptionnelle, poursuit-elle en dépliant une page de magazine sortie de son sac.

Elle la pose sur la table et nous explique les modifications qu'elle y apportera. Claire secoue la tête de désolation. Béatrice vit au pays des licornes et des petits lapins roses. Sans même avoir besoin de se droguer. Nous nous alarmons souvent pour elle. Si l'Exceptionnel Thomas s'avise d'altérer sa candeur, nous serons obligées de l'éliminer.

– Comment va Paul ? s'intéresse Béatrice en se tournant vers notre amie.

Claire file le parfait amour depuis trois ans avec un pédiatre.

– Bien, soupire-t-elle.

– Qu'est-ce qui cloche ?

Son air las m'inquiète. Paul est un vrai prince charmant aux innombrables qualités. En outre, il est le seul à avoir réussi à calmer notre impétueuse amie. Rien que pour cela, il mérite notre respect.

– Il rêve de me faire un marmot, gémit Claire qui semble au bord du désespoir.

– C'est génial, s'extasie Béa sans remarquer que notre amie ne partage pas son avis.

– Je vais devoir trancher, soupire Claire. Je viens de fêter mes 38 ans, je ne peux pas reporter ma décision.

Elle qui s'est toujours vantée de ne pas vouloir se reproduire, commencerait-elle à flancher face aux assauts de son prince ?

– Tu verras, ma belle, c'est magique d'avoir un enfant.

Je tais les nausées de la grossesse, les douleurs de l'accouchement, le *baby blues,* les nuits blanches, l'inquiétude, le perpétuel sentiment de culpabilité, les affres de l'adolescence… Tout cela ne pèse rien face au bonheur de devenir mère. Je soupire, Raphaël me manque.

Trop occupée à disserter sur les choix de vie de mes amies, je n'ai pas vu sortir M. et Mme Isaak. Non, Mme La Poupée Maléfique, pas Mme Isaak. Je refuse de croire que ce type est marié ou même en couple. Surtout pas avec cette pince-sans-rire. Et non, je ne suis pas jalouse. Du tout.

6

« Cette fois, ça y est, l'automne s'est installé. Les températures chutent. Nos prévisions pour aujourd'hui : des averses, localement de la grêle, et un vent froid et violent. »

Le réveil constitue le moment de la journée que je déteste le plus. Même la tête sous l'oreiller, j'entends encore la voix démoralisante, relayée par l'engin de torture. Incapable de trouver le bouton pour l'éteindre, je l'envoie sur le sol, mais le journaliste impassible poursuit.

« Les informations de ce jour sont peu réjouissantes. »

Pour changer.

« Les opérations se poursuivent en Syrie, on estime à un millier le nombre de victimes supplémentaires, parmi lesquelles des enfants. Plus proche de nous, la faillite de Cogetech. Plusieurs dizaines de personnes se retrouvent sans emploi. »

Je ne peux en supporter plus et décide de me lever. Un matin comme tous les autres. Sauf le lancer du réveil qui n'advient qu'un jour sur deux. La résistance aux chocs de cet appareil n'en finit pas de m'étonner.

Je n'ai pas anticipé mon petit déjeuner et l'écho résonne dans les placards. Cela m'arrive souvent lorsque Raphaël séjourne chez son père. Je prends ma douche en grommelant. Enfin prête, je descends m'acheter des croissants, espérant que la nourriture m'aidera à me sentir mieux.

Évidemment, une file d'au moins quinze personnes s'étire de la boulangerie jusque sur le trottoir. Pourquoi les gens ne prévoient-ils pas de se procurer du pain la veille ? Dans mon cas, c'est tout à fait justifié : les semaines où mon fils est absent, je redeviens une adolescente inapte à la planification. C'est un des rares avantages de la garde alternée. Mais les quinze, là, devant moi, qu'ont-ils comme excuse ? La petite dame qui habite à deux maisons de chez moi, elle ne travaille pas, que fabrique-t-elle ici aussi tôt ? Le fleuriste, qui ouvre dans une heure, pourrait patienter pour prendre son petit déjeuner. Deux mères avec leurs marmots. Pff, ce manque d'organisation ! Et après, on s'étonne que les enfants… J'ai une pensée pour mon fils qui accumule les bêtises depuis quelques mois. Je chasse cette idée, sans quoi je vais culpabiliser et ce n'est pas le moment de disperser le peu d'énergie dont je dispose.

Je reprends mon étude de la clientèle matinale et soupire d'exaspération en entendant la commande à rallonge du fleuriste. La large carrure habillée d'un blouson gris qui se trouve juste devant moi se retourne, avec un air de désapprobation.

Quoi, on n'a plus le droit de ronchonner ?

Je me fige en reconnaissant le nouveau et charmant pharmacien du quartier. Il me salue d'un signe de tête et me tourne de nouveau le dos. Je marmonne un vague « bonjour » et promène la main dans mes cheveux par réflexe. Je ne me suis ni coiffée ni maquillée ce matin. Quand je sais que je ne sortirai pas des archives de la journée, je ne prends pas la peine de me pomponner. Je regrette cette fâcheuse habitude qui vient de me faire passer pour une pouilleuse aux yeux d'un beau mec. Une voix rocailleuse et essoufflée me tire de ma réflexion :

– Salut, Léo.

Mon voisin, Octave, 84 ans, le plus grand râleur de tous les temps. Même moi, je suis battue à plates coutures.

Je l'embrasse, contente de le croiser.

– Bonjour. Vous auriez dû me dire que vous aviez besoin de quelque chose, je vous l'aurais rapporté.

– Tu es gentille, mais la boulangerie sera ma seule sortie. Je ne voulais pas m'en priver.

– Vous n'allez pas voir votre frère ?

– Je ne parle plus à ce vieux bougon !

Allons bon. Les jumeaux s'adorent et adorent se quereller pour tout et n'importe quoi. Ils habitent l'étage en dessous du mien, de part et d'autre du palier. Au décès de la femme d'Octave, ils ont essayé de vivre ensemble, mais cela n'a pas fonctionné longtemps. Ils ont un caractère infernal, l'un comme l'autre. Lorsque l'appartement en face du leur s'est libéré, Auguste en a profité pour déménager, trouvant une solution intermédiaire pour surmonter la solitude tout en ménageant leur besoin d'indépendance.

– Qu'est-ce qu'il vous a fait ?

– Il a invité Valentine au restaurant, ce bougre d'âne.

– Vous ne seriez pas jaloux par hasard ?

– Jaloux ? De cette sorcière ? Bien sûr que non.

Je me détourne pour cacher mon sourire. Nous avançons dans la file. La boulangère sert le pharmacien venu chercher une commande de petits pains au chocolat pour toute une armée. Père de famille nombreuse ? Il paie et s'en va, non sans m'avoir jeté un regard appuyé. Papa solo de famille nombreuse ? Je le suivrais volontiers pour engager la conversation et en apprendre plus, mais je meurs de faim. Et puis, que lui dire ? « Salut, il fait beau, vous ne trouvez pas ? » Même pas, un vent glacial balaye les rues ainsi que la météo l'a annoncé.

Enfin servie, je sors de la boulangerie et fouille toute l'avenue du regard, à gauche, à droite. Rien. Le pharmacien a filé.

– Vous avez perdu quelque chose ?

Je sursaute. Il est là, juste devant moi, appuyé contre une voiture, l'air amusé. Je ne peux m'empêcher de lui rendre son sourire.

– Je réfléchissais au chemin le plus court pour rentrer chez moi…

N'importe quoi.

– Le voici, répond-il en indiquant son véhicule. Montez, je vous dépose.

Quel culot ! Pour qui me prend-il ? Une fille qui drague dans les boulangeries ?

– Alors ? insiste-t-il.

– Écoutez, on ne se connaît pas et de toute façon, j'habite à deux pas.

– Je m'appelle Victor Brisset, se présente-t-il en me tendant une poignée de main ferme. Et je suis presque en retard pour apporter le petit déjeuner que je partage avec le personnel de la pharmacie et mes parents, comme tous les lundis matin.

– Vous devriez aller les nourrir alors.

– Pas avant de vous avoir ramenée et d'en savoir un peu plus sur vous. Je n'ai pas l'habitude d'inviter des inconnues dans ma voiture.

Je souris et il ouvre la portière avec un air victorieux. Mais dans quoi je m'aventure ?

– Vous habitez le quartier ?

– Oui. Rue de Paris.

– Je m'en doutais. Je vous ai déjà aperçue à la pharmacie.

C'est flatteur. Le pharmacien est mignon et il semble normal, une denrée rare chez les hommes célibataires de 40 ans.

– Dites-moi tout. Comment vous appelez-vous ?

– Léonie, mais tout le monde m'appelle Léo.

– Vous enseignez la philo ? demande-t-il.

Quelle question étrange !

– Non. Je travaille comme documentaliste dans un centre de recherches généalogiques. Je ressemble à une prof de philo ?

Il esquisse un geste de dénégation, accompagné d'un sourire singulier qui n'atteint pas ses yeux. Comme s'il posait dans une publicité pour du dentifrice.

– Je vous ai vue à la conférence sur Kant. Vous sembliez très attentive.

J'opine sans oser spécifier que ma concentration était dédiée à ma liste de courses. J'espère qu'il n'approfondira pas le sujet.

– Je n'y connais rien en philo, mais ma mère tenait à y assister, précise-t-il.

Ouf. Sauvée de justesse du ridicule.

– J'habite juste là, au coin de la rue.

Il se gare et tire de sa poche un bout de carton qu'il me présente.

– J'aimerais vous revoir. Appelez-moi.

Je prends sa carte en m'empêchant de le dévisager, soudain gênée d'être enfermée dans cet espace exigu avec un inconnu. Je la glisse dans ma veste en sortant de la voiture. Combien de fois a-t-il utilisé ce truc du mec qui laisse le choix ? Je me retourne pour le regarder partir. Ce spécimen mâle colle parfaitement à ma théorie : physique agréable doté d'une voix froide et sèche. Dommage. Bon sang, mais qu'est-ce que j'ai ? Chris Isaak, le pharmacien. Le manque de sexe devient pénible, aucun doute là-dessus… Après des mois à détester les hommes en général et mon ex-mari en particulier, cette évolution est la bienvenue, mais je vais devoir trouver une solution.

***

J'arrive très en retard au travail, mais cela n'a aucune importance. Je vérifie que la carte loge toujours au fond de ma poche. La vie est belle. Jusqu'à ce que je découvre que le boss m'attend, appuyé contre mon bureau, les bras croisés, la mine renfrognée.

– Léo, enfin ! J'ai cru que tu ne viendrais pas, maugrée-t-il.

– Désolée. Du monde sur la route. Tu as besoin de moi ?

Il se redresse et scrute mon visage, l'air intrigué.

– Tu vas bien ?

Je hausse les épaules en souriant. Je ne me suis pas posé la question. Je suppose donc que je me sens suffisamment bien pour ne pas m'en préoccuper.

– Depuis que les températures baissent et que les jours raccourcissent, on t'entend râler pendant une bonne heure tous les matins et aujourd'hui, tu sembles… guillerette ! Si c'est ton retard qui te rend d'humeur joyeuse, je t'en prie, arrive en retard tous les jours. Ça nous épargnera tes jérémiades hivernales.

L'air de rien, ce type m'aime bien. Il possède juste une façon très personnelle de l'exprimer. Mais en effet, je me sens plutôt bien ce matin, malgré la pluie et le froid.

– J'ai trouvé ! C'est ton départ pour l'Italie !

L'Italie. Le voyage est prévu dans une semaine et je préfère ne pas y penser. Raphaël file un mauvais coton, je n'ai pas envie de jouer les touristes. Et je suis toujours terrorisée à l'idée de partir seule pendant quatre jours.

– Tu veux bien jeter un œil sur ces informations et aider le nouveau à les analyser. Julien est complètement dépassé.

En temps ordinaire, je rabrouerais mon patron en lui faisant remarquer que lorsqu'on engage du personnel incompétent pour être agréable à ses amis, on assume. Visiblement, il attend ma réaction.

– Tout de suite, boss. Envoie-le-moi.

– C'est tout ?

– Il faut bien que Julien apprenne.

– Tu m'inquiètes beaucoup, ce matin, marmonne-t-il en sortant de mon bureau.

7

Le soir venu, je regagne mon appartement, vérifiant de temps en temps que la carte ne s'est pas volatilisée. J'hésite à l'appeler. Que se passera-t-il si j'en tombe amoureuse ?

Mon ex m'a quittée il y a un an pour une jeune associée de son cabinet d'avocats. Tellement cliché. J'ai traversé des moments pénibles, bien que Grégoire se soit employé à me faciliter la vie. Si on exclut le fait qu'il m'ait brisé le cœur après vingt ans de mariage. Il m'a laissé la maison, par exemple, m'épargnant la recherche d'un nouveau logement alors que je m'empêtrais dans une dépression.

Au début, les semaines où Raphaël vivait avec moi, j'endossais mon costume de mère parfaite. Je lui préparais des petits plats, suivais sa scolarité, le conduisais à ses entraînements de football. Je m'efforçais de me comporter comme si rien n'avait changé. Après tout, c'était presque le cas : quand nous formions une famille, nous voyions peu Greg qui rentrait tard du travail. À moins qu'il n'ait eu une maîtresse pendant toutes ces années. Lorsque Raphaël était là, je m'interdisais de formuler ce genre d'hypothèses, même en pensée. Elles m'entraînaient dans un marasme absolu et je ne voulais pas que mon fils remarque ma détresse. Je devais le préserver autant que possible.

Les semaines où Raphaël séjournait chez son père étaient les pires. Je regagnais la maison d'un pas lent. Je mangeais à peine et passais les soirées sur le canapé, enroulée dans un vieux plaid, essayant de me passionner pour un roman ou une série. En vain. Je détestais ma solitude presque autant que les hommes. Heureusement, mes amies se relayaient pour me remonter le moral et me forcer à avaler un repas décent.

Après quelques mois de ce régime, je me suis réveillée un beau matin de printemps dans un état de colère intense. J'ai attrapé des sacs-poubelle. J'y ai jeté toutes les affaires que Grégoire avait laissées et qui m'avaient fait espérer qu'il réaliserait son erreur et reviendrait vivre avec nous. Ce fumier avait appelé la veille pour m'apprendre qu'il allait être de nouveau papa. Il souhaitait mon aide pour annoncer « l'heureuse nouvelle » à notre fils. Il avait eu raison de m'avertir par téléphone. S'il s'était avisé de poser un pied dans la maison ce jour-là, je l'aurais émasculé.

Après avoir offert aux services sociaux les sacs pleins à craquer, j'ai épluché les petites annonces à la recherche d'un logement. Je refusais de continuer à vivre dans cet endroit qui avait abrité notre amour et nos rêves. Ou en tout cas, les miens. J'ai finalement trouvé une charmante location en ville, dans un immeuble bourgeois. J'ai investi toute mon énergie dans l'aménagement de notre nouveau nid, détournant mes pensées vers des sujets aussi futiles que la couleur des coussins ou l'emplacement d'un cadre photo.

***

Entre l'annonce de l'arrivée d'un bébé chez son père et notre départ de la maison de son enfance pour un trois-pièces citadin, Raphaël a basculé en pleine crise existentielle. Une semaine sur deux, les portes de l'appartement claquent, les grognements et les puissantes protestations résonnent entre nos murs, tandis que je culpabilise de ne pas parvenir à rendre mon fils heureux. Je sais au fond de moi que, même si je mets tout en œuvre pour retrouver une vie normale, rien ne réparera ce que nous venons de traverser. Pourtant, une part de moi continue d'essayer d'en accomplir toujours plus.

Raphaël prétend haïr son père. Il peste quand il retourne chez lui, mais je le soupçonne d'enrager plus que nécessaire pour me réconforter. Je l'espère. Je hais mon ex-mari, mais je souhaite que mon fils garde de bonnes relations avec lui. Et surtout, je désire le bonheur de Raphaël quatre semaines par mois.

Je prépare notre petit repas de retrouvailles en jetant un œil à l'horloge de la cuisine. Il devrait déjà être rentré. Je guette les bruits du couloir. Je n'ose pas le joindre sur son téléphone. Je tente de lâcher du lest comme mes amies me l'ont conseillé. Elles n'y connaissent rien en éducation, mais se conduisent encore comme des adolescentes malgré leur âge. La porte s'ouvre à toute volée et je sursaute, manquant de renverser une casserole.

– Putain de bordel de merde, je le déteste ! vocifère mon rejeton adoré.

Je m'efforce de ne pas crier, moi aussi, qu'il pourrait être poli quand il arrive et au minimum me dire bonjour avant de hurler des grossièretés. Au lieu de quoi, j'inspire profondément et plaque un sourire accueillant sur mes lèvres. Il passe le seuil de la cuisine, jette son sac en direction du salon, les sourcils froncés et la mâchoire crispée.

J'éprouve toujours un choc en constatant sa ressemblance avec son père. Les mêmes cheveux blonds en bataille, bien que ceux de Grégoire soient savamment disciplinés la plupart du temps, les mêmes yeux bleu-gris, la même mâchoire carrée.

– Bonjour, mon chéri. Tu veux qu'on en parle ?

Il me regarde avec colère et je réprime de nouveau mon envie de beugler plus fort que lui.

– C'est ce prof, là, cette espèce de connard !

OK, nous tenons un début de communication. Je l'encourage d'un geste à poursuivre.

– Il m'a collé samedi matin et j'ai un match.

Il serre les poings, retenant ses larmes. Je n'ai pas vu mon fils dans cet état depuis le départ de Grégoire et mon cœur se comprime. Le sport et les copains, c'est sacré. C'est même devenu sa seule motivation depuis quelques mois.

– Tu as expliqué au prof que tu pénalisais toute ton équipe si tu étais puni ?

Raphaël occupe le poste de gardien et se montre plutôt doué. Le remplaçant ressemble à une passoire.

– Ça sert à rien, il écoute que dalle. Il veut jouer les types sympas, mais c'est juste un vieux débile !

Je m'applique à choisir mes mots et à parler d'un ton calme. La moindre virgule de travers, la plus microscopique intonation déplaisante et il se refermera comme une huître.

– Qu'est-ce qui justifie ta retenue ?

Il évite mon regard et je sais à la seconde que le « vieux débile » ne s'est pas trompé en refusant d'adapter la punition. Je m'appuie contre le comptoir et j'attends la suite.

– Avec Jérèm', on a… on a déclenché une bataille d'eau.

Il se frotte la nuque nerveusement. Je n'ai droit qu'à une infime partie de l'histoire, mais connaissant l'aptitude de « Jérèm' » à perpétrer des conneries, je redoute le pire.

– Et ?

– Et, soupire-t-il, ça a dégénéré. On a pris les extincteurs et on les a ouverts. Y avait de la neige carbonique partout dans le couloir.

« Dégénéré », le mot me semble faible. J'en reste une seconde sans voix, imaginant le carnage.

– Tu vois, y a pas mort d'homme, conclut-il en haussant les épaules.

– Tu te fous de moi ? Vous avez dégradé du matériel dans votre lycée et perturbé les cours. Votre prof a été bien trop gentil ! À sa place, je vous aurais donné un jour de renvoi et des travaux d'intérêt général !

Moi qui luttais pour ne pas m'emporter, c'est raté. Il me décoche un regard méprisant et tourne les talons. J'entends claquer la porte de sa chambre, puis un grognement de bête enragée. Je suis complètement perdue face à son comportement. Lui, l'ancien enfant sage et poli, se transforme en animal imprévisible : l'ado provocateur et immature. À tort ou à raison, je déteste Grégoire pour ça aussi, le rendant responsable du mal-être de notre fils.

Tandis que je cherche encore comment renouer le dialogue, Raph sort de son antre. Il a faim. La nourriture demeure le seul terrain sur lequel je peux manœuvrer. Je lui ai d'ailleurs préparé son plat préféré. Il gagne la cuisine, hume l'air au-dessus de la casserole de chili con carne et soupire d'aise.

– Merci, m'man, marmonne-t-il.

Je hausse un sourcil, l'invitant à développer. J'en suis restée au dernier épisode où il hurlait sa rage. Sa volte-face m'intrigue.

– Merci de me nourrir de façon décente. De l'autre côté, on s'alimente uniquement de plats préparés, précise-t-il en mimant des haut-le-cœur un tantinet exagérés sachant que lesdits plats proviennent du traiteur le plus coûteux de la ville.

Je ris de ses talents de comédien, soulagée de le retrouver dans de meilleures dispositions. « De l'autre côté ». Il ne dit jamais « chez papa » et encore moins « chez papa et Justine ». Avant, j'insistais pour qu'il manifeste un peu de respect pour son père, mais nous rencontrons suffisamment de sujets de discorde pour ne pas y ajouter celui-ci. Et puis, cela me rassure d'entendre que je ne suis pas remplacée par une femme parfaite. Elle est plus jeune et plus jolie que moi, elle est enceinte de mon ex-mari, mais elle n'est pas fichue de cuire des pâtes. On a les fiertés qu'on peut.

Raphaël dresse la table sans que je le lui demande et je note ce détail comme un indice que tout n'est pas perdu. Il me surprend en train de l'observer et me sourit.

– Il est chouette, ton nouveau collier !

Il a remarqué mon achat et me complimente. Un deuxième indice en même pas une minute. Mes angoisses d'être une mauvaise mère et d'avoir raté son éducation s'apaisent.

– J'ai eu envie de m'offrir un cadeau.

Je joue un instant avec les perles colorées du bijou de pacotille.

– Tu es la plus belle mère de l'univers, ajoute-t-il en m'embrassant sur la joue.

– OK, tu as besoin de quoi ?

Mon fils éclate de rire et je retrouve l'espace d'un instant le petit bonhomme agréable qu'il a été pendant ses quinze premières années.

– Je n'ai pas le droit de te faire un compliment ?

Je croise les bras sur la poitrine, cherchant ce qu'il manigance. Il a hérité de Grégoire cette habitude d'user de son charme pour obtenir ce qu'il souhaite. Pas de chance pour lui, j'ai vingt ans de pratique.

– Ça va, d'accord, abdique-t-il. Je me disais que tu aurais peut-être pu appeler mon prof principal, M. Roussel.

– Le vieux débile a donc un nom. Et pourquoi je le contacterais ?

– Parce que ce match est hyper important. Si on le gagne, on accède à la première place du championnat. Toute l'équipe compte sur moi. Je mérite mes trois heures de colle, mais pas samedi matin.

Je résiste pour ne pas céder à sa supplique. J'imagine sa peine et j'apprécie qu'il admette ses torts, mais j'ai toujours eu comme ligne de conduite de ne pas intervenir dans les sanctions données par les profs. S'il est puni, il doit en assumer toutes les conséquences.

– Je suis désolée, Raph, je ne peux pas m'en mêler et tu le sais.

J'attends un déluge de grognements et de portes arrachées, mais rien de tout cela ne survient.

– J'aurai essayé, dit-il juste en haussant les épaules.

Et il attaque son chili sous mon regard ébahi.

8

Je réveille Raphaël en douceur. Il est attendu au lycée pour sa retenue. Alors que je redoute le pire, il sort de son lit sans râler, à l'instar du reste de la semaine où il s'est montré particulièrement agréable. Il m'a aidée, parfois avant même que je réclame un coup de main. Il a travaillé en rentrant après les cours, s'est adressé à moi poliment. Il a proposé à Octave et Auguste de monter leurs courses. Et lorsque j'ai critiqué sa tenue, il n'a même pas levé les yeux au ciel. J'ai des remords. Peut-être aurais-je dû aller parler à son prof et plaider sa cause ?

Une fois mon fils parti, j'occupe ma matinée à préparer mes bagages, en essayant d'oublier mon sentiment de culpabilité. J'ai prévu d'emmener Raphaël au cinéma l'après-midi pour atténuer un peu sa déception d'avoir été coincé pendant que son équipe essuyait une défaite.

Après plusieurs heures, ma valise a été faite, défaite et refaite au moins mille fois. J'ai essayé de tout prévoir pour ces quatre jours. Le temps peut varier, je suis parée pour toutes les conditions météorologiques. Raphaël rentre en sifflotant. Face à cette attitude de plus en plus surprenante, je cherche ce qui a bien pu m'échapper. À part l'amour, qui à lui seul peut expliquer bien des bizarreries, je ne vois pas.

– Tout va bien, mon grand ?

Il vient poser un baiser sur ma joue et sourit. Il rayonne. De mon temps, les retenues étaient moins agréables.

– Parfaitement, mam's.

J'aime bien quand il utilise ce surnom.

– Tu as des nouvelles de l'équipe ?

Son visage s'éclaire un peu plus.

– On a gagné… Je veux dire, ils ont gagné.

Il n'a pas à se sentir responsable d'une défaite. Voilà qui explique sa bonne humeur. Il jette un œil dans le hall et pointe le menton vers la valise qui s'y trouve.

– T'es prête ? Ton avion décolle quand ?

– Lundi à dix heures trente. Je reviens jeudi soir. Je serai fidèle au poste dans une semaine, quand tu rentreras de l'école. Tu ne t'apercevras même pas que je suis partie.

– Pas de souci, mam's. Je suis content que tu penses un peu à toi.

Mais qu'est-il arrivé à mon fils cette semaine ?

– Tu es amoureux ?

– Non ! s'écrie-t-il comme si je lui avais proposé de manger du crottin de cheval.

Trop vif pour être honnête. J'espère qu'il en parlera avec son père, à défaut de se confier à moi. Je ne suis sans doute pas la mieux placée pour discuter avec lui de ses premiers émois.

***

La même ambiance détendue règne durant tout le week-end. J'ai invité nos voisins du dessous dimanche midi, histoire de nous faire pardonner le tapage du début de la semaine. De leur côté, les jumeaux se sont réconciliés et le déjeuner, rassemblant trois générations autour de la table, se déroule dans une atmosphère sereine. Du moins jusqu'à leur intrusion dans ma vie privée.

– Alors, vous en êtes où avec Brisset ? demande Octave tandis que je sers le dessert.

J'ai un moment de flottement, avant de réaliser qu'il parle du pharmacien. Il nous a vus discuter à la sortie de la boulangerie. Mon vieux voisin se comporte en vraie commère. Je jette des regards inquiets vers mon fils avant de répondre :

– Nulle part.

– C'est qui, ce Brisset ? questionne Raphaël.

– Le nouveau pharmacien, lance Auguste avec un clin d'œil, sans me laisser le temps d'intervenir. Il a courtisé ta maman lundi matin.

Je manque lâcher la part de tarte que je m'apprêtais à servir. Raphaël me dévisage en souriant. Je suis tellement embarrassée que je me retiens de courir me cacher dans la cuisine.

– Courtisé, hein ? ironise mon fils. C'est pour lui, la coupe de cheveux et le collier ?

– Arrêtez tout de suite ! On a juste discuté cinq minutes, j'ignore tout de ce monsieur.

– Je m'en doutais, alors j'ai mené mon enquête, reprend Octave, passant outre mon ordre.

Je me laisse tomber sur ma chaise en soupirant. Il n'y a plus qu'à mettre ma pudeur aux oubliettes en attendant qu'ils aient épuisé le sujet.

– C'est un mec bien ? interroge Raphaël. Parce que, OK, il faut que maman refasse sa vie, mais pas avec n'importe quel idiot.

Non mais je rêve !

Je note le changement d'opinion de Raphaël concernant mon droit d'exister en tant que femme, mais choisis de ne pas le souligner.

– Il est tout à fait bien, répond Octave. Il n'a jamais été marié ni fiancé. Il n'a pas d'enfant. Il fêtera ses 40 ans dans deux mois et vit chez ses parents.

Je m'étouffe en avalant une gorgée de thé de travers. Il vit chez ses parents ? À presque 40 ans ? Il est peut-être mignon et célibataire, mais il a forcément un problème. Je jette un œil à Raphaël qui grimace, partageant visiblement mon avis.

– Merci pour votre investigation, Octave. Oublions l'existence de M. Brisset, maintenant. Je ne veux plus en entendre parler.

– C'est pourtant un beau parti, tente d'argumenter Auguste.

– Comment va Valentine ?

Je suis prête à n'importe quelle perfidie pour détourner la conversation. Discuter de ma vie amoureuse avec mon fils et mes deux voisins octogénaires est aussi agréable que de marcher pieds nus sur un Lego. Ma ruse fonctionne. Auguste chante les louanges de son nouveau coup de cœur tandis qu'Octave nous mitraille du regard, tour à tour. À la guerre comme à la guerre.

9

Tout est rangé et nettoyé dans l'appartement. Raphaël est parti à l'école. Ma valise et mon sac cabine attendent sagement dans le hall. J'ai arrosé mes deux cactus. Je suis maquillée, habillée avec classe et décontraction. Si, si, Béa et Claire m'ont briefée sur la tenue parfaite pour prendre l'avion. La tenue parfaite si on espère rencontrer quelqu'un. Je doute encore que ce soit mon cas, mais j'ai quand même appliqué leurs conseils. Personne ne me reprochera de manifester de la mauvaise volonté.

Il ne me reste plus qu'à appeler un taxi pour gagner l'aéroport. Tandis que je cherche mon téléphone, il se met à sonner sur la table du salon. Le hasard fait bien les choses. Je décroche, persuadée que rien n'entamera ma bonne humeur.

– Madame Villette ? Ici monsieur Florent, le directeur du lycée Sainte-Ursule.

Sous le choc de recevoir un coup de fil de l'établissement de mon fils, ma bonne humeur et moi nous laissons tomber sur le bord du fauteuil. Je m'entends répondre d'une voix étranglée :

– Oui ?

Dans ma tête, quelques scénarios se profilent déjà, dans lesquels les mots « urgences », « blessure », « danger », « accident » prennent chaque fois leur place. Le temps semble s'étirer.

– Je souhaiterais vous rencontrer avec votre mari.

Par réflexe, j'ai failli rectifier « ex-mari ». Inquiète, je tente de mettre du sens sur ces mots. Mon rythme cardiaque suit une courbe anarchique.

– Mais… co… comment va Raphaël ?

– Eh bien, il risque des ennuis. Il ne s'est pas présenté pour sa retenue, samedi matin.

Mon cœur prend un ascenseur émotionnel, passant de l'angoisse au soulagement puis à la colère en un dixième de seconde. Je vais trucider ce sale gamin. Une chance qu'il ne se trouve pas à l'hôpital, je pourrais l'y envoyer.

– C'est de cela dont je voudrais discuter avec vous et son père, poursuit le directeur. M. Roussel se joindra à nous.

M. Roussel ? Roussel… OK, le vieux débile qui donne des cours de français à mon fils.

Rassurée quant à la santé physique de Raphaël, je lance un regard vers mes bagages, puis sur ma montre. Si nous réglons cette histoire rapidement, j'ai une chance d'attraper mon avion.

– Peut-on se voir maintenant ?

– Je viens d'en parler avec M. Villette. Il est très pris par son travail et propose que nous nous rencontrions à midi, il a dit que ce ne serait pas un problème pour vous.

Pas un problème pour moi ? Foutu connard égoïste.

Évidemment, entre quatre jours de vacances en Italie et la scolarité de mon fils, je n'hésite pas. Peut-être pourrai-je reporter mon vol de quelques heures ?

Merde de merde.

Petit résumé : Raphaël est un menteur qui risque d'être renvoyé de son école, mon ex-mari, un enfoiré individualiste (rien de neuf sur ce front-là) et moi, une idiote (rien de nouveau non plus). Je réalise en posant le téléphone que mes mains tremblent. Le stress d'être convoquée chez le directeur, sans doute. Une grande première et, j'espère, la dernière. Je dois me calmer. Je pense aussitôt à Claire pour m'aider. La championne de la gestion des situations de crise décroche à la première sonnerie.

– Tu as le droit de téléphoner dans l'avion ? demande-t-elle sans me laisser le temps de dire bonjour.

– Je suis encore chez moi, je viens d'être conviée dans le bureau du directeur de mon fils, en compagnie de mon ex-mari et du prof de français.

– Mais c'est quoi, ce bordel ? Ton gamin est sous la responsabilité de son père cette semaine, qu'il gère lui-même cette rencontre. Qu'est-ce qu'il a fabriqué, ton môme, d'ailleurs ?

– Séché ses trois heures de colle. Pour jouer son match, j'imagine. Il était alors sous ma responsabilité. Claire, je flippe. S'il se fait virer…

Ma voix se brise, je suis au bord des larmes. Je n'ose même pas terminer ma phrase. Raphaël fréquente la meilleure école de la région. Nous l'avons choisie pour son excellent niveau et pour son cadre disciplinaire rigoureux. Cette discipline stricte va se retourner contre nous.

– OK, respire, ma grande. Parle-moi du dirlo et du prof.

– Le prof, je connais juste ce que Raph m'en a dit, à savoir que c'est un vieux con. Mais avant sa colle, il semblait l'apprécier et discutait de temps en temps avec lui. Quant au directeur, il a une petite soixantaine, plutôt sympa si on reste dans les clous. Ce que mon idiot de fils n'a pas fait.

– Bien bien bien, murmure Claire, réfléchissant au meilleur angle d'attaque. D'abord, ton avocat d'ex-mari va peut-être enfin être utile. Il va pouvoir défendre son rejeton. Ensuite, tu vas enfiler ta tenue la plus sexy et aller jouer les « James Bond girl ». Les deux vieux ne se presseront pas de virer le fils de la mère la plus *hot* de l'année.

– C'est n'importe quoi !

Je ris nerveusement rien qu'en imaginant la scène. Claire a au moins le mérite de me détendre.

– Absolument pas. Sois rusée. Tu les éblouis, tu les attendris avec un regard larmoyant et un air contrit et tu t'assures qu'ils gardent Raph. Après ça, tu grimpes dans ton avion et tu pro-fi-tes. J'attends un SMS ce soir me disant que tu as atterri en Italie. Hop, et que ça saute ! Je te laisse, j'ai un client.

Je reste songeuse quelques instants. Son plan est totalement immature, mais tentant. Il peut fonctionner et surtout, je n'en ai pas d'autres. Je me dois de tout mettre en œuvre pour sauver Raphaël, quitte à lui faire payer au centuple ce que je m'apprête à accomplir. Je me dirige d'un pas décidé vers ma penderie pour suivre les conseils de Claire. Une jupe courte, un soutien-gorge *push-up* et un décolleté plongeant, des talons hauts et un peu de maquillage plus tard, je suis prête à donner de ma personne pour protéger mon enfant. Une véritable mère courage. À ma manière.

10

À l'heure dite, je suis assise devant la porte du directeur, mains sur les cuisses, lissant ma jupe qui me paraît soudain beaucoup trop courte. Seule la folie peut expliquer que je suive les conseils de Claire. Des pas résonnent dans le couloir et je me redresse contre le dossier de la chaise. J'identifierais entre mille cette démarche assurée. Il entre dans la salle d'attente, toujours aussi séduisant. Je ne l'ai pas croisé depuis plus de trois mois, limitant autant que possible nos rencontres. Nous échangeons essentiellement par téléphone ou par mail. Cela m'évite de lui arracher les yeux. Ou n'importe quelle autre partie de son anatomie. Il semble surpris de me voir et se penche pour embrasser ma joue, dans les effluves de son eau de toilette. Ce simple geste, tellement incongru de la part d'un homme qui a été l'amour de ma vie, me donne toujours envie de pleurer. Ce n'est pas le moment de faire couler mon mascara.

– Tu es splendide ! souffle-t-il.

Il a l'air sincère. Il faut dire que j'ai décidé de me dévouer corps et âme au sauvetage de mon fils. Il incline la tête pour m'examiner.

– Tu vois quelqu'un ?

Je hausse les sourcils. Je ravale les remarques acerbes qu'il mérite et entre dans mon rôle, celui d'une femme sournoise et manipulatrice. Je lui sers un sourire enjôleur et assiste à la lente décomposition de son charmant visage.

– Peut-être.

– Tu as changé…

– C'est ma coupe.

J'en profite pour passer les doigts dans mes cheveux courts, savamment coiffés-décoiffés pour l'occasion. Il tire sur les manchettes de sa chemise et remet en place son nœud de cravate. Gestes superflus que je reconnais comme les indices de son embarras. Il est troublé. *Je* le trouble. J'ai envie de savourer ma victoire, mais la porte du bureau s'ouvre sur la mine sombre de M. Florent.

– Monsieur et madame Villette.

– Madame Marceau. Nous sommes divorcés.

Je n'ai pas pu m'empêcher de rectifier en lui serrant la main. Le directeur esquisse un sourire contrit. Je vois la mâchoire de mon ex-mari se contracter et jubile de plus belle. Si j'avais su que je possédais ce pouvoir, je m'en serais servi bien plus tôt.

– M. Roussel nous rejoindra dans quelques minutes. Asseyez-vous, je vous en prie.

Je prends place sur une des chaises face au bureau et croise les jambes, ce qui a pour effet de faire remonter le tissu un peu raide de ma jupe de deux ou trois centimètres.

Sharon Stone Power.

Grégoire serre les poings et je retiens un ricanement. Trop facile. La porte s'ouvre dans mon dos.

– Excusez mon retard, je sors juste de classe.

Mon mari a bondi pour serrer la main du vieux débile, tandis que je me demande si je dois l'imiter, au risque que l'étoffe de ma jupe ne reprenne pas sa place et n'en dévoile plus que nécessaire.

– Monsieur Villette, enchanté. Éric Roussel, le professeur principal et prof de français de votre fils.

Il se tourne vers moi et je me félicite de ne pas m'être levée pour le saluer. Sans quoi je serais tombée à la renverse. Devant moi se tient mon voisin du salon de coiffure en personne.

OK, concentre-toi. Et respire.

– Madame Villette ? s'étonne Roussel-Isaak dans une poignée de main dépassant de quelques millisecondes le temps réglementaire.

Je n'ose pas le corriger, craignant d'être perçue comme une femme désespérée qui tente d'aguicher le prof de son fils. Ce que je suis, au demeurant.

Passé l'effet de surprise, son regard brille d'amusement. Je sens mes joues s'embraser alors que ses yeux effleurent mes jambes.

Bordel. De. Merde.

Comment aurais-je pu imaginer que le vieux débile décrit par Raph était un quadragénaire séduisant ? Ce quadra en particulier.

Il tire une chaise sur le côté et laisse son supérieur nous expliquer les dernières idioties de ma progéniture. J'évite de croiser son regard et me concentre, au prix d'un effort intense, sur les propos de M. Florent. Quand le directeur évoque un éventuel renvoi, Grégoire prend ma main, que je dégage d'un geste sec. Je penche mon décolleté vers le bureau et offre mon air le plus aguicheur. Claire serait fière de moi.

– Monsieur Florent, je vous promets que Raphaël va se tenir tranquille. Nous avons eu quelques... soucis familiaux ces derniers temps, mais tout est réglé à présent. N'est-ce pas, Greg ?

Je pivote vers mon ex-mari, la tête inclinée, telle une gentille petite épouse.

– Oui... oui, bien... bien sûr, bafouille Me Villette, l'avocat le mieux payé de la région, celui qui ne perd jamais ses moyens.

Presque jamais.

Je risque un regard vers le prof, prête à minauder devant lui également, au point où j'en suis. Il lève les yeux au ciel, l'air exaspéré, et je baisse les miens en tirant sur ma jupe. Toujours aussi charmant ! Il n'est pas dupe de mon petit manège. Évidemment, quand on sort avec des bombes interplanétaires, on ne se laisse pas perturber par une mère d'élève périmée.

Mon calvaire prend fin sur la promesse de chacun de tout mettre en œuvre pour garder Raphaël dans le droit chemin. Mon fils écope de quatre heures de travaux d'intérêt général amplement méritées.

Je déserte le bureau la première, après avoir salué les trois hommes d'un signe de tête. Mes hormones trop longtemps ignorées ne supporteront pas un deuxième contact avec la paume de M. Roussel. Grégoire me rejoint et accorde son pas au mien. Lui qui marche toujours à grandes enjambées, nous semant lors des rares promenades en famille, ralentit pour rester à ma hauteur. Dois-je ce changement à sa nouvelle compagne ? A-t-elle réussi là où j'ai échoué, à savoir lui faire accorder un peu d'attention à son entourage ?

Nous nous trouvons devant la grille de l'école sans avoir échangé le moindre mot. Que pourrions-nous nous dire, après vingt ans de mariage et un divorce ? Le moment est venu de prendre congé. Je me contente d'un rapide salut, m'épargnant tout geste d'affection. Embrasser sur la joue ou encore étreindre amicalement cet homme qui a partagé mon lit me paraît toujours déplacé. Et douloureux. La plaie se referme, mais elle reste sensible. Grégoire me rattrape quelques mètres plus loin, ne me laissant pas m'en tirer à si bon compte.

– Trésor, attends. Je voudrais te parler. Je t'invite au resto…

L'utilisation de ce surnom, que j'ai pourtant détesté, me comprime la poitrine. Une boule s'est formée dans ma gorge et j'espère ne pas fondre en larmes. Je n'ai aucune envie de me retrouver face à mon ex-mari, de partager un repas parmi des gens qui nous verront comme un couple, de discuter de nos projets d'avenir. Les siens, tellement formidables, lui qui va devenir un jeune père. Ou pire encore, deviser des miens, sinistres, voire inexistants.

– Je n'ai pas faim.

Un sourire charmeur aux lèvres, Greg pénètre mon espace vital. Il tend la main vers moi pour ajuster le col de mon chemisier, caressant au passage ma joue d'un geste amoureux qui me désarçonne. Je sens mes résistances faiblir.

– Bonne journée !

Je sursaute en remarquant qu'Éric Roussel vient de nous

dépasser et recule d'un pas. Il n'a pas ralenti, juste lancé deux mots, comme pour signifier qu'il nous avait vus. Mon ex-mari semble surpris de ma réaction.

– Tu vas bien ?

– Oui, je file, j'ai un avion à prendre.

– Ton vol ne décollait pas ce matin ?

– Tu… tu savais ?

– Raphaël m'en a parlé, répond-il d'un ton léger comme si cela n'avait aucune importance.

Sa compagne ne l'a donc pas changé. Il méprise toujours autant les gens qui gravitent autour de lui. À quoi m'attendais-je ?

– Et malgré tout, tu tenais à ce qu'on fasse cette réunion à midi ?

Mon sang bouillonne. J'insiste, mue par un besoin idiot de l'entendre s'excuser.

– Oh, ne dramatise pas, se moque Grégoire. Je plaidais ce matin. Si tu veux, je te rembourse les frais occasionnés.

– Mais quel prince ! Je t'informe que tout ne se résume pas à l'argent.

Il ricane. Ce fumier se paie ma tête. Il m'a toujours trouvée trop idéaliste.

– Tu me manques. Ton caractère, ton humour. Tu es sûre que tu ne peux pas différer un peu ton départ ? On n'a pas discuté ensemble depuis des mois.

– Tu peux même dire des années. Et j'ai déjà décalé mon vol.

J'ai soudain envie de hurler de rage. Je l'ai supplié de prendre du temps pour que nous puissions parler, sortir, échanger et, peut-être, sauver notre mariage. Il n'a jamais trouvé de « créneau » pour le faire.

– Tu vois, voilà exactement ce qui me manque, poursuit-il.

Quelqu'un capable de me remettre à ma place.

Au-delà d'un certain niveau de colère, les mots désertent mon cerveau. J'envisage une seconde d'ôter un de mes escarpins pour lui fracasser la tête à coups de talons. Mais nous sommes toujours devant l'école de notre fils et des élèves passent les grilles à l'approche de la reprise des cours. L'esclandre ne figure pas dans le plan de sauvetage de Raphaël. Je désire toutefois comprendre où il veut en venir. Je me force à respirer lentement et à sourire.

– La future maman se porte bien ?

– Elle est trop gentille avec moi, je m'ennuie un peu, se plaint-il.

Il s'ennuie. Il a balancé notre couple aux toilettes parce qu'il s'encroûtait (son argument numéro un pour justifier son « écart de conduite ») et, un an plus tard, il se lasse de sa nouvelle vie, avec sa femme toute pimpante et son futur bébé.

– Avec un peu de chance, ton bébé confondra ses jours et ses nuits, cela pimentera ton quotidien.

– Ça existe ? Ou tu viens de l'inventer pour me faire peur ?

Je pose une main sur mon visage pour me calmer et ne pas me comporter en hystérique devant l'établissement de Raphaël. Son fils, notre fils, qui n'a pas dormi plus de quatre heures d'affilée avant ses 10 mois. Bien sûr, Grégoire ne peut pas s'en souvenir puisqu'il ne s'est pas levé une seule fois. Monsieur avait besoin de sommeil. Alors que pour moi, dormir relevait du superflu.

– Va te faire foutre.

Je tourne les talons en m'efforçant d'ignorer son rire.

À moi les vacances, l'Italie, le soleil et les plats de pâtes. Je laisse derrière moi, pour quelques jours, les âneries de mon fils et l'irrespect de mon ex-mari. Et un prof archi sexy que j'aurais bien mis dans ma valise.

11

Je m'enfonce dans le fauteuil confortable de l'avion, étends mes jambes et bois une gorgée de champagne. Grâce à la générosité de Grégoire, j'ai troqué mon billet contre une place en classe affaires. Comme le souligne Béatrice, Grégoire est un connard, mais ce n'est pas un radin.

Je me repasse mentalement le film de la matinée. Je suis fière de moi : j'ai charmé le directeur de l'école et mouché mon ex-mari. Vive les plans stupides de Claire !

« Et Roussel ? » chuchote mon petit diable. Inutile de mentir, il me trouble. Le terme semble faible pour décrire mon état à son contact. D'un simple regard accompagné d'une poignée de main, il est parvenu à faire grimper ma température de quelques degrés. Quel dommage que mon jeu de séduction n'ait pas fonctionné sur lui ! Et qu'il soit le prof de mon fils. Et en couple. Et qu'il affiche toujours cet air condescendant. OK, définitivement pas quelqu'un pour moi. Raphaël est sauvé, voilà l'essentiel.

Je plonge dans mon guide touristique pour détourner mes pensées de M. Roussel pendant le reste du vol et rêvasse aux balades des jours à venir. L'air frais, à la sortie de l'aéroport, ternit l'image idyllique que je m'étais fabriquée. Cependant, la météo de cette fin d'automne n'a pas que de mauvais côtés : elle me permet de louer à un prix décent une suite dans un « cinq étoiles », avec tous les avantages liés au luxe. Par exemple, cette navette qui m'attend pour m'emmener à l'hôtel. Le temps de prendre l'ascenseur, quelqu'un s'est déjà chargé de déposer mes bagages dans la chambre. Je prends plaisir à retrouver cette insouciance à laquelle j'ai goûté pendant mon mariage.

Mon téléphone vibre, mon opérateur me souhaite un bon séjour en Italie. Je me rappelle le SMS promis à Claire.

[Arrivée à bon port.]

[Parfait. Profite du pays de
la drague et des beaux gosses
pour t'envoyer en l'air.]

[Ça ne figure pas sur la liste.]

[On s'en tape. J'attends
des détails croustillants.]

Elle peut toujours attendre. Je jette mon téléphone sur le lit et inspecte la chambre. Aussi grande que mon appartement tout entier, elle possède une terrasse qui donne sur la plage. Le soleil doré de cette fin d'après-midi filtre à travers les nuages et se reflète sur les flots. Il ne manque que quelques chevaux galopant la crinière au vent pour parfaire cette vision enchanteresse. J'aimerais rire de ce cliché romantique avec quelqu'un. Je repousse cette sensation d'incomplétude et me dirige vers la salle de bains. Raffinée, elle se montre à la hauteur de l'hôtel et mérite, elle aussi, ses cinq étoiles. Je fais couler l'eau dans la baignoire *queen size* et y verse un peu de bain moussant, lequel emplit l'air d'un parfum fleuri.

Dans mon petit appartement, je n'ai qu'une douche rudimentaire. Et de toute façon, je ne m'autorise pas à lâcher prise. L'oisiveté m'entraîne vers des pensées mélancoliques. Tant que je m'active, je ne réfléchis pas et parviens à me convaincre que je vais bien. Pour l'heure, je me sens apaisée et savoure le délassement de mes muscles endoloris par la tension de cette interminable journée.

La quiétude ne dure pas. Une idée obsessionnelle me taraude : comment occuper tout le temps libre dont je dispose ? J'ai laissé mon ordinateur portable chez moi et insisté pour qu'on ôte la télévision de ma chambre. Je commence déjà à le regretter. J'ai planifié des visites d'églises et de musées, et l'hôtel propose un spa. Des vacances de petite vieille. Les soirées m'inquiètent plus. Pour m'occuper, j'ai emporté une liseuse et rempli mon téléphone de mes musiques préférées, mais vais-je supporter de ne partager mes découvertes avec personne ? De ne prendre la parole pour rien d'autre que demander mon chemin ou commander un plat ? D'ailleurs, en parlant de plat, vais-je surmonter la crainte de manger seule dans un restaurant ? Pour ce premier soir, trop fatiguée et éprouvée par la journée, je me fais servir un repas dans ma suite. Le baptême du dîner en solitaire attendra.

12

J'émerge d'une nuit sans rêves. Désorientée, je cherche ma lampe de chevet là où il n'y a que du vide. Je jette un coup d'œil à mon téléphone. Neuf heures trente. J'ai dormi douze heures. Impossible de me rappeler la dernière fois que cela m'est arrivé. Seize années de maternité ont ruiné mon sommeil. Pour fêter l'événement, je contacte le *room service* et commande un petit déjeuner ultra calorique, composé de pâtisseries locales. J'apaise ma mauvaise conscience en lui promettant de me contenter d'une salade à midi.

Rassasiée, écouteurs dans les oreilles, je déambule dans les petites rues pavées de Bari au son de morceaux lyriques. À défaut d'assister à un opéra au théâtre Petruzzelli, fermé en cette période, j'ai décidé de visiter la vieille cité sur des airs de Puccini. Après avoir chassé à trois reprises une poussière imaginaire dans mon œil, j'accepte la réalité : je me transforme en guimauve émotive. Aussi basculé-je vers un autre style musical. La batterie agressive et les riffs de guitare de Rage Against the Machine m'accompagnent dans la cathédrale San Sabino et sur le port. La dysharmonie entre les lieux visités et la musique dissipe définitivement le cafard.

Finalement, j'apprécie d'avoir la cité italienne presque pour moi et me délecte, avec surprise, de ma solitude.

Après le départ de Grégoire, j'ai opté pour le célibat comme un réflexe de survie. Je refuse toujours de me fier à quiconque, préférant vivre en recluse. Pourtant, le silence qui m'accueille lorsque je rentre le soir me pèse. Même si la radio ou la télé me donnent l'illusion de ne pas être seule. Parfois, je me surprends en flagrant délit de conversation avec moi-même.

J'ai songé à adopter un chat. Il m'aurait écoutée, soutenue sans jamais me contredire, et surtout, il ne serait pas parti pour une plus jeune. Béa m'en a dissuadée : « Si tu prends un chat, m'a-t-elle dit, tu ne chercheras plus jamais la présence d'un homme. » Bien que tentante, cette perspective de célibat éternel à 40 ans m'a effrayée. J'ai donc reporté l'acquisition d'un matou à mes 80 ans, tout en me demandant comment occuper les années à venir.

Par principe, je décline tout rendez-vous arrangé. Claire a déjà tenté de m'inscrire sur un site de rencontres. J'ai résisté. Je n'espère pas un coup de foudre. Je suis naïve, mais pas à ce point. Je rêve juste de croiser la route d'un inconnu, de le trouver séduisant, de lui plaire et de vivre heureuse avec lui « un certain temps ». Fini de faire rimer amour avec toujours. Naïve, oui, mais pas totalement idiote.

Ce n'est pas si simple. Les rares hommes rencontrés ont tous des défauts rédhibitoires. À l'instar du pharmacien, vieux garçon squattant encore chez papa et maman. Ou de ce rustre de M. Roussel, qui cumule les imperfections.

J'estime qu'à 40 ans, je n'ai plus droit à l'erreur. Pas question de me perdre dans des relations douteuses. D'abord, en tant que mère de famille respectable, je dois tenir le cap, montrer à mon fils l'exemple de la maturité. Pourvu qu'il n'apprenne jamais l'épisode dans le bureau du directeur. Vu le comportement de Grégoire, je veille, d'habitude, à me conduire de façon irréprochable, histoire de fournir à Raphaël une moyenne acceptable. Bien que consciente de la stupidité du raisonnement, je ne parviens pas à m'en débarrasser.

Ensuite, je refuse d'offrir vingt années de ma vie à un égocentrique. Je veux un mec qui s'intéresse à moi, qui me fasse rire, vibrer, rêver. Un homme intelligent et généreux. Claire me conseille d'en fréquenter plusieurs, chacun porteur d'une des qualités désirées. C'est cynique, mais je crains de devoir reconnaître qu'elle a raison.

À la fin de l'après-midi, les pieds échauffés par les rues arpentées, je rentre à l'hôtel. La solitude me paraît plus lourde et ce sentiment s'accentue à l'approche de la soirée. J'aspire à parler des visites de la journée, des émotions ressenties en découvrant la ville, à défaut d'avoir partagé ces moments. Je réalise avec un pincement au cœur que je n'aurai ni l'un ni l'autre.

Aucune des nombreuses distractions offertes par le palace ne me tente. Je me secoue et téléphone au restaurant de l'hôtel. Mais avant l'effort, le réconfort. Enveloppée dans un gilet douillet, je sors sur la terrasse avec ma liseuse. Je m'octroie un moment de plaisir pour m'encourager à surmonter ma grande angoisse. Je me rassure en planifiant le déroulement du repas. Je ne prendrai qu'un plat, ni apéro, ni entrée, ni un de ces desserts que j'aime tant.

Lire ne m'apporte pas la détente espérée. L'héroïne tombe folle amoureuse d'un imbécile et se plie en quatre pour le contenter. Quelle cruche ! La solitude vaut sans doute mieux. Je préfère vieillir seule que me comporter en grue pour obtenir les bonnes grâces d'un goujat, aussi sexy soit-il. Sans que j'y prenne garde, le visage d'Éric Roussel s'impose. Quand on parle de goujat…

Je lâche mon roman sans regret, enfile une petite robe noire et gagne le restaurant où j'ai retenu une table pour une personne. Rien que la réservation m'a miné le moral. Le maître d'hôtel me guide vers le fond de la salle, près de la baie vitrée donnant sur la plage. Le cadre est romantique à souhait. Je résiste à l'envie de me réfugier au pas de course dans ma chambre. Au moins, je me trouve à peu près à l'abri des regards. Je peux y arriver. Cela n'a rien de sorcier : commander, attendre en contemplant le paysage, manger en contemplant toujours le paysage, payer et me réfugier dans mon lit. La vibration de mon téléphone interrompt ma songerie. C'est Claire.

[Tu as pécho ?]

[Tu as passé l'âge de parler
de cette façon. Et non.]

[Continue sur cette voie
et je ne serai plus
ta meilleure amie.]

[C'est Béa,
ma meilleure amie.]

[Connasse.]

Je retiens un éclat de rire et lui suis reconnaissante de me distraire de ma mission de survie en milieu hostile. Un serveur silencieux dépose une coupe de champagne devant moi. Il repart sans me laisser le temps de protester. Est-ce comme cela qu'ils traitent les femmes seules, en Italie ? Il faudra peut-être que je déménage. Un autre homme au sourire éclatant, les cheveux grisonnants sur les tempes, avance dans ma direction, un verre à la main. *Le Guide du routard* n'évoque pourtant aucune tradition locale qui consisterait à saouler les femmes célibataires.

Il incline la tête de façon solennelle, presque militaire, et me dit quelques mots en italien. Que je ne comprends évidemment pas. Il sourit devant mon air perdu.

– *May I join you, madam ?* demande-t-il alors dans un anglais impeccable, ses yeux pétillants plongés dans les miens.

– Oh… euh… oui, euh *yes !*

Comment ça « *yes* » ? Perturbée par ce qui se déroule malgré moi, j'ai répondu sans réfléchir. Je viens d'autoriser un inconnu à s'asseoir à ma table. Mon fournisseur de champagne prend place en face de moi. Si c'est un abruti, je vais devoir endurer sa présence jusqu'à la fin du repas.

– Marco Sesto, se présente-t-il avec un léger accent chantant. Vous dînez seule ?

Trilingue et perspicace, l'Italien. Je hoche la tête.

– Tsss, comment peut-on laisser une jolie femme comme vous sans compagnie ?

Je rougis et ne sais quoi répondre. Dois-je lui raconter

mon histoire ? Ou cette question n'est-elle que rhétorique ? Je ne connais plus les règles du jeu de la séduction. Les œillades, les petites phrases, les sourires, toutes ces conventions longtemps délaissées me sont devenues étrangères. Ce spécimen mâle donne envie de réapprendre les codes. Teint hâlé, regard ténébreux, cheveux noirs parsemés de fils blancs qui lui octroient un charme à la Clooney. Même sans son accent, on devine aisément qu'il s'agit d'un autochtone. Il porte un costume gris sur une chemise claire et une cravate assortie. La tenue lui donne un air sérieux que démentent des yeux rieurs.

– Vous séjournez ici pour le plaisir ou pour le travail ?

Mon silence ne le décourage pas. Quelle petite veinarde !

– Pour le plaisir.

Cette réponse ambiguë s'accompagne d'un rosissement plus vif. Je vais prendre feu. Autant brandir une pancarte « femme divorcée et désespérée ».

– Et vous ?

– Au départ, pour les affaires, mais rien n'empêche de s'offrir un peu de plaisir.

Il s'amuse de mon trouble et le provoque. Mon regard se porte sur l'anneau qu'il arbore à la main gauche. Il s'en aperçoit, mais ne cille pas. Marié et fier de l'être. J'interprète peut-être mal les signaux qu'il m'envoie ? Peut-être a-t-il pitié de moi ? Ou bien désire-t-il seulement éviter de passer une soirée en solitaire, sans rien envisager d'autre ? Est-ce que je me transforme en obsédée ?

– Vous êtes très silencieuse, constate-t-il.

– Je… Excusez-moi, j'ai perdu l'habitude de… enfin que quelqu'un…

Oui, l'habitude de quoi ? Comment formuler ma réponse sans accroître mon embarras ?

– Que l'on vous drague ?

J'acquiesce, intimidée comme la nigaude que j'étais à 14 ans.

– J'ai du mal à le croire, rigole-t-il. Ou alors vous sortez juste d'un couvent.

Même son rire résonne d'un timbre sexy. Mes joues s'embrasent. Quelle sensation agréable, il faut bien le reconnaître, de se sentir désirée, regardée avec convoitise ! Je cherche la dernière fois qu'un homme s'est intéressé à moi. Cela remonte à trop loin pour que je m'en souvienne.

Les bulles de champagne allègent l'ambiance et je me détends. La nourriture est délicieuse, la compagnie aussi. Marco me confie ce qu'il veut bien me révéler et je l'imite. Parler avec un inconnu que je ne reverrai jamais me permet de jouer un rôle. Je m'invente une vie facile, loin de mes prises de tête habituelles. Je suis devenue une femme d'affaires célibataire qui s'offre une pause dans son rythme de travail effréné. Oubliés l'ex-mari et la progéniture. J'aime ce personnage délesté de ses obligations, qui me ressemble un peu, en plus désinvolte.

Arrive l'instant critique : celui où il faut choisir entre se quitter ou prolonger la nuit ensemble. Je sais, sans l'ombre d'un doute, que je rejoindrai mon lit seule. Marco a apparemment un autre plan.

– Vous ne pouvez pas aller dormir maintenant, il n'est que vingt-deux heures, s'exclame-t-il.

– J'ai beaucoup marché aujourd'hui et je compte découvrir Brindisi demain.

Il secoue la tête en signe de désaccord avec mes projets. Il tombe mal, j'ai décidé de ne plus rien me laisser imposer.

– J'ai une idée. Je prends un jour de congé et je vous emmène visiter Ostuni. Nous louerons des Vespa, je vous montrerai la plage, les ruelles, la cathédrale et une trattoria exceptionnelle.

La proposition paraît alléchante, mais j'imagine facilement ce qu'il attendra en échange de cette journée de tourisme. Je ne veux pas d'un plan cul, même avec un partenaire aussi attirant. Son programme serait parfait si je pouvais le mettre en œuvre avec… un autre homme, un homme avec lequel j'entretiendrais une relation de plus d'une nuit.

– Je ne pense pas que votre projet soit raisonnable.

Il éclate de rire comme si je venais de lui raconter la blague du siècle.

– Vous êtes adorable, Leonella.

Il a un sourire auquel je résiste avec peine. Et il m'a rebaptisée à l'italienne. Contre toute attente, je trouve cela mignon. Il arrive presque à me faire céder. Comme quoi, cela tient à peu de chose.

– Mangeons une glace, elles sont terribles ici, et discutons du côté déraisonnable de ma proposition.

– Le fait que vous soyez marié, sans doute.

Un sursaut de bon sens m'aide à garder la tête sur les épaules. Marco pose sa main sur la mienne, à travers la table. Je ne la retire pas tout de suite. Plus que tout, dans le célibat, c'est le contact humain qui me manque. J'ai envie qu'on me prenne dans les bras, qu'on me câline. Je ne désire ni pelotage ni sexe. Juste une tendre étreinte. Ma conscience ricane que je tiendrais un discours différent sous la main de Roussel. Pour l'heure, point de prof de français. Seulement un businessman italien qui m'observe avec attention, évaluant la réponse qui aura le meilleur taux de persuasion.

– Je suis en instance de divorce, lâche-t-il d'un air grave.

J'éclate de rire à mon tour et récupère ma main. Il fronce les sourcils sans comprendre la cause de mon hilarité.

– Vous auriez pu trouver mieux. Quoi qu'il en soit, merci pour la soirée. J'ai passé un moment très agréable.

Il se précipite pour se lever avant moi et veut me raccompagner jusqu'à ma chambre. Je refuse. Repousser ses avances à quelques mètres de mon lit se révélerait plus compliqué qu'au milieu d'une salle de restaurant. Il embrasse ma main et me laisse partir après m'avoir fait promettre de reconsidérer son offre. Ce soir-là, je m'endors en souriant.

13

Le lendemain, je décide finalement de ne pas sortir et gagne l'espace spa avec des ruses de Sioux pour ne pas croiser Marco. Je tente d'ignorer le côté pathétique de la situation. Je suis venue pour éprouver la solitude loin de chez moi et évaluer si je me sens prête à la supporter plus longtemps. Ou au contraire à accepter des concessions. Il n'est pas question que je flanche pour les yeux doux d'un Italien, si attirant soit-il. Aussi charmant qu'un homme marié peut l'être, en tout cas. Même si je le remercie de m'avoir rassurée quant à mon charme, je n'en demeure pas moins écœurée par les mâles.

À peine ai-je passé la porte du spa qu'une jeune femme m'accueille pour établir mon « programme détente ». Étrange idée que d'organiser à la minute près une journée de lâcher-prise absolu, mais je ne discute pas et me plie à l'exercice. Une demi-heure plus tard, mon emploi du temps est bouclé : natation, traduisez barbotage, dans la piscine extérieure (et chauffée, Dieu merci), aquabike (si j'en ai la force), massage, sauna et hammam. J'ai zappé la salle de musculation qui ressemble à s'y méprendre à une chambre des tortures, ainsi que le passage chez le coiffeur. Hors de question que des mains inconnues touchent mes cheveux.

Je me détends pour de bon, autorisant mes pensées à mener leur vie comme elles l'entendent, sans chercher à raisonner ou à planifier mon existence. Je me découvre capable de me laisser porter par le courant.

À la fin de la journée, je n'ai ni le courage d'affronter le restaurant seule ni l'envie de manger avec Marco ou un quelconque homme d'affaires « en instance de divorce ». La nausée me gagne quand je songe que Grégoire a sans doute utilisé la même ruse pour coucher avec son associée, voire avec d'autres femmes. Lorsque j'ai appris son infidélité, moi qui lui avais toujours accordé ma confiance, je me suis mise à le soupçonner rétrospectivement. Tel voyage entre copains, tel séminaire de deux jours avaient-ils existé ou servaient-ils de prétextes pour retrouver une maîtresse ? Je ne le saurai probablement jamais et cela vaut mieux. À quoi bon se tourmenter avec le passé ? L'avenir me préoccupe déjà bien assez.

Avant de dîner en tête à tête avec mon roman, je contacte mon fils à qui j'ai promis de donner de mes nouvelles. Raphaël, fidèle au poste, est connecté à Skype. Il commence par exprimer des regrets, il s'en veut d'avoir retardé mon départ. Il est touchant, face à son écran, la tête basse, la moue triste. J'aimerais le serrer dans mes bras. Mon tout-petit.

– Je suis aussi allé m'excuser auprès de M. Roussel.

Un frisson parcourt ma colonne vertébrale.

Du calme, on parle du prof de ton fils. Pense à son côté désagréable et moqueur. Oublie que c'est un homme séduisant. Oublie que c'est un homme.

– Tu as eu une attitude très mature, Raph.

J'articule péniblement ces quelques mots. Comment un type que je connais à peine peut-il me troubler à ce point ?

– Je retire ce que j'ai balancé sur lui. Il est vraiment sympa. Il est venu me voir pour discuter après votre réunion chez le dirlo.

– Il t'a posé des questions ?

– Ouais, sur notre vie, surtout sur papa et toi. Il cherchait ce qui me faisait péter les plombs en ce moment.

Mes signaux d'alerte virent au rouge. Si on s'approche de mon petit, je deviens une mère louve. Et si son enseignant souhaite des informations personnelles, qu'il s'adresse à moi.

– Depuis quand il s'intéresse à toi ?

Raphaël fronce les sourcils, hausse les épaules.

– Depuis que je suis dans sa classe. C'est le seul prof avec qui on peut vraiment parler. Un chouette mec, tu vois, il donne jamais de leçon de morale à la con. C'est pour ça que j'étais furax qu'il m'ait collé.

Ma méfiance ne s'éteindra pas aussi facilement. Je resterai vigilante concernant ce Roussel.

– Ça n'a pas l'air de te plaire, s'étonne mon fils.

– En effet, je n'apprécie pas trop sa curiosité. S'il recommence et que tu n'as pas envie de lui répondre, ne le fais pas.

– Et je dis quoi ? « Allez vous faire foutre » ?

– Peut-être quelque chose de moins radical ? Que notre vie privée ne le regarde pas, par exemple.

– Mouais. Je verrai. Tu vas bien ? T'as l'air vachement vénère.

– Tout va pour le mieux, mon chou. L'hôtel est superbe,

et la ville très agréable. Tu as reçu les résultats de ton contrôle de chimie ?

Je réclame d'autres notes pour détourner son attention. Cependant, durant toute la discussion, une seule idée me trotte dans la tête : à quel jeu s'amuse ce crétin de prof ?

Je me force à lire pour arrêter de réfléchir. J'ai tendance à soupçonner les gens des pires intentions dès que cela concerne ma progéniture. Peut-être que je dramatise, mais je ne vois pas d'un très bon œil l'intérêt que son prof porte à notre vie. Je repense à notre rencontre, à son compliment au restaurant, à ses regards dans le bureau du directeur. Que cherche-t-il ? Se renseigne-t-il sur moi ? Cela serait flatteur, s'il n'impliquait pas Raphaël.

Le roman ne réussit pas à me distraire de mon obsession. Je pose le livre et hésite à aller me promener sur la plage. Seule, dans l'obscurité. L'idée est vite oubliée. La salle de sport encore ouverte ne m'attire guère plus. Je tente de dormir. Impossible. Mes pensées dérivent sans cesse vers ce sans-gêne de Roussel. Chez le coiffeur, déjà, il m'avait exaspérée. Il faut en finir avec cette histoire. Je cherche le site du lycée sur mon téléphone et y dégote l'adresse mail du prof.

De : Léonie Marceau
À : Éric Roussel
Objet : Raphaël Villette

Monsieur,
J'apprécie que vous tentiez d'aider Raphaël, mais si vous avez des questions concernant ma vie privée, merci de ne plus vous adresser à mon fils.

Cordialement,
Léonie Marceau

Je me relis, trouve le ton un peu agressif, mais appuie sur « envoyer », soulagée d'avoir réglé la question. Je vais enfin réussir à dormir. Je m'enfonce dans le lit, apaisée par le poids réconfortant de la couette. Si je pouvais, j'emporterais la literie dans ma valise.

Je glisse lentement dans le sommeil lorsque mon téléphone sonne. Je sursaute et m'en empare. Numéro inconnu. Il est vingt-deux heures. J'hésite à décrocher. Et s'il était arrivé quelque chose à Raphaël ?

– Oui ?

– Je suis vexé que vous remettiez en cause mon professionnalisme, madame Marceau, susurre une voix chaude dans le creux de mon oreille, provoquant des vibrations jusqu'au bout de mes orteils.

– Mais qui êtes-vous ?

Je suis certaine de l'identité de mon correspondant, mais je tente de gagner quelques secondes pour reprendre mes esprits.

– Vous avez douté des compétences professionnelles de combien de personnes, à cette heure tardive ?

J'esquisse un sourire et suis rapidement rattrapée par l'embarras de la situation.

– OK, je me suis peut-être emballée, mais mon fils…

– Écoutez, m'interrompt-il, j'aime bien Raphaël. Il est intelligent, sensible et, jusqu'à il y a peu, il se tenait loin des ennuis. Souvent, quand un jeune a des problèmes de comportement, c'est que quelque chose le perturbe à la maison. Je voulais juste l'aider.

– Parce que vous êtes psy, en plus d'enseigner ?

Je serre mon téléphone et résiste à l'envie de raccrocher au nez de cet abruti. De quoi se mêle-t-il ? A-t-il seulement des enfants avec sa poupée ?

– Quand je vous ai vue aguicher le directeur, j'ai pensé…

– Je… je n'aguichais personne !

Je le coupe pour ne pas entendre la fin sa phrase. De mieux en mieux, il va me prendre pour une allumeuse hystérique et je ne pourrai même pas le lui reprocher. Qu'avais-je en tête pour suivre ce plan débile ?

– Ça y ressemblait drôlement, se moque-t-il. D'ailleurs, M. Florent est tombé dans le panneau.

Le directeur, mais pas lui. J'éprouve de la déception et rougis d'avoir eu cette pensée. Je m'affale sur les oreillers, mortifiée.

– Je souhaitais seulement rendre service, ajoute le prof avec douceur. Cependant, si mon intervention vous dérange, je comprends et n'insisterai pas.

Je ne sais plus quoi répondre. Évidemment, je ne m'oppose pas à ce qu'on aide mon fils. J'ai été stupide de croire qu'il utilisait Raphaël pour se renseigner sur moi. J'ai pris mon désir pour la réalité, alors qu'il me voit juste comme une corruptrice de bas étage, incapable d'élever un adolescent.

– Voulez-vous savoir ce qu'il m'a confié ? poursuit-il tandis que je cherche toujours mes mots.

J'en crève d'envie, mais me garde de l'avouer.

– Il vous fait confiance, vous ne devriez pas m'en parler.

Les mots m'écorchent la bouche, je lutte contre la curiosité et l'appréhension.

– Il m'a autorisé à discuter avec vous, et uniquement avec

vous. Sinon je ne me permettrais pas de vous le proposer. En revanche, il ne veut pas que son père le sache.

Je retiens mon souffle, inquiète de ce que Raphaël a pu lui raconter et que Grégoire doit ignorer.

– Je vous écoute.

– Il espérait vous obliger à le revoir. C'est la raison pour laquelle il a franchi quelques limites.

Je ne comprends pas ce que Roussel essaie de me dire. J'ai besoin d'une pause pour trier ces informations et leur donner du sens.

– M'obliger à revoir qui ?

– Votre mari, marmonne-t-il.

– Ex-mari ! Si Raphaël souhaite que je rencontre son père, pourquoi ne me l'a-t-il pas demandé au lieu de s'attirer des ennuis ? C'est ridicule.

– Il comptait vous réconcilier. Il s'est dit que vous seriez tous les deux inquiets et que vous tenteriez de le tirer d'affaire ensemble. Avec cette machination, il était persuadé de parvenir à forcer le destin.

Ce môme est aussi tordu que sa mère. J'éclate d'un rire nerveux devant l'absurdité de la situation. En pyjama de flanelle, insomniaque et seule dans une chambre d'hôtel, en train de parler de ma vie privée avec un inconnu qui en sait plus sur mon fils que moi. Un inconnu qui me plaît, inutile de le nier, et qui aide mon fils à me faire renouer avec mon ex-mari. J'arrête de rire, soudain prête à pleurer devant ce bilan pathétique.

– Vous allez bien ? s'inquiète Roussel.

Non, pas du tout.

– Oui, super.

– Vous êtes sûre ? Je vous sens à cran. Il est tard, mais si vous voulez que je passe chez vous…

Heureusement que je me trouve très loin de chez moi, j'aurais sans doute peiné à refuser cette offre formulée par une voix diablement sexy. Son timbre grave brouille mes connexions neuronales. *Reprends-toi.*

– Tout va bien, je vous assure.

Roussel soupire. Il souffle le froid et le chaud, tour à tour odieux ou adorable. Parfois dans une même phrase. Je suis perdue.

– Vous êtes séparés depuis longtemps ?

– Depuis un an.

Nous chuchotons. Je suis allongée sur le dos, le regard au plafond. La scène me rappelle les occasions où, adolescente, je dormais chez Claire. Nous murmurions jusqu'au petit matin et tous les sujets y passaient. Nos profs préférés, les peaux de vache et surtout les mecs de l'école. La vie nous semblait compliquée, nous n'avions encore rien vécu.

– Est-ce qu'il y a une chance pour que vous vous réconciliiez ?

Je souris devant le tour étrange que prend la conversation. Bizarrement, je me sens bien. Notre échange devient naturel et je désire qu'il se prolonge.

– Pas l'ombre d'une. Il m'a trahie. Je finirai par lui pardonner ce qu'il nous a fait subir, mais je n'oublierai pas.

– Je comprends. Je peux supporter beaucoup, mais l'infidélité m'est intolérable.

– Je n'ai pas dit qu'il s'agissait d'adultère.

– Je vous ai observés dans le bureau du directeur.

– Et ? Grégoire a une tête de mari volage ? Ou moi, celle d'une femme trompée ?

– Ni l'un ni l'autre. Encore que, concernant votre mari…

– Ex-mari.

– L'ambiance électrique entre vous en disait long. Vous sembliez prête à le mettre à terre et lui paraissait totalement perdu. Ce qui ne lui arrive probablement pas tous les jours.

– Vous auriez vraiment dû être psy.

– Prof, c'est un peu pareil.

– Vous êtes un type bien.

– On me le dit souvent, soupire-t-il avec l'accent du désespoir.

Pourquoi faut-il que l'existence se révèle si compliquée ?

– Je voulais vous dire aussi… Je ne peux pas reprocher à M. Florent d'être tombé sous votre charme.

Il se tait. J'attends un moment qu'il ajoute quelque chose. Mon cœur bat tellement fort que je redoute qu'il l'entende. S'il me pose la question, je peux toujours lui répondre qu'un joueur de djembé se produit dans ma chambre. Le silence persiste et je saisis qu'il ne dira rien de plus.

– Merci d'avoir téléphoné. Vous devriez aller dormir. Je crains que votre femme n'apprécie pas votre professionnalisme au milieu de la nuit.

Il inspire comme s'il s'apprêtait à parler, mais ne prononce rien de plus. Je crois un instant que la communication a été coupée.

– Monsieur Roussel ?

– Appelez-moi Éric, s'il vous plaît. Faites de beaux rêves.

Je prédis des rêves au moins aussi équivoques que sa formule.

– Je m'appelle Léonie, mais tout le monde m'appelle Léo.

– Bonne nuit, Léonie, murmure-t-il avant de raccrocher.

14

Marco avait raison au moins sur un point : Ostuni est une ville magnifique. J'espère y retourner, parcourir le dédale de ses ruelles surmontées d'arches de pierre blanche, admirer l'architecture baroque de l'église. Avec un homme qui partagera ma vie, si possible. Nous flânerons sur la plage et je lui ferai goûter les pâtisseries locales, qui méritent d'être vendues comme antidépresseurs. Mon cerveau indocile imagine un certain prof dans le rôle du mâle à mes côtés et je dois le calmer.

J'ai quitté mon palace et l'Italie sans regret, pressée de retrouver ma petite existence. Elle est un instant pimentée par un énorme et inattendu bouquet de roses rouges, posé devant ma porte. Mon cœur bondit à l'idée qu'il vient peut-être d'Éric. Une carte enfouie au milieu des fleurs me détrompe.

Accepte un resto, en souvenir de nous.
S'il te plaît. G

Un ordre, je retrouve le style de mon ex. « En souvenir de nous » ? Ce fumier ne manque pas d'air. Mais il a aussi écrit

« s'il te plaît », et de sa main, qui plus est. Ce qui signifie que Grégoire n'a pas missionné sa secrétaire mais a pris la peine de se déplacer. Incapable de prêter de bonnes intentions à mon ex-mari, je me rappelle bien vite que la secrétaire en question est également celle de l'avocate qui porte son enfant. Il n'a pas eu d'autre choix que se débrouiller seul. Je balance la carte à la poubelle mais dispose les roses dans un vase.

Je suis plus perturbée par ma réaction en trouvant les fleurs que par le bouquet lui-même. Durant quelques secondes, j'ai espéré et redouté que Roussel en soit l'expéditeur. S'il m'avait envoyé des roses, j'aurais été flattée, évidemment, mais aussi déçue. Je tente d'y voir clair.

1. Je n'aime pas les fleurs (ça, Éric ne peut pas le deviner… Grégoire, lui, devrait le savoir mais c'est un autre débat).

2. Les roses rouges, un des pires clichés romantiques, et la taille indécente du bouquet en disent long sur la personne qui les a envoyées.

3. Depuis notre conversation nocturne, j'ai revu mon jugement sur Éric. C'est quelqu'un de bien. Pas du genre à tromper sa femme.

Une petite voix désagréable me demande si je me fie vraiment à mon instinct. Après tout, par le passé, j'ai imaginé que Grégoire ne faisait pas non plus partie de ce type d'hommes.

Chut, petite voix.

Je délaisse le bouquet et les réflexions hasardeuses pour passer un coup de fil à Béatrice et à Claire. Je les informe de mon retour victorieux. Claire me reproche de ne pas avoir profité de l'éloignement pour céder aux avances de Marco.

Béatrice me félicite d'avoir progressé dans l'accomplissement de La Liste. L'une comme l'autre me mettent en garde contre les manœuvres de Grégoire. Elles me rappellent, au cas où je souffrirais d'amnésie, les mensonges et l'humiliation. Je sais tout cela, comme je sais aussi que bientôt, il sera de nouveau père. Cette seule information suffit à me donner la nausée.

Je les rassure du mieux que je le peux, consciente que si j'accepte l'invitation, je m'aventurerai sur des terres hostiles, infestées de culpabilité et de regrets. J'oscille entre l'instinct de survie et ma propension au sacrifice. Raphaël désire que nous reformions une famille et aucun argument n'a plus de poids que son bonheur. Je ne peux pas ignorer sa souffrance. S'il y a quelque chose à sauver des vestiges de mon couple, cela vaut peut-être la peine d'essayer.

La moindre décision provoquant des angoisses à n'en plus finir, j'ai presque envie de confier mon sort à une pièce de monnaie. Pile, je dîne avec Grégoire. Face, j'exige qu'il mette fin à son entreprise de reconquête. Je ressasse mon dilemme en rangeant mes affaires de toilette, jusqu'à croiser mon reflet dans le miroir de la salle de bains. Je lui adresse une grimace, puis un sourire. Ces quelques jours de repos et de grand air m'ont donné bonne mine. Seuls mes cheveux laissent à désirer. Le problème des coupes courtes réside dans la nécessité de retourner souvent chez le coiffeur…

Saisie par une brusque association d'idées, je consulte ma montre et appelle le salon de coiffure pour solliciter un rendez-vous immédiat, que j'obtiens. Grâce au hasard (peut-être un tout petit peu aidé par moi), mon passage entre les mains de Shirley tombera le même jour et à la même heure que le précédent. Mon objectif final ne m'apparaît pas clairement mais, partant du principe que les gens ont leurs habitudes, je m'attends à y trouver Éric Roussel.

À part une mamie aux cheveux mauves, personne n'occupe de bac à shampooing. Aucune trace du prof dans les fauteuils non plus. Je m'installe en soupirant. Une tache de couleur attire mon regard. Tony s'est encore pris pour un décorateur d'intérieur et a tracé quelques mots en vert pomme dans un grand cadre rose fuchsia. L'affiche clame : « *Love is in the hair* ».

J'accepte un magazine people pour effacer cette horreur de ma rétine. Dans ma précipitation, j'ai oublié d'emporter un roman. Je me plonge dans un article sur le mariage d'un sportif et d'une chanteuse, qui a pour toile de fond une île paradisiaque et pour invités les célébrités du moment. Leur bonheur sur papier glacé me déprime. Combien de semaines avant que le magazine dénonce l'adultère de l'un des deux, photos de leurs visages défaits pour preuve ? À moins qu'ils ne se reproduisent d'abord et que ledit magazine ne nous inonde de clichés des premières sorties du bébé des stars ? Mon cynisme égalera bientôt celui de Claire.

– Vous avez renoncé à Kant ?

Je sursaute et manque de laisser tomber l'hebdomadaire. Je rougis avant même de croiser le regard de mon interlocuteur, installé dans le fauteuil voisin. Grillée en flagrant délit d'activité débilitante, je cherche quoi répondre.

– Sociologiquement, c'est très instructif.

Au moins, j'aurai essayé. Éric hausse un sourcil et émet un petit rire amusé.

– C'était bien, l'Italie ?

Il s'intéresse à moi. Je suis trop perturbée par les battements rapides de mon cœur pour analyser cette information.

– J'ai demandé de vos nouvelles à Raphaël, précise-t-il devant mon air ahuri. J'espère que vous me pardonnerez de lui avoir posé des questions.

Un sourire moqueur apparaît, frémit et s'efface. Il hésite à poursuivre. Je l'aiderais volontiers si je n'étais pas aussi surprise par son attitude.

– Je n'ai pas osé vous rappeler après notre conversation, mais je me suis inquiété. Vous ne sembliez pas en forme.

Il paraît sincère, et je me perds dans les hypothèses expliquant sa sollicitude. Il doit vraiment apprécier mon fils pour se préoccuper à ce point de sa vie et, par ricochet, de la mienne.

– J'ai passé de très bonnes vacances, merci.

Je m'applique à répondre avec légèreté, ignorant délibérément son ton sérieux. Un air soulagé s'épanouit sur son visage.

Vite, une autre futilité, ne pas laisser le silence alourdir l'ambiance.

– Si vous vous rendez un jour dans le sud de l'Italie, je vous conseille les *pasticciotti,* ces pâtisseries sont à se damner.

Rien qu'en prononçant le nom, je sens encore leur goût sucré sur mes lèvres. Éric m'étudie. Ses yeux se promènent sur mon visage, s'arrêtent sur ma bouche, et je frissonne.

– Et vous, comment allez-vous ?

Je préfère le faire parler avant de dire n'importe quoi. Il hoche la tête. Je suppose que cela signifie que sa vie parfaite suit son cours. Il me dévisage toujours. Quelque chose dans mon ventre effectue un triple salto arrière.

Reprends-toi, cesse de fantasmer sur un prof de ton fils, un homme en couple, voire marié.

Je jette un œil à sa main gauche. Pas d'anneau en vue. Il est peut-être « en instance de divorce ». Je me gifle mentalement.

– Plus de soucis avec Raphaël ?

Nouvel effort de ma part pour remettre notre échange sur le terrain où il est censé se dérouler.

– Aucun ! Il s'est repris. Tous ses enseignants ont remarqué qu'il était plus appliqué.

– Tant mieux.

Bien bien bien.

J'acquiesce comme une idiote, ne sachant quoi dire pour éviter de nous entraîner vers un sujet périlleux. Roussel ne m'aide pas.

– Il a retrouvé un certain équilibre, je suppose, marmonne-t-il.

Je secoue la tête, un sourire stupide plaqué sur les lèvres. Il me lirait le règlement intérieur de l'école, je réussirais à me pâmer.

– Son père et moi allons nous efforcer de lui offrir plus de stabilité.

Son père qui m'a envoyé des fleurs. Le monde ne tourne pas rond, ces derniers temps.

– Je suis content pour vous. Je dois y aller, passez une belle journée.

Il se lève d'un bond et quitte le salon de coiffure. Sa volte-face tellement soudaine ne m'a pas laissé l'occasion de lui dire au revoir. Shirley se poste derrière moi, ses yeux de poupée écarquillés. Elle porte des faux cils qui rendent son regard plus candide encore que d'habitude.

– Waouh ! glousse-t-elle. Il vous kiffe grave !

Toujours perplexe quant à son départ précipité, je mets quelques secondes à comprendre ce que Shirley insinue. J'émets un rire embarrassé avant de préciser :

– C'est juste un prof de mon fils.

– Ça n'empêche qu'il avait un truc dans le regard qui ne trompe pas, rétorque-t-elle.

Shirley, si jeune et si naïve. Je n'ai pas le cœur à lui expliquer la triste réalité, à savoir qu'Éric sort avec une femme magnifique et qu'il ne voit en moi que la mère dépassée d'un ado qu'il apprécie. Nettement moins glamour que sa version. Sans doute lit-elle trop la presse people.

– Il était tellement chamboulé qu'il est reparti sans qu'on le coiffe.

Ah.

Il est distrait, voilà tout. Je refuse de croire que je l'intéresse en tant que femme.

15

Je ne suis pas très douée en statistiques, mais après que ma pièce de monnaie est tombée côté pile cinq fois de suite, il m'a semblé que le destin essayait de me transmettre un message. J'ai pris ma décision.

Lorsque je rentre ce soir-là, un horrible rap américain résonne dans tout l'immeuble. Je suppose que je trouverai Raphaël cloîtré dans son antre, plongé dans un jeu. Il peine à s'adapter, après quinze ans de vie dans une villa, à la proximité de voisins qui apprécient peu son tapage. Je passe la tête par la porte de sa chambre :

– Salut, mon chou. Tu peux baisser ta musique ?

J'ai pris soin de dire « musique » et non « raffut » ou « bruit » comme cela m'arrive parfois, m'attirant alors des regards assassins. Il diminue immédiatement le volume et se lève pour m'embrasser.

– Salut, mam's, t'es canon !

– Merci, mon grand. Je sors ce soir, tu veux que je te prépare un plat ou tu commandes une pizza ?

– Tu sors ? Avec qui ? demande-t-il avec un air soupçonneux de parrain de la mafia.

– Ton père.

Un immense sourire lui barre le visage et me tord l'estomac. Je réalise à quel point notre séparation l'a blessé. Aurais-je dû fermer les yeux sur l'adultère et poursuivre notre vie, comme ma mère l'a fait avec mon père ? J'ai tant souffert de la voir endurer cette situation. Nous habitions une petite ville où tout se savait et mon père ne prenait de toute façon pas la peine de se cacher. Chaque incartade était connue. Si, par hasard, elle passait inaperçue, un sentiment de culpabilité inopportun poussait mon père à tenter de racheter ses fautes pendant quelques semaines. Nous pouvions déduire de ses dépenses s'il avait été infidèle ou non. Nous devions à ses tromperies des week-ends à la mer et à la montagne, de nouveaux meubles ou le dernier objet technologique, des vêtements ou un repas en famille dans un restaurant chic. Chaque bon moment était ainsi marqué par la laideur de ce qu'il cachait.

En épousant un homme intègre tel que Grégoire, j'ai cru échapper à ces humiliations. Peut-être n'y a-t-il pas moyen de se dérober à son destin. Celui des femmes de ma famille a été de supporter l'adultère. J'ai toujours pensé que, dépendant financièrement de leur mari, elles n'avaient eu d'autre choix que de rester et de souffrir en silence. Si bien que je me suis accrochée à mon travail telle une naufragée cramponnée à un morceau de bois.

Et si elles avaient eu d'autres motivations pour ne pas partir ? Peut-être avaient-elles décidé que la famille passait avant leur bien-être personnel ? Ai-je eu raison de laisser Grégoire faire voler en éclats notre existence tranquille ? Aurais-je dû me battre pour que notre couple survive à cette tempête ? Et surtout n'était-il pas trop tard pour se poser toutes ces questions maintenant que mon ex-mari allait être père à nouveau ?

***

Par miracle, Grégoire est déjà arrivé quand j'entre dans le restaurant. Je jette un œil à ma montre, pourtant persuadée d'être à l'heure. Je le suis, en effet… Ce qui signifie que Greg, l'éternel retardataire, prend ce dîner très au sérieux. Il se lève d'un bond à mon approche et tire ma chaise avec une galanterie à laquelle il ne m'a pas habituée. Il m'embrasse avant que je puisse l'esquiver, à moitié sur la joue, à moitié au coin des lèvres. Je sens tous mes muscles se contracter sous l'effet de son intrusion.

– Justine t'a bien dressé.

Il y a mieux comme entrée en matière qu'un coup bas, mais je me sens incapable de retenir une pique.

– Tu es superbe, répond-il en ignorant ma méchanceté.

Un serveur verse du champagne dans nos coupes. Grégoire a décidé de sortir le grand jeu et je vais finir accro aux bulles. Il m'adresse son sourire séducteur.

– Tu n'es pas mal non plus.

Je comprends en le voyant pourquoi j'ai craqué pour cet homme distingué. Son élégance contraste avec les traits de son visage, taillés au couteau. Un visage de brigand sur un corps de gentleman. Cela accentue son charme. Il porte un costume de belle facture sur une chemise dont il a ouvert le premier bouton. Pour une fois, il a abandonné la cravate. Lorsqu'il s'est levé pour m'accueillir, j'ai surpris le regard envieux de quelques femmes. Ce n'est plus le même homme qu'il y a deux ans. Après quelques années à se laisser aller, j'aurais dû me méfier quand il s'est mis au régime et a repris le sport. Mais avais-je seulement remarqué qu'il recommençait à prendre soin de lui ?

Le voilà aussi beau que lorsque nous nous sommes rencontrés. Il a rajeuni depuis qu'il vit avec Justine. Pourtant, il ne m'attire plus. Je le trouve séduisant comme je savoure l'harmonie des couleurs et la décoration de bougies et de fleurs sur les tables. Rien d'autre, plus de trouble ni de désir. Une simple appréciation esthétique.

– Ton voyage en Italie était agréable ?

Le ton léger de sa question détonne avec l'attitude attentive qu'il adopte depuis mon arrivée. Il badine et je le connais encore assez pour savoir qu'il ne parle jamais pour ne rien dire.

– Que cherches-tu ?

La tournure que prend le dîner m'agace. Je résiste à l'envie de mordre. Je me doutais pourtant de ce qui allait se passer en acceptant son invitation. Il hausse les sourcils et je reconnais un étonnement feint. L'avantage de nos nombreuses années de vie commune. Bon, d'accord, je ne l'ai pas soupçonné quand il me trompait, mais peut-être ne voulais-je pas voir. Théorie que défend Béatrice concernant mon aveuglement. Toujours est-il qu'à cet instant précis, il a compris le sens de ma question.

– J'avais envie de discuter avec toi. J'ai réalisé que… peut-être… nous nous étions séparés un peu vite.

Je m'étouffe presque dans ma coupe de champagne. Il ne manque pas de toupet de réécrire l'histoire à sa façon.

– Petit rappel des faits, cher maître. *Tu* m'as trompée. J'aurais peut-être pu te pardonner, nous laisser une seconde chance, mais quand j'ai souhaité que tu découches quelques jours, le temps d'y voir plus clair, *tu* as choisi de partir vivre chez Justine. Et maintenant, elle est enceinte !

Il baisse les mains et la tête en signe de reddition. Cette fois, il semble sincère.

– OK, se reprend-il, tu marques un point. Alors, disons que *j'ai* réalisé que *j'avais* déconné. Tu me manques, Léo. Je regrette nos conversations, nos dîners, les dimanches où on se promenait avec Raphaël, nos vacances au bord de la mer. C'est bien simple, toute la vie avec toi me manque.

Quelques mois plus tôt, j'aurais donné n'importe quoi pour vivre ce moment. Je m'étonne de ne ressentir qu'exaspération et ennui. L'amour pourra-t-il renaître entre nous si je lui en laisse l'occasion ?

– Tu délires complètement. Que fais-tu de Justine ? Et que fais-tu du bébé ?

Grégoire fixe un point sur la nappe. Mesure-t-il seulement l'importance de ce qu'il vient de me dire ? Il s'est toujours montré impulsif, se fiant à son instinct, prenant des décisions pour réfléchir des heures, voire des jours plus tard, aux conséquences possibles.

– Elle n'est pas faite pour moi, soupire-t-il dans un aveu qui semble le soulager.

– Elle porte ton enfant, tu aurais peut-être dû te poser ces questions avant.

M'apparaît soudain l'image de Grégoire et moi renouant avec notre vie de couple, dans notre belle et grande villa, accueillant une semaine sur deux son bambin. Connaissant mon ex-mari, il ne se lèverait pas plus pour lui qu'il ne l'avait fait pour Raphaël. À moi les couches, les réveils nocturnes, les lessives. J'aime mon fils et me sens prête à beaucoup de sacrifices pour le rendre heureux, mais de là à passer l'éponge et à m'occuper de l'enfant de Greg et de sa maîtresse, cela dépasse les limites de l'abnégation. Et je ne suis pas une sainte.

– Promets-moi d'y réfléchir avant de me rejeter.

– Tu arrives trop tard.

Ma réponse a jailli sans que je l'aie préméditée. Grégoire tressaille. Je reconnais son fameux regard, celui de l'avocat qui s'apprête à anéantir un témoin.

– Tu as quelqu'un, c'est ça ? Je m'en doutais. J'ai bien vu, l'autre jour, à l'école, que tu étais différente. Ta coupe de cheveux, ta tenue. Tu ne te souciais pas autant de ton apparence avec moi.

J'accuse le coup sans broncher. Une fois encaissé le choc de cette perfidie, je dois bien admettre qu'il a raison. Il n'est pas le seul à s'être laissé aller pendant nos dernières années de mariage. Je me suis encroûtée. J'ai pris un peu de ventre, en même temps que l'habitude de mettre des vêtements confortables. Je traînais parfois en pyjama le dimanche. Pour qui aurais-je accompli des efforts ? Il n'était jamais là.

– Je le connais ? C'est un de nos amis ? Ou alors un de ces types que Claire t'a sûrement présentés ? Elle ne m'a jamais aimé, cette pétasse. Ça fait longtemps que vous vous voyez ? Il est parti avec toi en Italie ?

Lui répondre équivaudrait à lui fournir encore plus d'armes. J'ai appris au fil du temps à laisser passer l'orage.

– Comment veux-tu qu'on discute si tu ne me donnes pas l'occasion de parler ?

Il me scrute comme s'il essayait de lire en moi, mais se tait enfin. Avant, ce genre de session me rendait dingue. Je tentais de répondre à ses questions, mais chacune de mes réponses générait dix questions supplémentaires. J'en ressortais épuisée et au bord des larmes. Je constate avec surprise que ce n'est pas le cas cette fois. Aux coups d'œil nerveux de mon ex-mari, je sais qu'il est au moins aussi étonné que moi.

– Il n'y a personne, Grégoire. Je n'ai pas besoin d'un homme pour te dire que tout est fini entre nous.

Je quitte le restaurant, satisfaite. Je ne me suis jamais sentie aussi sûre d'une décision. Je n'ai pas craqué, j'ai gardé la maîtrise de mes émotions et tenu tête à l'avocat le plus brillant de la ville. Ma fierté s'envole quand je trouve Raphaël, toujours éveillé, devant un film d'action. Au regard qu'il me lance, je devine qu'il m'attendait. Je me laisse tomber sur le divan à côté de lui et ôte mes escarpins.

– Ça a été ? demande-t-il avec ce qui ressemble à de l'espoir dans la voix.

– Oublie ça, mon chou, ça ne fonctionnera plus jamais entre ton père et moi. Je suis désolée.

Il pose sa main sur la mienne et la presse doucement.

– C'est moi qui suis désolé pour toi, mam's. Tu l'aimes toujours ?

Pour la première fois, ce soir, j'ai réalisé que j'avais tiré un trait sur mon ancienne vie.

– À ton âge, tu devrais te préoccuper de tes histoires de cœur, pas des miennes.

Il ne me quitte pas des yeux, je ne m'en sortirai pas aussi facilement.

– Je vais bien et non, je ne suis plus amoureuse de lui.

Je le respecte parce que c'est ton père et un homme intelligent. Rien de plus.

J'ai prononcé ces quelques phrases avec toute la douceur possible. Raphaël hoche la tête comme si cela n'avait pas d'importance.

– Je ne te suis plus, tu avais l'air de tellement tenir à notre réconciliation.

– Je pensais que… comme ça fait un an que vous êtes séparés… et que tu n'as rencontré personne…

– Parce que je ne me sentais pas prête à passer à autre chose.

Il acquiesce, comprenant peut-être mon explication. Que saisit-on des histoires d'amour quand on a 16 ans ?

– Et maintenant ?

– Je ne sais pas. Ce n'est pas si simple.

Je ressens l'envie de renouer avec la gent masculine, mais je ne veux rien précipiter. Hors de question de réitérer les mêmes erreurs. Je donnerai les vingt prochaines années de ma vie, et peut-être les suivantes si j'ai de la chance, à quelqu'un qui les méritera. D'ailleurs, je ne les donnerai pas, je les partagerai tout au plus.

– Quand tu seras OK, il ne nous restera plus qu'à te trouver un mec, conclut Raph avant de retourner à son film.

Je lutte pour ne pas penser à Éric Roussel et échoue lamentablement. Nos échanges sont toujours étranges, tendus, un peu incertains, très troublants. Il me désarçonne sans arrêt et pourtant, je me sens bien en sa présence.

– J'ai croisé ton prof de français.

Je comprends soudain que j'ai devant moi la dernière personne avec qui en parler. Raphaël me fixe, attendant que je poursuive. Je me concentre pour ne pas rougir.

– Il m'a dit que tu t'étais repris. Je suis fière de toi.

– Merci mam's. C'est un peu grâce à lui. On discute souvent tous les deux, c'est vraiment un chouette type.

Oui, un « chouette type ».

Raphaël pique ma curiosité. Je veux tout connaître de son prof. En tout bien, tout honneur. Parce qu'il fait partie de la vie de mon fils. Pas parce qu'il est canon et me trouble. Absolument pas.

Je sais combien aller à la pêche aux informations auprès de mon fils est malsain, mais ne peux m'en empêcher. J'ai même googlisé Éric pour en apprendre plus sur lui. Pour rien. Il n'est présent que sur le site de l'école.

– Tu sais s'il est marié ?

Raphaël me dévisage. Pour la subtilité, j'ai d'énormes progrès à faire.

– Il t'intéresse ? questionne-t-il en fronçant les sourcils.

– Quoi ? Mais non, enfin. Tu me connais, je suis curieuse.

Je tente un petit rire léger et grimace devant cet ignoble jeu d'acteur.

– OK, souffle Raphaël avec soulagement, parce que ça aurait été vraiment trop bizarre.

Hmm.

– Ma mère et un de mes profs, t'imagines l'horreur, précise-t-il en frissonnant.

Génial. Ma question n'a plus beaucoup d'importance. Je me lève, épuisée par cette trop longue soirée, désirant plus que tout retrouver mon lit.

– Je ne sais pas s'il est marié mais il est toujours fourré avec la prof d'anglais, reprend Raphaël. Ils passent leur temps à se vanner quand ils sont dans la même pièce.

Ma gorge se noue et j'inspire lentement. J'embrasse ses cheveux, incapable d'ajouter un mot. Je me dirige vers la salle de bains où je me brosse les dents et enfile mon pyjama en retenant ma respiration. Raphaël estime « trop bizarre » que je puisse avoir une relation avec son prof. Et le prof en question a de toute façon tout ce dont il a besoin. Il ne me reste plus qu'à devenir indifférente à son pouvoir d'attraction. Je dresse mentalement une liste de ses défauts. Il est arrogant, sarcastique, intrusif, il flirte sans vergogne avec la mère d'un de ses élèves. Chaque fois que j'ajoute une imperfection, son visage souriant s'impose comme pour me dire : « Tu sais bien que tu exagères ».

16

Les Post-it me narguent toujours dans les différentes pièces de la maison. Il ne me reste que deux challenges.

Il fait trop froid pour commencer le sport. Rien qu'en imaginant me traîner hors de chez moi le soir, transpirer sur une machine, rentrer dans le noir et par des températures inhumaines, c'est-à-dire en dessous de dix degrés, je sens toute motivation fuir loin de moi. J'ouvre mon ordinateur et cherche un cours susceptible de me contenter un minimum. Je tombe sur une annonce pour des cours de dessin. Le nom du professeur me plaît : Nikodem Adamski. Il a un petit côté personnage de conte russe. De plus, cette activité comporte plusieurs avantages : dessiner calmera mes angoisses, j'ai toujours voulu savoir dessiner et, surtout, je fantasme sur les artistes depuis mon premier flirt, qui fréquentait les Beaux-Arts.

Le lendemain, en sortant du travail, je me rends directement au cours. Lorsque j'arrive dans la salle, j'installe mon carnet à croquis et ma nouvelle collection de crayons au dernier rang. J'écoute d'une oreille la discussion de deux jeunes femmes. Elles mènent le genre de conversation futile que j'ai avec Claire et Béa. J'explore le reste du local et sursaute en découvrant une nuque et des épaules qui auraient pu appartenir à Roussel. Mon obsession s'amplifie. Je renonce à examiner les autres participants. J'ai appris que pour jouer les caméléons, il faut éviter de regarder les gens. Ignorez-les et ils vous ignoreront.

Difficile toutefois de ne pas remarquer Nikodem Adamski. Il possède un physique à la hauteur de son nom. Âgé d'une soixantaine d'années, il arbore des cheveux et une épaisse moustache blancs qui encadrent des lorgnons à monture d'acier et de bonnes joues rouges. Il semble tout droit sorti d'un dessin animé, avec sa bouille de Père Noël. Tandis qu'il nous souhaite la bienvenue, je m'étonne de ne pas entendre un accent de l'Est. Il retire une pomme d'un sac en papier et entreprend de nous expliquer que la séance sera consacrée à la nature morte. Sujet bien éloigné de l'apollon à moitié nu que Claire a imaginé quand je lui ai parlé de mon projet. Voilà ce qui arrive lorsqu'on pense vivre dans une série télé. Il balaie l'assistance de son regard malicieux.

– Avez-vous des questions ?

J'évite de me retrouver dans sa ligne de mire et m'affaire à ordonner mes crayons déjà parfaitement alignés.

– Monsieur, moi ! s'exclame une voix qui ne m'est pas inconnue.

Ma névrose s'aggrave. Je jette un œil de l'autre côté de la salle pour me rassurer et insulte le hasard qui se moque de moi. Nikodem invite Éric à s'exprimer d'un petit signe de tête.

– Est-ce que je peux changer de place ? demande-t-il avec un air de gamin facétieux.

Les deux copines pouffent tandis que le vieux professeur croise les bras sur sa poitrine. Rien de tel pour faire retomber des adultes en enfance que de les mettre dans une salle de classe.

– Quel est le problème avec votre place ? questionne-t-il du ton de celui qui a déjà tout entendu.

– Trop près du radiateur, m'sieur Adamski. Je serai dans de meilleures conditions climatiques pour dessiner si je m'éloigne de la chaleur.

– Ici, la température est parfaite, recommande une des copines en minaudant.

Je lève les yeux au ciel.

Idiote.

Éric la remercie de son sourire à faire fondre la calotte glaciaire.

– Je pensais plutôt me mettre près de la porte, précise-t-il en indiquant du pouce le fond de la classe, sans se retourner.

Je sens mon cœur accélérer ses battements et je me giflerais pour ça. Je sais que je dois me tenir le plus loin possible du prof de Raphaël.

– Bien, conclut Nikodem en tapant dans ses mains. Si tout le monde a trouvé une place à la température idéale, je propose que nous commencions.

Éric ramasse ses affaires et s'installe sur la chaise libre voisine de la mienne. J'aurais préféré qu'il laisse un ou deux mètres entre nous, d'autant que je me trouve seule sur la dernière rangée. Nous ne manquons pas d'espace.

– Léonie, quelle bonne surprise, feint-il de s'étonner, tout sourire.

Je lui adresse un regard glacial et m'empare d'un crayon.

– Bonsoir.

– Je ne peux plus faire un pas sans vous croiser, je vais finir par croire que vous me suivez.

– C'est le drame des petites villes, on rencontre toujours les mêmes personnes où qu'on aille, qu'on le veuille ou non.

Il a un sourire en coin, sceptique face à ma froideur simulée.

– Je ne vous avais jamais vue ici. J'ignorais que vous aviez des talents artistiques, poursuit-il, faisant mine de ne pas remarquer mon attitude pincée.

Dans quelle galère suis-je encore allée me fourrer, moi qui parviens à peine à tracer un cercle à main levée ? Nikodem passe entre les bancs pour déposer un fruit devant chaque participant. Arrivé à notre hauteur, il fouille son sac en papier et en sort une pomme qu'il place entre nous deux.

– Voici la dernière. Ça ne vous dérange pas de la partager ?

– Je veillerai à ce qu'Ève ne la croque pas, plaisante Éric, récoltant le rire tonitruant de Nikodem et mon regard furibond.

Le prof tourne les talons pour apporter ses conseils aux étudiants qui ont déjà commencé.

– Vous deviez être première de classe, commente mon voisin en griffonnant sur sa feuille. Je m'étonne que vous ne soyez pas assise au premier rang.

Ce type m'agace prodigieusement. Oui, j'ai été une élève sérieuse et appliquée, toujours soucieuse d'obtenir de bonnes notes. Et alors ? Par contre, je ne me mettais jamais, ô grand jamais, devant.

– Et vous, vous deviez être un atroce chahuteur.

Éric éclate d'un rire qui lui attire quelques murmures

désapprobateurs. Ce qui ne semble pas l'émouvoir le moins du monde. Ce type devient de plus en plus craquant. Fait chier.

– Vous savez ce qu'on dit ? Les pires élèves deviennent les meilleurs profs. Mais pour votre gouverne, même si j'aimais m'amuser, j'étais plutôt bosseur pendant mes études.

– Pas moi.

Oui, je mens effrontément, et alors ?

– Il faudra que vous m'expliquiez quand est apparu cet air sinistre qui ne vous quitte pas. Mais pour l'instant, chut, laissez-moi me concentrer. Sinon le Père Noël va nous virer de sa classe.

Il ne manque pas de culot. Je tique, il a eu la même idée que moi, comparant notre vieux prof au Père Noël. C'est stupide. N'importe qui aurait cette impression en apercevant Nikodem. Simple coïncidence. Comme le fait que je le rencontre régulièrement. Pas de quoi y voir un signe quelconque.

– Après le cours, je vous offre un verre pour que vous me racontiez ce que vous fabriquez ici, chuchote soudain Éric, tout près de mon oreille.

Trop près de mon oreille.

Je frissonne en sentant son souffle dans mon cou et crispe les doigts autour de mon crayon. Je crève d'envie d'accepter. Il me plaît, il m'amuse et je veux apprendre à le connaître.

– Non merci.

Je me félicite d'avoir réussi à répondre de cette voix détachée, étant donné mon état. Éric me fixe et je baisse les yeux sur ma feuille. Il se tient trop près de moi pour que je soutienne son regard.

– J'insiste.

Je réprime un nouveau sourire. Je tente de tracer un dessin s'apparentant vaguement à une pomme. Le résultat est médiocre. À côté de moi, Éric est passé aux pastels. Il estompe les couleurs et des fruits plus vrais que nature prennent forme. Ses doigts caressent le papier. Il est doué. J'ai une brusque envie de devenir une feuille de vélin. Je quitte la vision de ses mains pour me ressaisir et j'observe son profil. C'est pire. Il a l'air absorbé et mordille sa lèvre inférieure en dessinant. Sa bouche est un appel aux égarements. Il a une légère barbe qui procure sans l'ombre d'un doute des sensations agréables sur la peau.

– Arrêtez de me dévisager, ça devient gênant, murmure-t-il.

Je sursaute. Je ne me suis pas aperçue qu'il avait repéré mes œillades. J'espère ne pas avoir bavé, pique un fard et reprends mon crayon en inspirant profondément. Après quelques secondes, réalisant qu'il ne dessine plus, je risque un nouveau regard vers lui. Il m'observe en souriant, son visage à vingt centimètres du mien, tout au plus.

– Voilà que vous recommencez, plaisante-t-il. Vous ne pouvez pas vous en empêcher, ma parole.

– C'est vous qui me fixez.

– Je le reconnais. C'est un spectacle charmant.

Je ferme les yeux un instant, refoulant le désir qui monte par vagues et espérant ne pas rougir de façon trop visible. Sa présence titille mes nerfs. Et sa voix, son odeur, ses mains, sa bouche. Bordel de merde, je suis mal embarquée.

– Quel affreux dragueur !

– Moi ? s'esclaffe-t-il. Mais pas du tout. D'ailleurs, ne me cherchez pas de défaut, je n'ai aucun vice.

Je ne peux me retenir de rire à mon tour devant son air de vierge effarouchée.

– Et vous ? Quels sont vos travers ?

Sa voix se fait plus grave et je déglutis difficilement.

– Je n'en ai pas.

J'espère que mes joues n'ont pas viré au rouge vif. Il sourit et son regard passe de mes yeux à mes lèvres.

– OK, j'ai compris. Je vous avoue un vice et vous en faites autant.

J'ouvre la bouche pour protester que je n'ai pas envie de jouer, mais Éric ne m'en laisse pas le temps.

– J'adore boire un coca avec deux glaçons et une rondelle de citron, chuchote-t-il sur le ton de la confession.

Je ne m'attendais pas à ce genre de révélation et j'éclate de rire. Des élèves se retournent pour dévisager les fauteurs de troubles du fond de la classe.

– À vous.

– Vous trichez. Le coca, ce n'est pas un vice.

– J'en ai un deuxième : j'aime discuter avec vous, même quand vous me remballez. Et j'aime vous faire rire aussi.

Je suis sur le point de rétorquer que sa compagne apprécierait moins si elle l'apprenait, mais Adamski nous gratifie d'un : « Chuuuut ! » sévère. Je baisse les yeux sur ma feuille, mortifiée comme quand mon institutrice m'adressait une remarque. Pendant le reste du cours, je dessine sans vraiment m'en rendre compte, acquiesce aux conseils de M. Adamski, tente d'ignorer Éric Roussel. Pour ce dernier point, je fournis d'immenses efforts dans la mesure où je ressens presque sa chaleur à travers mon pull tant il se tient près de moi. Je lutte pour ne pas m'enivrer de l'odeur de son parfum boisé.

À quelques minutes de la fin, tandis qu'Éric interpelle Nikodem pour un avis, je range mes affaires dans la précipitation et prends la fuite sans me retourner. Je me répète comme un mantra que je n'ai pas besoin d'un homme, et sûrement pas du prof de mon fils, si troublant et sexy soit-il.

17

Les semaines filent vers la fin de l'année et je m'efforce de ne plus penser à Éric.

Sans s'en douter, mon fils m'a aidée à garder les pieds sur terre et les sens sous contrôle en séjournant à l'appartement pendant sa session d'examens. Il ne parvient pas à étudier chez son père où Justine, arrivant au terme de sa grossesse, devient irascible. Il utilise d'autres mots pour la décrire, mais je résume l'idée. Depuis que son comportement ne pose plus problème, l'ambiance s'est détendue entre nous. De plus, je l'ai surpris, au coin de la rue, en pleine conversation avec une jeune fille, confirmant mes soupçons liés à sa fréquentation assidue de la salle de bains. Les joues rosies par le froid et sans doute aussi par le plaisir qu'elle éprouvait à cet instant, elle riait aux éclats à une des blagues de Raphaël, touchant son bras en un geste familier. Raph souriait à s'en exploser la mâchoire. Je n'ai pas voulu les interrompre, et encore moins les embarrasser en forçant les présentations.

Pour m'aider à oublier le prof, le hasard se comporte enfin en allié. Grâce au calendrier préétabli de la garde alternée, le jour de la remise des bulletins tombe la semaine où Raphaël réside chez son père. Je ne sais si je dois me réjouir à l'idée que Grégoire se charge de cette rencontre ou être déçue de rater l'occasion de revoir Roussel. Il hante mes rêves et mes pensées trop souvent, malgré son absence totale de mon quotidien. Afin d'éviter des souffrances inutiles, j'ai fui les abords de l'école et les endroits risqués tels que le cours de dessin. Je ne me rends au salon de coiffure que lorsque je sais que Roussel enseigne. Moyen laborieux mais imparable pour ne plus le rencontrer.

Cependant, même l'immersion dans le travail ne m'empêche pas de fantasmer vingt-quatre heures sur vingt-quatre sur Éric Roussel. Je me maudis d'avoir résisté à la tentation. Une petite partie de jambes en l'air, voilà tout ce que je pouvais espérer d'un mec infidèle, mais faute de mieux, autant soulager sa frustration.

– Léo, qu'est-ce que tu fiches encore ici ? tonne la voix de mon patron.

Je sursaute et jette un œil à l'horloge du bureau : dix-huit heures. Merde, je n'ai pas vu filer l'heure.

– Ne me dis pas que tu passes Noël toute seule ! Tu veux venir à la maison ? Maggie t'accueillera avec plaisir.

– C'est gentil, boss, mais mes invités arrivent bientôt.

– Vraiment ? demande-t-il, sceptique, connaissant ma tendance à répondre que je me sens tout à fait bien quand mon moral stagne dans mes chaussettes.

– On ne peut plus sûre. Joyeux Noël, patron.

J'éteins l'ordinateur et file sous son regard dubitatif. Raphaël passe le réveillon chez son père, mais j'ai convié mes voisins. Il me reste juste le temps de tout préparer.

***

Je me gare en catastrophe dans la rue et entre dans mon immeuble au pas de course. Je fonce vers le deuxième étage, tout en répondant à un SMS de Claire qui me souhaite un bon réveillon en compagnie des ancêtres. Arrivant sur le premier palier, je percute de plein fouet un large torse qui barre le chemin. Je crie, de surprise plus que de douleur, et lâche mon téléphone en sentant que je bascule vers l'arrière. Des bras puissants me rattrapent et m'empêchent de dévaler l'escalier.

– Ça va ?

Cette voix, bordel. Et ce parfum.

Est-ce que je fantasme au point de le voir partout ? Je relève la tête et ma mâchoire se décroche. Je me trouve dans les bras d'Éric.

Merci, Père Noël, de récompenser mon comportement exemplaire.

Mais que diable fabrique Roussel dans mon immeuble ?

– Excusez-moi… je courais sans regarder devant moi.

– Tout le plaisir est pour moi, répond-il avec son satané sourire en coin.

Il me lâche après s'être assuré que je suis stabilisée et se penche pour ramasser mon téléphone. Je me fiche du téléphone, je veux regagner ma place, tout contre lui. Je lutte pour ne pas simuler une nouvelle chute.

Respire, bécasse.

– Vous ne vous êtes pas fait mal ?

Je secoue la tête, tentant de calmer mon cœur qui cavale au triple galop.

– Vous connaissez quelqu'un dans cet immeuble ?

– Vous, réplique-t-il avec un nouveau sourire qui fait apparaître la fossette de son menton. Je m'inquiétais de ne plus vous voir… et j'ai appris que vous fêtiez Noël sans Raphaël… alors je suis passé vous déposer un petit cadeau. Trois fois rien, mais…

– Qu'est-ce que c'est que ce raffut ? tempête Auguste, nous faisant sursauter tous les deux.

Mon voisin nous fixe d'un air sévère, comme deux gamins en train de chahuter dans les escaliers. Son frère apparaît en miroir, de l'autre côté du palier.

– Ah, Léo, tu tombes bien, s'exclame Octave. Ce charmant monsieur venait de déposer un paquet pour toi. Comme tu n'étais pas encore arrivée, j'ai proposé de le garder. D'ailleurs, tu rentres tard. Tu te souviens que tu nous as invités ?

Les deux petits vieux me scrutent, inquiets de ma réponse, et je hoche la tête.

– Éric, je vous présente Auguste et Octave, mes adorables voisins. Messieurs, voici Éric Roussel, prof de français et responsable de la classe de Raphaël.

J'insiste lourdement sur ses attributions, espérant que les jumeaux s'abstiendront de tout commentaire déplacé.

– Et vous apportez des cadeaux aux mères de tous vos élèves ? questionne Octave en se croisant les bras sur la poitrine.

Mes présentations se révèlent trop subtiles. La prochaine fois, je demanderai expressément qu'ils la bouclent, tous les deux. Je jette un coup d'œil à Roussel, dont le sourire frémit.

– Non, pas à toutes les mères…

La fin de sa phrase volette dans l'air. Il se frotte la tête, embarrassé. Je ressens des pulsions meurtrières, mes voisins viennent de raboter leur espérance de vie.

– Bien… je file… Passez un agréable réveillon.

Il s'éloigne déjà, sans un regard en arrière, et mon cœur s'émiette. La période des fêtes me rend sans aucun doute plus émotive.

– Attendez, l'apostrophe Auguste sur un ton qui trahit son passé de militaire.

Éric s'immobilise et je me mords la lèvre, heureuse qu'il retarde son départ, mais appréhendant ce que mon voisin compte ajouter.

– Si vous n'avez rien de prévu, restez donc. Quand il y en a pour trois, il y en a pour quatre, et Léo risque de s'ennuyer avec deux vieux croûtons comme nous.

Voilà, cette fois, je vais mourir de honte. Je touche le fond. Le prof m'adresse un regard hésitant et j'acquiesce pour l'encourager à accepter l'invitation.

– C'est très aimable à vous, mais je suis attendu, lâche-t-il du bout des lèvres.

En un éclair, je me représente sa sublime compagne, vêtue d'une robe de bal, accueillant leurs invités dans un salon orné d'un énorme sapin paré de bleu et d'argent, les couleurs officielles de ce Noël. Du moins, le magazine de déco que j'ai feuilleté chez le coiffeur le prétendait. Il ne manque qu'une pyramide de Ferrero.

– Bonne soirée, conclut-il avant de descendre l'escalier.

Je reste un instant bouche bée puis finis par articuler, alors qu'il atteint la dernière marche :

– Joyeux Noël et merci pour le cadeau.

Il relève la tête vers moi et m'adresse un clin d'œil.

– Attendez d'y avoir goûté.

Quand il se trouve hors de ma vue, je prends place sur le bord de l'escalier. Je dois retrouver un peu de maîtrise avant de terminer mon ascension. Mon cœur bat de manière anarchique, j'ai les mains moites et la gorge nouée. Mes jambes ne valent guère mieux.

– Tiens, fillette.

Octave me tend une boîte rectangulaire entourée d'un papier blanc sur lequel brille, en lettres bleu métallisé, l'inscription « Pio Massarelli. Traiteur. Épicerie fine ». Les jumeaux m'observent sans broncher. Pour une fois.

J'attrape le paquet en me demandant ce qu'il contient. Des pâtes fraîches ? Des chocolats ? Du pâté ?

Je gagne mon appartement, impatiente de déballer ce cadeau inattendu. Je le pose sur la table du salon et m'installe à genoux, à même le sol. Avec les précautions d'un démineur, malgré mes mains tremblantes, je détache le papier collant et retire l'emballage. À l'intérieur, des *pasticciotti*, ces pâtisseries goûtées lors de mon séjour en Italie. L'odeur sucrée me met l'eau à la bouche. Deux mots et une lettre accompagnent les douceurs.

Joyeux Noël. E.

Je retourne la carte, mais n'y trouve que le nom et l'adresse du traiteur.

Émue, j'oscille un instant entre sourire et larmes. Jamais un homme ne s'est montré aussi attentionné. Je décide de goûter un des gâteaux, trop excitée pour attendre l'heure du dessert. La crème au chocolat et à l'amande fond sur ma langue et je me surprends à gémir. Quel présent indécent ! J'hésite sur la conduite à tenir. Le remercier, évidemment, mais comment ? Dois-je lui envoyer un message ? Lui offrir quelque chose en retour ? Et dans ce cas, quoi ? Moi, nue, emballée dans du papier doré ?

Je me poserais volontiers mille questions, mais mes invités doivent arriver d'une minute à l'autre.

[Quelle gentille attention,
merci.]

Je me secoue et file en cuisine. Un tablier noué autour de la taille, j'entame les préparatifs sans plus attendre. À chaque pensée qui s'égare vers Éric, son cadeau ou sa fossette au menton, je réagis par une action. Mes mains tremblent toujours légèrement, mais par chance, il reste peu à cuisiner. J'ai confectionné et décoré le gâteau au chocolat la veille. Pour l'entrée, le saumon fumé attend que je dresse les assiettes. Et enfin, concernant le plat, mon poissonnier a ouvert et décoquillé les saint-jacques. Il me faut juste les accommoder et les cuire, ainsi que la fondue de poireaux qui les accompagnera. Entre deux actions, je jette un œil sur mon téléphone qui demeure silencieux.

Lorsque les jumeaux frappent à ma porte, mes pensées vagabondes sont presque domptées, et la table est dressée.

– Re-bonjour, Léo. Merci pour ton invitation.

Octave m'embrasse sur la joue.

– Pareil, s'exclame Auguste en entrant derrière lui. Alors, c'était qui, ce type ?

Il ne perd pas une minute pour enquêter.

– Je vous l'ai dit, le prof de français de Raphaël.

Je tente une réponse brève, bien consciente que cela ne suffira pas.

– Il est plus que ça, précise Octave, s'adressant à son frère. Tu l'aurais vu devant la porte close de Léo, déçu et tout empêtré avec son cadeau.

– Pas un mot à Raph, surtout.

Les jumeaux haussent les épaules de manière synchrone.

– Il y avait quoi sous l'emballage ? questionne Auguste.

J'imagine Éric sans son emballage. Appétissant.

– Des pâtisseries.

Mon rougissement n'échappe pas aux jumeaux qui échangent un regard complice.

– Des pâtisseries ? Il livre des desserts après les cours ? demande Octave.

Je secoue la tête, aussi embarrassée qu'une adolescente évoquant son premier flirt.

– Je lui ai parlé de petits gâteaux découverts en Italie et il m'en a apporté.

Octave pousse un sifflement admiratif.

– Intelligent, avenant, romantique… Que cache-t-il comme vice ? suspecte Auguste.

Le coca avec une rondelle de citron.

– Il est le prof principal de Raph.

– Un peu léger comme contre-indication, commente Octave.

– Au contraire. Mon fils vomit presque quand il envisage que je puisse sortir avec un de ses profs. Et vous avez entendu comme moi, « on » l'attendait, ce soir. Il est en couple.

Un soupir m'échappe et j'ignore le pincement au cœur ressenti en évoquant sa compagne. D'autres hommes vivent sur cette planète. Celui-là possède une voix suave et quelques qualités, mais il présente sans doute aussi de nombreux défauts. À commencer par ce petit jeu auquel il joue avec moi.

– C'était trop beau, marmonne Auguste.

En effet.

18

La magie de Noël n'opère que quelques heures et mon SMS de remerciement demeure sans réponse. Après une courte nuit, j'en tire plusieurs conclusions. D'abord, un seul adolescent suffit sous mon toit. Je dois lui fournir un certain équilibre, et pas une mère qui craque pour son prof au point d'en perdre le sommeil. Ensuite, j'interprète le geste de Roussel comme une B.A. de Noël, inspirée par la pitié. Pour me montrer tout à fait honnête, l'évolution possible des événements m'effraie. J'ai eu du mal à me remettre de la douleur provoquée par le départ de Grégoire. Certes, j'ai appris qu'on ne meurt pas d'une blessure d'amour, mais Éric résume tout ce que j'attends d'un homme. En cas d'échec, ce dont je ne doute pas, je devrai affronter une souffrance au moins aussi terrible et cette fois, je risque de ne pas m'en relever.

Je remplis donc au maximum mes soirées pour penser le moins possible. Le résultat se révèle mitigé. Les semaines où Raphaël séjourne chez son père, je m'oblige à fréquenter le cinéma et le club de sport. Je trouve finalement agréable de transpirer et de faire souffrir chacun de mes muscles.

C'est mon côté maso. Béatrice s'est inscrite avec moi pour m'encourager, mais a abandonné dès la deuxième séance. L'excuse officielle consistait à dire que le point figurait sur ma liste de démarches à accomplir seule. Béa occupe surtout ses soirées avec des activités plus palpitantes que des enchaînements d'abdos. Thomas s'est déclaré lors du réveillon du Nouvel An. Au moment du décompte, il l'a entraînée à l'arrière du petit restaurant où ils fêtaient le passage à l'an neuf et l'a embrassée sous les étoiles. Claire et moi la voyons beaucoup moins. Dès que son chéri se libère, nous n'existons plus. Nous ne pouvons pas lui en vouloir. À sa place, nous agirions de la même façon. Malgré la jalousie, je partage le bonheur de mon amie.

Quant à Claire, un enfant confié par des parents inconscients et en galère de baby-sitter a titillé son instinct maternel. Depuis lors, elle refuse toute sortie durant ses périodes d'ovulation, tandis que son toubib de mari organise ses gardes en fonction de son calendrier hormonal. Du romantisme à l'état pur.

Leurs vies évoluent quand la mienne stagne. Même Raphaël semble amoureux. Par bonheur, son caractère s'en trouve adouci. Mes voisins se portent comme des charmes. Le bébé de Grégoire dort dix heures par nuit depuis sa sortie de la maternité, comme mon ex-mari a cru bon de m'en informer.

Crétin.

Justine, que j'ai croisée quinze jours après la naissance, a déjà retrouvé sa taille mannequin.

Grognasse.

Tout est parfait dans le meilleur des mondes. Ou presque.

Ni malheureuse, ni heureuse non plus, je désespère de rencontrer un homme qui ne mette pas mon équilibre en péril.

L'humeur assortie à la météo pluvieuse, grelottante, le pas alourdi, je pousse la porte de mon travail.

– Léo, dans mon bureau ! exige mon patron alors que je passe à peine le seuil.

Mon coco, tu choisis mal ton jour.

Je m'y rends à contrecœur, mais sans trop traîner. Après tout, il paie mon salaire.

– Bonjour, boss.

– Assieds-toi, ordonne-t-il encore, sans un coup d'œil, occupé à fouiller dans des documents.

Son ton autoritaire génère un soudain pressentiment. Il bougonne souvent, mais cette fois, quelque chose cloche. Le visage fermé, il évite de me regarder. Ses gestes brusques tentent de masquer son malaise. Une bouffée d'angoisse me submerge tandis que j'appréhende une catastrophe.

– Il faut qu'on parle.

– Boss, on dirait que tu t'apprêtes à me larguer !

Je suis surprise de parvenir à articuler malgré la boule logée dans ma gorge. Il relève la tête et me fixe un court instant, surpris, puis éclate de rire. Mon radar à mauvaises nouvelles se révèle navrant.

– Comment pourrais-je ? Je m'ennuierais à en mourir sans tes remarques et ta dépression saisonnière.

– Je ne suis pas dépressive !

– Je sais, je plaisante. Tu avoueras quand même que tu développes une fâcheuse tendance à tout voir en noir, ces dernières semaines. Tu veux en parler ?

Une séance de psychologie masculine, non merci.

– Balance plutôt ce que tu attends de moi, je frôle la syncope.

Il croise les mains sur son ventre avec un air ravi qui m'inquiète.

– Tu n'en as jamais assez de passer tes journées le nez dans tes fiches, enfermée entre ces murs ?

– Non…

Je cherche où il veut en venir. En vérité, j'adore mon travail. Je suis des pistes, collecte des informations, les analyse, les compile. J'aime être entourée de registres et de piles de feuilles. Pas besoin de fournir des efforts pour parler ou sembler normale face à du papier.

– Je pensais te charger d'un nouveau dossier. Mais si tu n'en veux pas…

– Bon, tu vas cracher le morceau ?

Il plisse les yeux de satisfaction. Après les parties de pêche du week-end, me taquiner figure parmi ses activités favorites.

– Ce projet nécessite que tu te déplaces pour mener tes recherches. La plupart des informations se trouvent dans des salles d'archives de mairies et n'ont pas été numérisées.

Moi qui me plains d'une vie monotone, je vais enfin bouger un peu de ma bourgade. D'accord, si on analyse froidement la situation, je passerai d'un bureau à un autre, situé à quelques dizaines de kilomètres, mais je n'en demande pas plus pour bousculer ma routine.

– Laisse-moi deviner : la première mission se déroule en Argentine.

Il lève les bras au ciel, simulant l'exaspération, selon notre numéro parfaitement huilé. Je joue les employées casse-pieds et lui, le patron blasé et râleur. En réalité, depuis presque vingt ans que nous collaborons, nous nous apprécions beaucoup. Il m'a soutenue lors de ma séparation et garde un œil attentif sur moi. De son côté, il sait qu'il peut se fier à moi en toutes circonstances.

Je le soupçonne de me mettre sur ce projet avec des arrière-pensées. Il tente à sa façon de remédier à ma mélancolie.

– Qu'est-ce que tu fabriques plantée là à rêvasser ? s'exclame-t-il avec rudesse, me faisant sursauter. Tu n'as pas de travail ?

– Désolée, boss.

Je fais demi-tour pour rejoindre mon bureau et m'immobilise sur le seuil du sien. Avant de sortir et sans me retourner, je murmure :

– Merci, boss. J'avais besoin de me changer les idées.

– Je sais, ronchonne-t-il alors que je le devine touché. Tu trouveras toutes les informations dans le mail que je t'ai envoyé. File, maintenant.

19

Béatrice, Claire et moi devons nous retrouver dans un nouveau petit resto. La perspective d'entendre Béa se répandre en commentaires à la guimauve sur Mister Perfection m'écœure déjà, mais hors de question de gâcher son bonheur. Je prendrai sur moi. La soirée revêt une importance particulière : nous fêtons l'achèvement et la réussite de ma liste, un mois avant la date fixée. À moi la liberté. Mes amies ne décideront pas de ma vie amoureuse.

Je trouve une place juste devant le restaurant. Pas de test de sexytude. Je ne supporterai pas d'obtenir la preuve de mon manque d'attrait. J'arrive la première et observe les gens autour de moi. La présence de plusieurs couples écorche mon moral déjà peu reluisant. À ma droite, deux abrutis se tiennent la main tout en sirotant un cocktail. Simplet la dévore des yeux, tandis que Simplette affiche un sourire niais. À quel moment ai-je commencé à envier de stupides inconnus ?

– Salut, ma belle !

Béatrice vient de s'asseoir en face de moi. Elle rayonne, c'en est insupportable.

– ‘lut.

– Tu as l’air en forme !

Je la regarde d’un œil morne, me demandant si elle se paie ma tête. Mes cheveux sont ternes, mes cernes et mes poches plus visibles que jamais. Même mes rides semblent plus creusées depuis que je souffre d’insomnies. Après le départ de Grégoire, soulagée de dormir de nouveau seule, j’avais retrouvé un sommeil de bébé. Occuper la totalité du lit, ne plus être réveillée quand il se levait tôt et à grand renfort de bruit, ou pire par ses ronflements, lire à n’importe quelle heure sans risquer de troubler son précieux repos… Mais depuis le réveillon de Noël, cette quiétude appartient au passé.

– Tu dois vraiment être très amoureuse.

Béa arbore ce sourire épanoui des gens qui aiment quelqu’un et se savent aimés en retour.

– Qu’est-ce qui t’arrive ?

– Aucune idée. Je dors mal.

Je sais exactement ce qui m’arrive, mais ne parviens pas à le reconnaître à voix haute.

– Depuis quand ?

– Depuis peu, depuis que j’ai envie de sentir la présence de quelqu’un à mes côtés quand je m’endors.

Avec cette réponse, je ne mens pas. Pas vraiment. Elle n’est pas obligée de savoir que je connais déjà ce « quelqu’un » et que je fantasme sur lui depuis des semaines. Les rêves érotiques des nuits précédentes ne laissent aucune place au doute. Je suis sauvée par l’arrivée de Claire, décoiffée, les joues rouges, le souffle court. Béatrice et moi échangeons un regard consterné.

– Ne me dis pas que tu viens de baiser !

Je me suis exclamée un peu trop fort et le couple d'à côté se retourne. Claire se contente de rire d'un air comblé.

Pétasse.

– Tu pourrais montrer un peu de respect pour tes copines. Au moins pour celle qui souffre d'une pénurie. Béa s'en fout, elle plane trop haut pour être atteinte par tes phéromones.

– Excuse-moi, Léo. Mais ces ébats torrides, bien que planifiés, servent une bonne cause. Je suis en pleine période d'ovulation.

Le garçon qui approche pour déposer nos consommations hésite à faire demi-tour. Comme je les aime, mes copines tarées. Nous levons notre verre aux ovules, au sexe et à l'Amour avec un grand A.

– Raconte-nous pourquoi tu affiches cette tête, commence Claire.

– Parlons plutôt de choses drôles et positives, et faisons le point sur l'achèvement de ma liste.

Elles se rangent à ma décision et trinquent de nouveau. J'extirpe fièrement la liste de mon sac, avec toutes ses lignes soigneusement rayées. Claire et Béatrice sourient au moins autant que moi, sinon plus. Ce qui m'alerte.

– Tout va bien, les filles ?

Je cherche à toute vitesse ce qu'elles mijotent.

– À la perfection, chantonne Béa tout en sortant également une liste de son sac.

J'y jette un œil. Elle se révèle identique en tout point à la mienne, sauf que rien n'y est barré. Claire lui tend un marqueur d'un air satisfait. J'ignore ce qu'elles complotent, mais cela n'augure rien de bon.

– Vous contrôlez que j'ai tout accompli ?

J'essaie de me rassurer et néglige le soupçon d'inquiétude dans ma voix. Leurs visages impassibles ne me donnent aucun indice.

– Finissons-en. Je vous ai raconté mes expériences au fur et à mesure, vous savez que j'ai réalisé toutes les actions indiquées sur cette fichue liste.

Béa débouche le marqueur et m'observe sans rien dire.

– D'abord, tu te souviens du deal ? questionne son acolyte avec une douceur inhabituelle.

Je hoche la tête.

– Je le rappelle quand même, enchaîne Béatrice. Si tu échoues, tu nous donnes les pleins pouvoirs pour t'organiser des rendez-vous.

Je frissonne.

– Tu te sens prête à sortir avec quelqu'un ? demande Claire sans me laisser le temps de riposter.

– Oui, mais à ma façon. Pas avec un de ces hommes que vous comptez me dégoter. Quand je rencontrerai la bonne personne.

C'est-à-dire quelqu'un qui me plaira juste assez pour avoir envie d'une relation, mais pas trop pour éviter de souffrir s'il s'en va. Simple comme bonjour. Mes amies échangent un regard complice et l'appréhension me noue l'estomac.

– Si tu as réussi, on suivra ta méthode, accepte Claire d'un haussement d'épaules.

– Examinons cela de plus près, dit Béatrice en se penchant d'un air sérieux sur le feuillet. Voyage, c'est fait, on ne peut pas dire le contraire. D'ailleurs, bravo, c'était très courageux de ta part.

Je la remercie d'un signe de tête. Elle barre le mot d'un trait net. On sent la pro des listes à l'œuvre. Elle procède de la même façon avec la conférence, le cinéma et la salle de sport.

– Concernant le cours, j'hésitais. Tu n'as assisté qu'à un seul et tu t'es retrouvée flanquée d'un prof de ton fils. Mais Claire m'a convaincue de le valider.

Trop aimable.

Elle tire un trait sur « Cours pour adultes ». Le souvenir d'Éric lors de cette soirée m'étreint le cœur. Il s'était montré charmant et drôle, tandis que je m'efforçais de paraître distante et désagréable. Je chasse cette pensée d'une gorgée d'alcool.

– En revanche, pour le restaurant, poursuit Béatrice, on ne peut pas reconnaître ta tentative comme réussie.

– Mais j'y suis allée…

Je m'apprête à plaider corps et âme pour obtenir l'homologation de mon triomphe.

– Tsss, m'interrompt Claire avec une mine sévère de surveillante de dortoir. Tu t'y es rendue seule, OK, mais tu n'y es *restée* seule que quelques minutes. Il y a eu ce Pietro…

– Marco.

Tandis que je rectifie instinctivement, une étincelle sadique allume son regard. Parfois, cette fille m'effraie.

– Marco, voilà. Il est arrivé avec l'apéro et t'a accompagnée jusqu'au dessert.

Elle laisse s'installer un silence, le temps que j'assimile ce qu'elle sous-entend.

– Cet objectif n'est pas atteint, je ne valide pas ta liste, ma chérie, reprend-elle d'un ton doucereux, voyant que je ne réagis pas.

J'ai une dernière carte à jouer pour me sortir de ce piège. Désespérée, je supplie presque :

– Mais il me reste un mois !

– C'est toi qui as voulu conclure ce soir. Tu as même insisté... Désolée, me lance une Claire feignant la contrition.

Je me tourne vers Béatrice à la recherche d'un soutien de sa part et n'obtiens qu'un hochement de tête navré. J'ai perdu. Je viens de mettre ma vie amoureuse entre leurs mains démoniaques.

– Avant de t'inscrire sur Meetic, dis-moi quel type d'hommes tu souhaites rencontrer, se renseigne-t-elle.

– Aucun. Ça ne compte pas. Vous m'avez piégée ! Et je me débrouille très bien toute seule.

Je leur mens un peu. Beaucoup. Mais même si la solitude devient pesante, même si j'ai vraiment envie d'un mâle dans ma vie et surtout dans mon lit, je redoute leurs choix irréfléchis.

– Grâce à nous, quand tu auras rencontré celui qu'il te faut, tu réaliseras qu'il ne te manquait que ça pour être heureuse, ponctue Béatrice avec un sourire réjoui.

Je fais signe au serveur de m'apporter un deuxième cocktail. Je vais en avoir besoin.

– On pourrait éviter Meetic ?

Je les implore presque.

– Uniquement si tu as quelqu'un en vue, répond Claire, magnanime.

Une fois encore, le visage d'Éric s'impose, avec ses yeux noisette et son sourire gentiment moqueur. Je dois chasser cette idée risquée et utopique.

– Alors ? s'impatiente-t-elle.

– Non, personne.

– Moi, j'ai pensé à quelqu'un, un ami de mon frère, ajoute Béatrice.

– OK, va pour le plan de Béa.

Je capitule, espérant échapper aux rencontres en ligne.

– Jean va être ravi, il espère te rencontrer depuis que je lui ai parlé de toi. Je t'enverrai la date et l'heure.

Elles se congratulent et envisagent ma future histoire d'amour. J'hésite à poser des questions sur ce « Jean » que je rencontrerai bien assez tôt. Béatrice m'assure qu'il est tout à fait mon type d'homme. Il porte un prénom absolument normal, quoiqu'un peu vieillot et sage, j'y vois un signe encourageant.

20

Trois jours plus tard, je dois rencontrer un homme célibataire, tout spécialement choisi pour moi par ma meilleure amie. Elle n'a pas perdu de temps. Je déconnecte mon cerveau, sélectionne une tenue élégante et me maquille légèrement. Ni trop ni trop peu. Tiède, à l'image de ce que je souhaite vivre avec cet inconnu.

J'arrive au restaurant avec quelques minutes de retard, en espérant ne pas devoir patienter seule. Le serveur à l'entrée m'indique que M. Jean Farges, mon rencard, m'attend. Un bon point pour lui.

Il est plutôt pas mal, bien que son physique me rappelle celui de mon ex-mari. Grand, blond, les yeux clairs, un visage aux traits nets, ils semblent sortis de la même usine scandinave. Je chasse cette idée, décidée à mettre de côté mes a priori. D'ailleurs, je n'ai pas laissé vagabonder mon imagination ni pris la peine de le chercher sur les réseaux sociaux. Il se lève pour m'accueillir, me serre la main et tire ma chaise avec courtoisie. Il a une poigne ferme, un deuxième bon point. J'aime les hommes avec du caractère.

Je stresse autant pour ce premier rendez-vous arrangé que pour un examen de math. Ou un oral de français. Avec un certain prof. Je me sermonne et canalise mes divagations.

– Alors comme ça, vous êtes l'ex-femme de Grégoire Villette ? demande mon interlocuteur.

Quelle entrée en matière ! Tandis que je m'efforce de ne pas remarquer à quel point les deux hommes se ressemblent, cette question amenant Grégoire au centre de la conversation ne m'aide pas.

– Vous connaissez mon ex-mari ?

– De réputation. C'est quelqu'un de brillant, un virtuose du droit. Vous aimez le pouvoir ?

Je le fixe un instant, cherchant à comprendre le sens de sa question. Ses yeux bleus étincellent d'un éclat étrange et j'évite son regard pour me plonger dans la contemplation de ma serviette de table. Très jolie couleur. Il tambourine sur la nappe du bout des doigts. Hum, oui, il attend une réponse.

– Alors… le pouvoir… ma foi, je n'ai rien contre.

Il émet un petit rire ravi. Ce type semble un peu dingue, non ? Ou bien c'est moi qui ne sais plus discuter de tout et de rien avec un inconnu. Cela me paraissait plus facile avec Marco. Peut-être parce que je me trouvais loin de chez moi.

– Vous avez été marié ?

Soucieuse de mieux le cerner, je m'efforce de ne tirer aucune conclusion hâtive.

– Je suis contre le mariage. J'ai fréquenté quelques femmes, mais aucune n'a réussi à me passer la corde au cou. Enfin, façon de parler, précise-t-il avec un petit sourire qui me met mal à l'aise.

Que m'a raconté Béatrice à son sujet ? Tout à fait mon

type d'homme ? Nous partageons sans doute des passions communes que je vais m'efforcer de découvrir.

– Et que faites-vous dans la vie ? Béa n'a rien voulu me dire.

– Avocat, répond fièrement Jean tandis que je m'étrangle avec une gorgée de vin.

Comment a-t-elle osé m'organiser un rendez-vous avec un homme qui ressemble à s'y méprendre à mon ex-mari, profession comprise ? Je vais être obligée de la tuer. Ou de me venger de façon très cruelle. Pour quelle raison s'acharne-t-elle sur moi de cette façon ?

– Un problème avec les avocats ?

Je réponds entre deux toussotements :

– Pas du tout.

Enfin, si, un peu quand même. J'ai partagé la vie de l'un d'eux pendant vingt ans et le bilan laisse à désirer.

– Revenons à la question du pouvoir. Vous sentez-vous prête à exercer votre domination sur moi ? susurre-t-il en se penchant au-dessus de la table pour se rapprocher.

Je recule brusquement. Je commence à comprendre. Du moins, je tiens une piste sérieuse et espère encore me tromper.

– Je ne vois pas…

– Disons que je pourrais vous emmener chez moi et vous montrer quelques-uns de mes jouets.

De mieux en mieux, je suis tombée sur un dépravé. Avant de tuer Béatrice, je m'arrangerai pour qu'elle souffre. Puisqu'elle pense que je prends plaisir à torturer les autres, je ne m'en priverai pas.

– Si nous mangions d'abord ?

Ma voix grimpe dans les aigus, trahissant ma nervosité. J'ai très envie de le planter là, mais les filles diraient que je ne fais pas d'efforts. Grâce à ce dingue, j'en arriverais presque à regretter Grégoire.

– Tout à fait, prenons des forces pour la suite.

Il sourit et boit une rasade de vin en me détaillant. Il est beau quand il se tait, mais il a en permanence cette lueur inquiétante dans le regard. Mes pensées se dirigent vers les yeux noisette rassurants d'Éric. Qui demeure silencieux depuis Noël. Je sens la lassitude s'abattre sur mes épaules.

– Je ne vais pas tourner autour du pot, Léonie. Je cherche une femme capable de m'asservir. Du moins, dans ma chambre.

– Quoi… que… mais je ne…

OK, impossible de sortir une phrase cohérente. Je suis trop vieille pour ce genre de conneries. Et l'autre cinglé me sourit toujours.

– Allons, Maître Villette ne serait pas resté avec vous pendant tant d'années si vous n'aviez pas réussi à le dompter. Les hommes de pouvoir aiment être soumis dans l'intimité, tout le monde sait ça.

Ah oui, tout le monde ? Manifestement, je n'étais pas présente le jour où l'information a été communiquée. J'imagine un instant Greg en slip de cuir clouté, tenu en laisse et fouetté et je retiens un fou rire en me mordant l'intérieur de la joue.

– Je ne réclame pas de détails sur ce que vous lui infligiez, bien sûr, poursuit l'avocat sadomaso, mais je me disais que nous pourrions partager notre expérience de la domination.

Et merde, un fan de Christian Grey. Au moins, il ne rêve

pas de m'attacher et de me corriger. Mais il me demande de lui faire mal. Quoiqu'à l'instant même, l'idée de lui coller une baffe me mette en joie, je ne m'imagine pas inclure des jeux de tortionnaire dans ma vie sexuelle.

– Il y a erreur, monsieur Farges. Je ne pratique pas ce genre de… d'activités.

– Je vois. Vous pourriez au moins essayer.

– Désolée, ça ne m'attire pas.

– Oh, ma belle, vous ne devriez refuser aucune occasion. Vous pensez vraiment pouvoir refaire votre vie avec quelqu'un de votre âge si vous n'y mettez pas un peu du vôtre ? Sérieusement ?

Il ricane et je lance un coup d'œil à mon verre de vin, tentée de lui balancer à la figure.

– Nous avons le même âge, poursuit-il d'un ton condescendant, et d'habitude, je sors avec des filles plus jeunes de dix ans, au minimum. J'ai fait une entorse à mes principes parce que je croyais que l'ex-femme de Maître Villette était une experte en soumission.

Message reçu cinq sur cinq. Il ne me reste plus qu'à choisir entre un pervers de mon âge et un type de 60 ans. Ou je peux demeurer célibataire. J'en ai assez. Je me lève et quitte la table sans ajouter un mot. Discuter avec un avocat se révèle aussi vain que tenter de transformer une 2CV en voiture de Formule 1. J'en ai fait l'amère expérience ces vingt dernières années, autant en tirer des leçons. J'entends vaguement Farges me rappeler, puis grommeler un : « Pétasse ! » furibond.

Quel type charmant !

21

Le lendemain matin, je n'ai toujours pas décoléré ni appelé Béatrice. Sous le coup de la rage qui m'anime encore, je me sais capable d'écorcher notre amitié. Elle doit se douter de mon état car elle aussi garde le silence. De toute façon, si elle téléphone, je ne décrocherai pas.

Quand je pousse la porte de mon bureau, mon jeune collègue travaille déjà. Mine de rien, il se révèle utile. Pas toujours très mature, mais agréable, serviable et bosseur. Il possède plus de qualités que la moyenne des gens que je fréquente. Il sursaute en me voyant entrer, sans doute effrayé par ma ride du lion, accentuée depuis ma mémorable soirée.

– Bonjour, Léo. Un thé ? propose-t-il, m'arrachant un sourire.

Un de mes rares sourires depuis… OK, si au moins j'arrêtais de penser à Éric.

– Bonjour, Julien. Je vais me servir, merci.

– Tu vas bien ?

La question qui tue, à laquelle je me sens incapable de répondre. Je me contente de hocher vaguement la tête. Je flotte dans un entre-deux incertain, angoissant de basculer vers le fond, ne trouvant pas comment regagner le haut. Mon sachet de thé vert infuse encore quand mon poste sonne.

– Léonie Marceau.

Vu le regard lancé par Julien, il semblerait que j'ai répondu d'un ton un peu trop sec.

– Léo, c'est Béatrice, murmure une sale petite voix de traîtresse. Tu vas bien ?

Je ne souhaite toujours pas débattre de cette question, surtout pas avec elle.

– À ton avis ?

Je grimace en m'entendant glapir dans le téléphone.

– Excuse-moi, Léo, je ne savais pas que…

Elle hésite à poursuivre.

– Même s'il n'avait pas préféré le cuir et les chaînes, tu imaginais vraiment que je pouvais craquer pour un clone de mon mari ?!

– Ex-mari, croit-elle bon de me reprendre. Je supposais que ce type d'homme te plaisait, physiquement, je veux dire, parce que pour le reste, j'ignorais…

– Bordel, Béatrice, à quoi pensais-tu ? Le même physique nordique, le même métier. Et au moins, Greg avait une sexualité normale.

Normale ? Disons, un peu monotone.

Je ne peux m'empêcher de me demander comment Éric fait l'amour. Je suis persuadée qu'il assure comme un dieu au lit, un vrai gaspillage de ne pas avoir pu en profiter. Inutile d'y penser. Son silence me frustre, ce qui ajoute à ma mauvaise humeur.

– Donc, ça n'a pas du tout collé entre vous, reprend Béatrice.

J'éclate d'un rire hystérique.

– C'est le moins que l'on puisse dire. Après sa proposition sadomaso, il m'a gentiment signifié qu'à mon âge, je ne devrais pas faire la fine bouche. Qu'il ne me restait que les grabataires puisque les hommes préfèrent sortir avec des femmes plus jeunes qu'eux !

– Mais quel crétin, marmonne Julien.

Je lui jette un coup d'œil et il m'adresse un sourire gêné, comme si sa remarque lui avait échappé. Il subsiste donc quelques mâles corrects sur cette planète.

– Écoute, n'abandonne pas à cause d'un malheureux échec, je vais te présenter quelqu'un d'autre.

– Surtout pas. Je ne te fais plus confiance. Je préfère encore que Claire m'inscrive sur Meetic.

– OK, soupire-t-elle, je lui transmets ton feu vert. Des critères ?

– Pas un clone de mon mari, pas un avocat et pas un pervers, si toutefois cela existe.

Je raccroche, toujours furieuse. Mon thé a refroidi, il fait gris et humide, je sens poindre une migraine. Une journée formidable commence. Allez, hop, au boulot.

– Léo ? m'interpelle doucement mon collègue.

– Mmmmh ?

– Ça te dirait qu'on sorte, un soir ?

Je relève la tête et tente de comprendre le sens de sa question. Sortir ? Il m'invite à prendre un verre ? Un de plus à qui j'inspire de la pitié. Je retiens un soupir de désespoir.

– Tu es gentil, Julien. Je vais bien.

Il me fixe de ses grands yeux noisette. Les mêmes yeux qu'Éric, l'étincelle en moins.

Stop, ressaisis-toi.

– Je… j'ai entendu ta conversation, hésite-t-il.

Je m'en doute un peu, dans la mesure où a) il ne souffre pas de surdité, b) je me tiens à deux mètres de lui. J'attends la suite sans impatience.

– Je ne suis pas d'accord avec ton rencard d'hier. Concernant l'âge et tout ça.

J'opine. Il se montre adorable à essayer de me réconforter. Sa mère l'a bien élevé.

– Tu me plais beaucoup, par exemple, et on s'entend bien. Je me disais qu'on pourrait se voir en dehors du boulot…

Merde. Quel chou !

Mon ego le remercie en silence de prendre soin de lui. Julien me fixe, en attente d'une réponse.

– Tu as quel âge ?

– 25, déclare-t-il, fier de lui.

Il se trouve encore à l'âge où on annonce le chiffre d'un ton assuré. Quand on me pose la question, je rentre la tête entre les épaules et lâche le nombre du bout des lèvres, prête à m'enfuir. Un fossé nous sépare. Un rapide calcul et je réalise qu'il s'approche plus de la génération de mon fils que de la mienne. Je frissonne en imaginant de quoi nous aurions l'air si nous sortions ensemble.

– Julien, j'ai pratiquement l'âge de ta mère. Tu es adorable, mais on ne peut pas.

Il hausse les épaules, visiblement déçu, et mon ego se regonfle un peu plus. Il finira peut-être par éclater. Son invitation chasse le goût amer laissé par mon rendez-vous de la veille. Mon collègue me regarde toujours comme s'il attendait que je change d'avis.

– Merci, tu es un mec bien.

– Ce qui me fait une belle jambe, ronchonne-t-il.

Les hommes sont des êtres étranges. Éric non plus n'a pas apprécié que je souligne sa gentillesse. Quel mal y a-t-il à cela ? Je chasse Éric de mes pensées, une fois de plus, et me mets au travail.

22

Claire me dégote un type sur son site en moins de quarante-huit heures, presque aussi efficace que FedEx. Elle craint sans doute que je ne change d'avis. Elle n'a pas tort. Je redoute ce que je vais rencontrer. Le rendez-vous étant organisé dans un bar, je pourrai toujours écourter si ça se passe mal.

Je ne sais pas grand-chose de mon rencard : il s'appelle Antonio et travaille comme artisan. Lorsque j'arrive, il se trouve à une petite table près de l'entrée, un exemplaire du catalogue Ikea devant lui, comme l'a suggéré Claire, en guise de signe de reconnaissance.

– Salut, je suis Léonie, dis-je en lui tendant la main, le catalogue dépassant de mon sac.

Antonio se lève déjà pour me faire la bise. Sympa. Il est mignon, typé méditerranéen, comme je m'y attendais vu son prénom. Au moins, Claire a veillé à s'éloigner du physique de mon ex. Elle gravit un petit échelon dans mon estime et je commande un verre de vin.

– Alors comme ça, tu es divorcée, commence-t-il.

J'acquiesce. S'il mentionne Grégoire, je pars sur-le-champ.

Sans un mot d'explication. Et je raye de mon existence mes deux anciennes amies.

– Moi aussi, précise mon rencard. Après seulement deux ans de mariage. Et toi ?

J'apprécie qu'il me tutoie d'emblée, cela adoucit l'atmosphère tendue du premier rendez-vous.

– Vingt ans.

Je lâche l'information dans un murmure, toujours chagrinée de constater quelle immense partie de ma vie j'ai partagée avec un traître. Antonio siffle d'admiration.

– Tu travailles dans quoi ?

Je préfère changer de sujet mais, échaudée par ma récente expérience, je suis un peu inquiète de sa réponse.

– Je fabrique du *turrón,* s'exclame-t-il comme s'il m'annonçait qu'il marchait sur la lune.

Devant mon regard vide, il entreprend de m'expliquer qu'il s'agit de nougat espagnol et, durant les trois quarts d'heure qui suivent, il en parle sans s'arrêter. L'appellation d'origine contrôlée qu'il vient d'obtenir, sa sélection des meilleures amandes de la région de Tarragone, sa technique secrète pour faire du *turrón* au chocolat, sa nouvelle recette de crème de *turrón* qu'il vend aux pâtissiers et sans doute d'autres déclinaisons. J'avoue que je perds rapidement le fil. Son métier le passionne, aucun doute là-dessus, mais il se soucie peu de son auditoire. En l'occurrence, je n'aime pas assez le nougat pour être captivée par son exposé.

Soudain, alors que je l'écoute d'une oreille distraite et lutte pour ne pas bâiller, quelque chose dans le décor change. Un courant d'air froid généré par l'ouverture de la porte, un mouvement sur ma droite, je relève la tête. À quelques mètres de nous se tient Éric. Éric ! Le bonheur de le revoir enfin me fait sourire, mais son visage figé et austère m'arrête. Je me ratatine sur ma chaise.

– Madame Marceau, bonsoir, formule finalement cette foutue voix qui me tire des frissons chaque fois que je l'entends. Voire chaque fois que j'y pense.

Antonio interrompt son flot de paroles. Il observe Éric d'un air contrarié et reçoit lui aussi un regard sombre de la part du prof.

– Bonsoir, monsieur Roussel.

Je soutiens tant bien que mal son regard. Je sens mon ventre se contracter sous l'effet combiné du désir et de l'angoisse. Je tremble et espère que personne ne le remarquera. Éric n'en a pas le temps. Après un bref hochement de tête, il tourne les talons et rejoint une table de l'autre côté de la salle, où se tiennent plusieurs hommes et femmes. Il est accueilli par des acclamations et leur sourit. Ce sourire qui lui confère tant de charme et qu'il ne me destine plus. Je reprends mon souffle.

– Et donc, je te disais que les amandes... reprend Antonio, sans même m'interroger sur cette interruption ni remarquer mon état.

Le reste de sa phrase se perd dans le brouillard qui m'entoure. Je scrute les visages de la table du prof, à la recherche de celui d'une éventuelle compagne. Je suis presque soulagée de n'avoir trouvé personne quand une main féminine, celle de sa voisine, se pose sur son avant-bras. Mon cœur rate un battement, peut-être même plusieurs. Éric tourne la tête vers sa voisine et éclate de rire. Je passe sous un camion. Bien sûr, il est tout à fait en droit de m'ignorer.

Il m'a draguée à plusieurs reprises et j'ai joué les indifférentes. Mais merde, faut-il que ce soit aussi douloureux de le voir avec une autre ? Un profond malaise me gagne tandis que le monologue se poursuit. Il faut que je quitte cet endroit.

– Je suis désolée, ça ne va pas fonctionner.

Sans écouter les protestations d'Antonio, je me lève et sors du bar sans me retourner. Je grimpe dans ma voiture et rentre chez moi en pilote automatique. Quand je me gare, quinze minutes plus tard, j'ignore quel chemin j'ai emprunté pour atterrir dans ma rue. Je dois me ressaisir. Demain, je récupère Raphaël. Je dois me comporter en adulte responsable et non en groupie enamourée qui perd la tête.

J'appelle Claire pour la remercier de m'avoir dégoûtée du nougat à vie et lui interdire de se mêler de nouveau de ma vie. Elle s'excuse entre deux fous rires. Mes amies sont insupportables. Comment ai-je pu leur accorder ma confiance ? Pour obtenir qu'elles abandonnent leur projet diabolique visant à me caser, je dois promettre de ne pas rester inactive de mon côté. Claire me laisse quinze jours pour rencontrer quelqu'un, sans quoi elle me présentera un nouveau candidat. Je n'ai envie de personne d'autre que celui que j'ai repoussé.

23

Claire et Béatrice me mettent la pression et m'incitent à contacter le pharmacien. Il m'aidera sans doute à ne plus penser à cet imbécile de prof. En attendant, résolue à me changer les idées toute seule, je fugue de mon travail pour ma première mission. Direction les archives de la mairie de Mazeray. Le nom de la ville me rappelle vaguement quelque chose, mais impossible de mettre le doigt dessus.

Je suis aussi excitée par la perspective de découvrir une nouvelle région que le jour de ma première excursion scolaire. Passons sur l'aspect pathétique de cette révélation. Je rentre l'adresse dans mon GPS, allume la radio et pars à l'aventure. Quand rien ne se passe dans votre vie, la moindre variation a des airs d'épopée.

Je me gare devant la mairie, observe les alentours. Rien ne me semble familier. Je me présente au guichet et l'employé municipal m'ouvre la salle des archives en m'invitant à l'appeler en cas de souci. C'est une petite ville, avec une petite mairie et une petite salle d'archives. J'y trouve vite mon bonheur.

En fin de matinée, ma mission touche déjà à sa fin. Au lieu de rentrer au bercail, je décide de flâner dans les rues, cherchant toujours comment je connais cette commune. J'ai posé quelques questions à l'employé : aucun film n'a été tourné ici, aucun roman n'y a planté son décor. Aucune star quelconque ni aucun artiste maudit n'y est né. Une ville tout à fait banale.

Je visite le centre historique de la bourgade, transformé en zone piétonnière, et prolonge ma promenade malgré le froid. Les rares passants marchent d'un pas vif, pressés de retrouver la chaleur de leur foyer. Je lève le nez vers les façades, me remémorant mes quatre jours de tourisme en Italie, ralentis en passant devant une fontaine sans eau, qui attend comme moi le retour de températures plus douces pour ressusciter.

Au détour d'une rue, je m'arrête net. Devant moi se dresse une épicerie fine. « Pio Massarelli » s'étale en lettres bleu azur sur la vitrine. Pio Massarelli. La boutique d'où provenaient les pâtisseries d'Éric. Je m'efforce de l'oublier depuis une semaine et voilà qu'à quarante kilomètres de chez moi, loin de tout ce qui pourrait me le rappeler, son souvenir ressurgit. La découverte accélère les battements de mon cœur. Je me sens de nouveau vivante.

Après le cœur, mon estomac me rappelle son existence dans un horrible gargouillis. Je me passe souvent de petit déjeuner et je m'apprêtais à sauter encore un repas ou à le remplacer par une barre de céréales. Mon estomac et moi méritons mieux. Je décide de m'acheter un plat. Après tout, Justine le fait tout le temps. Je pousse la porte du traiteur et suis accueillie par un Italien d'une quarantaine d'années.

– Que puis-je pour vous, *bella donna* ? questionne-t-il avec cet accent chantant qui appelle au voyage.

L'odeur des salaisons emplit la pièce et je salive déjà.

Pio a réussi à implanter un bout d'Italie en plein cœur de ce quartier. Je jette un œil au comptoir et demande quelques tranches de coppa et un plat de pâtes fraîches au saumon. Impossible de m'arrêter en si bon chemin vers l'Italie, il me faut aussi un dessert.

– Auriez-vous des *pasticciotti* ?

– Je n'en propose pratiquement jamais à la vente, hésite à me répondre le traiteur en me dévisageant. Qui vous envoie ?

– Euh… personne… J'en ai reçu à Noël… ils provenaient de chez vous.

Tandis qu'il continue de me fixer, ses sourcils froncés cèdent la place à un sourire, comme si je venais de passer un test et de le réussir.

– Vous êtes l'amie d'Éric ?

Amie, sûrement pas, mais notre non-relation me semble difficile à définir.

– J'ai cru qu'il allait m'embrasser quand je lui ai dit que ma mère savait confectionner les *pasticciotti* et qu'il pouvait passer en chercher, enchaîne-t-il.

– C'était une commande spéciale ?

– Si on veut ! répond Pio dans un éclat de rire. Éric a écumé toutes les boutiques italiennes de sa région avant de m'appeler à l'aide. Je ne cuisine que du salé d'habitude. Alors, ils vous ont plu ?

– Un pur délice. Je peux vous en commander ?

Il secoue la tête d'un air navré.

– Ma mère n'en prépare que pour les fêtes. Quand elle a su qu'Éric essayait d'éblouir une femme avec de la nourriture de sa région natale, elle ne tenait plus en place.

Wowowow. Trop d'informations d'un coup. Du calme.

Pour Pio, en bon Italien, tout relève de la séduction, n'est-ce pas ? Ce qui ne signifie pas que le prof avait *vraiment* l'intention de me charmer.

– Vous vous connaissez depuis longtemps ?

Je tente de revenir sur un terrain concret et de satisfaire ma curiosité.

– Il habitait près de chez moi quand nous étions gosses. On formait une petite bande avec son frère et les miens.

– Vous viviez déjà dans cette ville ?

– Dans cette maison, pour être exact. Ses parents habitent toujours dans la ruelle voisine et les miens au-dessus de la boutique.

J'essaie de l'imaginer adolescent, déambulant dans les rues pavées avec ses copains. Si le reste de la bande se révélait à la hauteur d'Éric et Pio, ils avaient dû susciter bien des émois chez les jeunes filles du coin.

– Il a réussi à vous séduire ? se renseigne l'Italien avec un sourire confiant.

Impossible de lui dire que son ami m'attirait bien avant ce cadeau. La voix de la raison me chuchote de ne pas m'emballer. Après tout, Éric m'ignore depuis le réveillon. Du calme et du sang-froid.

– Difficile de ne pas tomber sous son charme…

J'ai répondu malgré moi et le visage de Pio se fend d'un sourire encore plus large. Selon toute vraisemblance, je viens de rencontrer le président du fan-club du prof. Alors que je paie mes achats, Pio propose de me contacter quand sa mère préparera des pâtisseries. Je lui laisse ma carte et lui promets de revenir.

Sur le trajet du retour, mon imagination vagabonde sans

que je parvienne à la brider. Tout commence à aller de travers à partir de cette interrogation : que se serait-il passé si je l'avais remercié de façon moins neutre pour son cadeau ? Sans très bien savoir comment, arrivée à destination, je rêve que nous formons un couple heureux, pour le plus grand bonheur de Raphaël, et que je retourne avec Éric à Mazeray, où il me présente sa famille.

Oubliant mon fils et toutes mes appréhensions, j'échafaude à la hâte un plan en trois étapes, peut-être quatre si tout se passe bien : primo, le revoir. Facile, il suffit de traîner dans le quartier de l'école. Secundo, m'excuser de vive voix. Facile aussi, maintenant que je prends la mesure de son geste, je suis sincèrement embarrassée d'avoir réagi de manière si peu appropriée. Tertio, m'assurer de son célibat. Quarto, cela dépendra de la réponse au tertio.

Je regarde ma montre : la dernière heure de cours de la journée se déroule à l'instant même et touche à sa fin. Si je me dépêche, je me trouverai aux abords de l'école au bon moment. Je resterai planquée près de la sortie, prête à surgir dès que je le verrai. Je jette un œil dans le miroir de ma chambre. Ma tenue ne me met pas en valeur : blouson, jeans, baskets. Tant pis. Pas le temps d'enfiler autre chose. Pas le temps non plus de demander l'avis de Béa ou celui de Claire avant de foncer tête baissée. Pour une fois, je vais suivre mon instinct plutôt que mes peurs.

J'arrive devant l'école un peu avant la sonnerie de fin des cours. En chemin, j'ai peaufiné ma stratégie, ignorant volontairement tout ce qu'elle comporte de hasardeux. Je me poste en retrait, avec une vue imprenable sur les grilles. Je scrute le flot d'étudiants et d'enseignants qui se déverse dans la rue. Pas de trace d'Éric. Et s'il était déjà reparti ? Ou sorti par une autre issue ? Il a peut-être donné rendez-vous au sein de l'école à cette prof d'anglais avec laquelle il semble tant s'amuser. Ou alors il…

– Mam's, qu'est-ce que tu fabriques ici ? s'écrie mon fils, planté juste devant moi, les mains enfoncées dans les poches et la moue boudeuse.

Concentrée à l'extrême pour repérer l'objet de mes fantasmes, je n'ai pas vu arriver mon propre enfant. À vrai dire, j'ai même oublié que Raphaël risquait de sortir de cette école et de me découvrir, telle une espionne en planque. Oserais-je préciser que pendant quelques heures, je n'ai plus du tout pensé à lui ni à sa réaction si j'explorais le lit d'un de ses profs ? Je me fustige d'être une mère indigne et, retombant brutalement sur terre, décide d'abandonner mon plan.

– Eh bien… je… euh…

– Tu me fliques ? demande-t-il en fronçant les sourcils.

Je remarque la jeune fille que j'ai déjà aperçue avec lui. Elle se tient un pas derrière lui, l'air mal à l'aise. Je lui souris.

– Bonjour, je suis la mère de Raph.

La demoiselle me serre la main, un peu rougissante.

– Bonjour, madame.

– Appelle-moi Léonie, ou Léo, si tu préfères.

Raphaël soupire bruyamment. Il va me détester. Je dois partir. Oublier toute cette histoire, tirer un trait sur Roussel et sa voix aphrodisiaque.

– Si tu voulais rencontrer Layla, il suffisait de m'en parler, je l'aurais invitée à la maison.

Layla fixe le bout de ses chaussures. Quand diable mon fils a-t-il grandi à ce point ? Physiquement, il ressemble beaucoup à Grégoire. J'espère que son éducation fera la différence et qu'il se comportera mieux que son père.

– Bonjour, madame Villette.

Je sursaute en reconnaissant la voix de tous mes fantasmes tandis que le prof nous dépasse sur le trottoir, sans ralentir. Ce qu'il peut m'agacer à m'appeler par le nom de mon ex-mari !

– Monsieur Roussel. Vous allez bien ?

Je glousse presque.

Reprends-toi, bécasse.

Il se fige et se retourne vers nous. Mon fils me dévisage, ses yeux lançant des éclairs. Quelle idiote ! J'ai envie de disparaître.

– Je… il faut que je parle à ton prof, Raph, mais tu peux y aller.

Je deviens pathétique. Mes résolutions se sont envolées en fumée à la seconde où Éric m'a saluée. Je me force à penser au plan que je viens de rétablir. Primo, *check*. Impossible de me souvenir de l'étape suivante. Je regarde Raphaël et Layla s'éloigner tandis qu'Éric revient vers moi. Je bâillonne ma conscience. Je m'en préoccuperai plus tard.

– Un problème ?

Son air froid et fermé m'intimide soudain. A-t-il toujours paru aussi impressionnant ? Je dois me ressaisir. Nous nous trouvons au milieu des élèves, des parents et des profs. Ce n'est pas le moment de jouer les midinettes écervelées.

– Je tenais à m'excuser…

Il hausse un sourcil mais garde le silence.

– Pour le cadeau…

– Il y a prescription, non ? Et j'avais compris avec votre

SMS, pas la peine de vous déplacer, me coupe-t-il sèchement.

Dans ma tête, le plan paraissait beaucoup plus simple à appliquer. De temps en temps, un élève le salue, ou un collègue. L'endroit est vraiment mal choisi, mais je ne veux pas reculer. Même si je meurs d'envie de partir en courant.

– Pourquoi êtes-vous devenu si désagréable avec moi ?

Tandis que je le brusque, ses beaux yeux noisette s'écarquillent et je me reproche aussitôt mon impulsivité. Il regarde autour de nous, se frotte la tête et soupire.

– Nous devrions aller discuter de tout ceci ailleurs, propose-t-il. Ma voiture est garée plus loin.

Je sens le sol se dérober sous mes pieds à l'idée de me retrouver dans un espace confiné avec lui. Il tourne les talons et je suppose que je n'ai plus qu'à le suivre. Le véhicule attend à quelques rues de là. Nous nous installons, vaguement à l'abri des regards, moins visibles qu'au milieu du trottoir, en face de l'école. Notre présence dans sa voiture semble toutefois plus suspecte.

– Écoutez, madame V… Léonie, se reprend-il. Je ne sais pas ce que vous espérez de moi, mais vous faites fausse route.

Je sens mon cœur s'émietter.

OK, garde le contrôle. Ignore que tu vis le moment le plus blessant de l'année.

– Oubliez cette histoire de pâtisseries, poursuit-il en fixant un point devant lui. Vous paraissiez perdue et triste avant les fêtes. Je souhaitais juste vous apporter un peu de réconfort.

Je ne sais plus quoi dire. Pour moi, ce présent représentait beaucoup : j'y voyais le signe qu'il m'avait écoutée, qu'il avait essayé de me trouver le cadeau idéal. Personne n'avait jamais pris la peine de m'accorder une telle attention. Pas même Grégoire (surtout pas Grégoire), qui s'évertuait à m'offrir des bijoux hors de prix, moi qui n'en porte jamais. Si je me fie à ce que vient de dire Éric, il désirait « juste » m'apporter du « réconfort ». Ma première interprétation se révélait finalement la bonne. Si seulement je ne m'étais pas laissée emporter par les propos de Pio.

– Oh. OK. C'était… gentil.

– Voilà, moi, je suis gentil. Et vous, comme toutes les femmes abandonnées qui croisent un mec bien, vous préférez le salaud qui vous a quittée, grogne-t-il en secouant la tête.

Comme toutes les femmes abandonnées ?

La rage me comprime la poitrine. Je peine à comprendre ce qu'il me raconte. Je ne représente rien d'autre pour lui qu'une pauvre créature laissée pour compte.

– Vous pourriez vous montrer plus clair ?

Ma voix vibre de colère. Son attitude désagréable et ses propos m'horripilent. J'ai envie de hurler.

– Je parle de votre relation avec le père de Raphaël.

– Mais tout est terminé avec mon ex-mari !

Je me demande pourquoi et de quoi je me défends. Éric me dévisage d'un air déçu et hoche de nouveau la tête. Sa mâchoire serrée me donne une indication sur son niveau de contrariété. Elle atteint sans doute son apogée, mais je suis sûre que ma colère la surpasse. Je le déteste.

– Votre fils ne voit pas les choses comme vous, lâche-t-il enfin. De toute façon, votre ex ou le bellâtre du café, quelle différence ?

J'en reste bouche bée. Les pièces du puzzle refusent de se mettre en place. Je devine la méprise concernant Mister

Nougat, mais Grégoire et Raphaël n'ont pas leur place dans cette discussion. La stupeur m'empêche de réagir.

– Vous devriez partir, dit-il encore.

Comme je ne bouge pas, il se penche vers moi et, enveloppée de son parfum, j'espère, l'espace d'une seconde, qu'il va se raviser, rire de sa bonne blague et me donner un baiser torride. J'ai autant envie de l'embrasser que de le frapper, avec sa saleté de fossette au menton et sa voix de crooner. Je lutte pour raisonner avec calme. En vain. Il actionne la poignée de la portière, comme s'il fallait m'indiquer la marche à suivre pour quitter sa voiture au plus vite.

Je rentre chez moi, la gorge et les poings serrés. Je ne comprends rien à ce qui vient de se produire. Je bloque sur ses mots, sur son regard froid et déçu. Je me reproche d'avoir cru à une possible histoire entre nous et je le déteste de m'avoir laissée imaginer que je lui plaisais.

Quand je franchis la porte, soulagée de me retrouver à l'abri entre mes murs, je découvre avec surprise Raphaël et sa copine. Affalés dans le divan, ils semblent captivés par une série télé.

– Tu ne devrais pas être chez ton père ?

Enfin une pensée cohérente. Mes neurones effectuent leur grand retour. Joie.

– Ça te fait plaisir de me voir, on dirait, se renfrogne-t-il.

La susceptibilité des ados. Layla pose la main sur son bras en guise d'apaisement. Ce geste m'émeut et le picotement derrière mes paupières me renseigne sur mon extrême sensibilité.

– Je ne m'y attendais pas, voilà tout. Évidemment que je suis contente de te trouver ici. Vous voulez manger quelque chose ?

Je me retranche derrière mon rôle de mère nourricière, celui que je maîtrise les yeux fermés, et fouille les armoires à la recherche d'un paquet de biscuits. Raph me rejoint, laissant sa copine devant la télé et à une distance suffisante pour qu'elle ne puisse pas nous entendre.

– Qu'est-ce que tu es venue faire à l'école ?

– Rien… je passais par hasard.

Je n'aime pas mentir, mais ai-je le choix ? Difficile de lui expliquer que j'espérais draguer son prof.

– Je t'ai vue, m'man. Tu guettais la sortie. Tu m'espionnais ?

– Absolument pas. Où vas-tu chercher des idées pareilles ?

Je tente un petit rire incrédule qui sonne faux.

Et la palme du pire premier rôle féminin revient à… Léo ! Celle de la plus mauvaise mère de l'année aussi.

– Alors tu attendais quelqu'un, je suppose.

Il épie mon visage à la recherche du moindre indice lui indiquant qu'il a flairé une piste. Je me concentre sur l'ouverture du paquet de biscuits.

– Écoute, Raph, ça ne te regarde pas.

– Ça a à voir avec Roussel, je parie.

– Mais pas du tout.

Lui dire la vérité me paraît toujours exclu. J'essaie d'oublier qu'Éric vient de me rembarrer sans ménagement. Tandis que ses mots ne cessent de tourner en boucle dans mon cerveau défectueux, une petite lumière s'allume.

– Puisque tu parles de Roussel, que lui as-tu raconté concernant ton père et moi ?

Raphaël recule d'un pas et rougit, ce qui lui arrive rarement. Ai-je vraiment envie d'entendre la suite ?

– Je… j'ai dit que vous vous étiez réconciliés.

– Quoi ? Mais qu'est-ce que… pourquoi… pourquoi as-tu raconté ça ? Je t'ai expliqué que cela n'arriverait jamais.

Je réalise que je crie en le voyant sursauter. De mieux en mieux, j'effraie mon fils. Layla a tendu la tête vers nous, je lui adresse un sourire que j'espère rassurant.

– Je sais, m'man, j'ai compris. Je voulais pas lui mentir, mais tu m'as conseillé de répondre n'importe quoi s'il posait encore des questions indiscrètes.

Je me souviens lui avoir dit de répondre que cela ne le regardait pas, en effet, pas d'inventer et de ruiner mes chances au passage.

– Il m'a demandé de tes nouvelles après les vacances de Noël, il voulait savoir si tu allais bien, si tu sortais avec quelqu'un. Je pense qu'il te kiffait et…

Raphaël se dandine d'un pied sur l'autre. Il cherche à cerner le problème. Je lui fais signe de poursuivre.

– T'imagines le bordel si tu sors avec lui. Je passerai pour un con auprès de mes potes. En plus, ça marchera jamais entre vous, il est trop différent de papa. À tous les coups, tu vas le larguer et il pourrira mon année pour se venger.

Impossible de déglutir. Est-ce que je respire encore ?

– De toute façon, depuis que je lui ai dit que tu étais plus heureuse que jamais avec papa, il ne m'a plus posé aucune question, précise-t-il, fier de sa trouvaille.

Cette fois, c'est sûr, je ne respire plus. L'envie de hurler des gros mots me tenaille, je me concentre pour qu'ils ne franchissent pas mes lèvres. Mais saloperie de bordel de merde, je comprends mieux la réaction glaciale du prof.

– OK, ne lui parle plus jamais de moi. S'il te demande quoi que ce soit, tu ne sais rien. N'invente plus. S'il te plaît.

Raphaël hausse les épaules, prêt à ne pas me contrarier davantage, et décide de raccompagner sa petite amie. Enfin seule, je grimpe sur le tabouret de la cuisine et laisse tomber ma tête sur mes avant-bras. Je vais me réveiller.

24

Ma position sur le tabouret se révélant trop inconfortable, je me redresse et décide d'aller de l'avant. Depuis le début, je sais que sortir avec un prof de mon fils n'apportera que des problèmes. Je vais donc me soustraire à certaines situations critiques. Au hasard, questionner Raphaël sur son cours de français ou me promener aux abords de l'école.

Je continue ma petite vie, en escomptant que rien de palpitant ne survienne, et j'évite de rappeler mon célibat à mes amies. J'espère d'ailleurs une brusque amnésie de leur part. J'en ai soupé des hommes.

Lorsqu'Octave attrape une angine, je parcours même cinq kilomètres pour me rendre à la pharmacie de la ville voisine et ne pas revoir Victor Brisset. Les jumeaux m'incitent à contacter le pharmacien et je soupçonne Octave d'avoir simulé pour parvenir à leurs fins. Si mes voisins ne tombent jamais malades, ils jouent en revanche très mal la comédie. Bref, d'après eux, je finirai mes jours comme une recluse et ils me trouvent trop jeune pour adopter ce type d'existence. Selon moi, ma vie approche de la perfection, organisée autour de Raphaël et de mon travail. Je marche, visite des musées, écoute des conférences, seule. La solitude me convient. Dans mes bons jours, j'arrive presque à m'en convaincre.

J'ai finalement réussi à chasser de mon esprit torturé tous les souvenirs et fantasmes qui incluent un certain prof. Ce qui ne m'empêche pas de sursauter et d'espérer, ce soir-là, comme à chaque sonnerie du téléphone, qu'Éric appelle pour une folle déclaration d'amour. Je me précipite et, un peu déçue de lire le nom de Béatrice, hésite à laisser l'appel basculer sur ma messagerie.

– Allô !

Des sanglots me répondent, ainsi que quelques mots à moitié noyés que je ne comprends pas. Je m'affole en entendant Béatrice, la douce et positive Béa, dans cet état.

– Tu es où ?

– 'éééé moaaaaa.

J'en déduis qu'elle se trouve chez elle.

– Ne bouge pas, j'arrive.

J'attrape ma veste et envoie un SMS à Claire pour lui demander de me rejoindre fissa chez notre amie. Ovulation ou pas, je sais qu'elle se pointera sans poser de questions.

Cinq minutes plus tard, je sonne à la porte de la petite maison et une Béa effondrée vient m'ouvrir. Le visage et les yeux rougis par les larmes, elle tombe dans mes bras, suffoquant dans ses sanglots. Je revis l'espace d'un instant les pleurs inconsolables de Raphaël quand il avait cassé sa petite voiture préférée et qu'il se précipitait contre moi pour que je l'apaise. À cet instant, Béatrice semble aussi vulnérable qu'un enfant désespéré. Je l'entraîne vers le salon, la force à s'asseoir et vais lui chercher un verre d'eau et une boîte de mouchoirs.

Lorsqu'elle a avalé quelques gorgées et que son visage n'est plus ravagé par les pluies torrentielles, je l'interroge enfin. Tandis que je tâchais de garder mon calme pour l'aider à retrouver le sien, j'ai imaginé plusieurs scénarios dramatiques. Je suis morte d'inquiétude.

– Ça concerne Thomas, finit-elle par répondre entre deux hoquets.

Je ferme brièvement les yeux, espérant me tromper.

– Il… il m'a quittée. Il a dit que je ne plaisais pas à… à sa mère et que… ça ne fonctionnerait pas entre nous.

Ses sanglots reprennent de plus belle. Je me retiens d'agonir le fils à sa maman des pires insultes que je connaisse. Chaque chose en son temps.

– Il va peut-être…

Je cherche désespérément comment terminer ma phrase. Se rendre compte qu'il se comporte en idiot ? Je n'y crois pas. Être piétiné par un éléphant échappé d'un zoo ? Dans mes rêves, oui. Se faire rectifier le portrait par une folle furieuse ? On ne sait jamais. Avec ce qui traîne dans les rues, ce genre d'incident survient tous les jours.

On sonne à la porte et je cours ouvrir à Claire, trop heureuse de ne pas devoir gérer la situation toute seule. Je lui résume le carnage en deux mots. À son tour, elle prend Béa dans ses bras et me jette un regard soucieux. Je m'inquiète, moi aussi. Béatrice a attendu ce pauvre type, l'a idéalisé et a tout misé sur leur histoire. Et ce con la quitte parce que maman ne valide pas son choix. L'envie me démange de dessiner des bites sur sa voiture. À la peinture indélébile, bien sûr.

– Tu ne peux pas te mettre dans cet état pour un enfoiré !

décrète soudain Claire en se levant. Tu vaux mille fois mieux que lui.

Béa hausse les épaules tandis que notre amie part dans la cuisine. Elle sort la vodka du réfrigérateur et revient avec trois verres.

– Anesthésions la douleur, ma chérie, lui dit-elle d'un ton enjoué.

Vu l'urgence de la situation, le remède me paraît souverain. Claire remplit les verres, en tend un d'autorité à Béa et avale le sien cul sec. Béatrice et moi l'imitons. L'alcool glacé et brûlant à la fois descend dans mon estomac vide.

– Tu peux boire ?

Claire me gratifie d'un regard ahuri, proche de celui d'un bovin face à une question philosophique.

– Tu es sûre de ne pas être enceinte ?

– Je suis réglée, grogne-t-elle.

Rassurée (quoique…), je gagne la cuisine à la recherche de biscuits salés à grignoter. Sans cette précaution, dans deux ou trois *shots*, nous serons saoules, au moins pour les deux tiers d'entre nous. Claire nous a déjà versé une nouvelle rasade. Elle lève son verre et le vide d'un trait. La façon dont elle tient l'alcool m'impressionne toujours.

Au troisième *shot,* Béa commence à retrouver le sourire et la rage. Elle se délecte à l'idée de glisser un hareng dans la boîte aux lettres de Thomas et de crever ses pneus, Claire et moi nous portant aussitôt volontaires pour l'accompagner dans cette mission vendetta. La scène présente des airs de déjà-vu. Je me remémore notre cuite monstrueuse après le départ de Grégoire. Une gueule de bois de deux jours en avait découlé. Mais cela s'était révélé cathartique.

Mon portable sonne, j'y jette un regard distrait et crois rêver en lisant « Chris Isaak ». Je décide de ne pas décrocher. J'espère un appel de sa part depuis des semaines. Qu'il brûle en enfer ! Je nous sers une nouvelle tournée, saluée par les acclamations de mes comparses plus ou moins éméchées. Je garde un œil rivé sur le téléphone, guettant l'apparition d'un message. La sonnerie retentit de nouveau.

– Tu devrais le prendre, me suggère Claire, la plus lucide de nous trois.

Elle ne se montre toutefois pas assez clairvoyante pour deviner que dans mon état, je risque de dire des conneries que je regretterai une fois dessaoulée. Je n'apprends rien de mes erreurs.

– Allô ?

Je pouffe en réalisant que ma réponse ressemblait vraiment très fort à un coassement.

– Léonie ? C'est vous ?

– Oui, très cher.

Je glousse de plus belle, impossible de m'en empêcher.

– Je… vous vous sentez bien ? Vous semblez… vous êtes ivre ?

Cette question posée sur un ton de reproche provoque une montée soudaine de colère. Les mecs, ces crétins insupportables, pensent jouir de tous les droits. Je suis ivre si je veux.

– Ça ne vous regarde pas, espèce d'enfoiré. Salut.

– Léonie ! crie la voix la plus sensuelle du monde juste avant que je ne raccroche. C'est important, ça concerne Raphaël.

Évidemment, s'il appelle, cela ne peut se rapporter qu'à mon fils. Je dégrise un peu.

– Un problème ?

– Rien de grave ni d'urgent, mais j'aurais souhaité en parler avec vous. Raphaël ne travaille plus en cours et refuse d'en discuter avec moi.

Rassurée sur l'état de mon rejeton, je me souviens que j'ai en ligne le dernier des goujats.

– Voyez avec son père.

Et toc. M. le prof de français ne répond pas tout de suite. Je crois même qu'il a raccroché et décide d'en faire autant quand je l'entends soupirer.

– J'ai commencé par l'appeler, avoue-t-il. Il m'a renvoyé vers vous, me disant qu'il manquait de temps pour suivre la scolarité de Raphaël et que vous vous en chargiez.

Mon ex-mari est un vrai fumier, encore un. Rien de neuf sous le soleil, mais toute nouvelle démonstration de sa grossièreté soulève une vague d'exaspération.

– Et est-ce que vous en avez profité pour lui demander si nous couchions de nouveau ensemble ?

Je n'aurais pu rêver d'un ton plus sarcastique. Je me sens fière de moi. Roussel subit ma colère envers Grégoire et comme il la mérite amplement, je ne ressens aucune culpabilité.

– Ton verre t'attend, beugle Béa près de mon oreille. Tu as un tour de retard !

Sur quoi elle s'écroule de rire à côté du fauteuil et je ne peux retenir un nouveau gloussement.

– Léonie, ça ne me regarde pas, mais je veux m'assurer que vous allez bien.

Est-ce que je vais bien ? Pas vraiment. Mais tombée malgré moi sous le charme d'un mec qui ne m'est pas destiné, je ne souhaite pas en parler avec lui.

– Dites-moi au moins où vous vous trouvez et si vous avez besoin que je vienne vous chercher.

Qu'il aille se faire foutre avec sa pitié. Qu'ils aillent tous se faire foutre !

– Je me sens magnifiquement bien. Et je vous emmerde. Adieu, monsieur Roussel.

Et je raccroche, satisfaite, sous les applaudissements de mes compagnes de beuverie.

25

Le lendemain matin, ankylosée par quelques heures de sommeil dans un fauteuil inconfortable, je me sens un peu moins fière de mon état. Après une nuit à boire et à nous goinfrer de glace et de chocolat, mon foie tire la gueule et j'exhale une haleine de fennec décédé. Il me reste vingt minutes pour devenir présentable et me rendre au boulot. Grandiose. Je réveille Béatrice et Claire, puis regagne mon appartement dans la souffrance. Chaque pas résonne dans mon crâne.

Deux comprimés d'aspirine et une douche bouillante plus tard, je tente toujours de récupérer une apparence humaine. J'arrive au travail avec une bonne demi-heure de retard. Une chance que je passe la journée en tête à tête avec un écran d'ordinateur.

– Léo ! Léo ! vocifère mon boss, comme un possédé, depuis son bureau.

Pourquoi hurle-t-il comme un loup-garou sous la lune ? Je grimace et ajuste les lunettes noires qui me protègent de la lumière du jour. Je me sens, à l'instar d'un vampire, prête à être réduite en poussière si je croise le moindre rayon de soleil. Je passe ce qui reste de ma personne par la porte de son bureau en lui demandant d'un ton plaintif :

– Qu'est-ce qu'y a ?

Il se fige et me dévisage. Je relève mes lunettes pour le tranquilliser et lis la panique dans son regard. Raté. Ce qui ne me rassure pas sur mon état.

– Oh, merde. Qu'est-ce qui t'arrive ?

Je hoche la tête et grimace de nouveau de douleur quand mon cerveau tangue d'un coin à l'autre de mon crâne.

– Cuite de solidarité avec Béa. S'est fait larguer.

Incapable de formuler une vraie phrase, je me contente de marmonner quelques mots. Cela suffit à détendre son visage. Il étouffe un rire.

– Tu ferais mieux de rentrer chez toi.

Sans doute. Si j'en avais la force, je sauterais de joie à la perspective de regagner le calme et l'obscurité de ma chambre.

– Mais avant, je dois te dire que je viens de recevoir un appel d'un prof de ton fils. Rousseau ou un truc du genre, dit-il en fouillant les papiers qui jonchent son bureau.

Je sors mon téléphone de mon sac et constate que la batterie a rendu l'âme. Mon état de désagrégation avancé ne m'empêche pas de paniquer, comme chaque fois que l'école tente de me contacter.

– Il a laissé un message ?

– Il semblait préoccupé de ne pas parvenir à te joindre et voulait savoir si tout était OK. Tu peux le rappeler d'ici, j'ai noté son numéro, ajoute-t-il en brandissant un Post-it.

Ouf, tout va bien. Raphaël est sain et sauf. Tout va mieux que bien, même, puisqu'Éric s'inquiète pour moi. Évidemment que je désire l'appeler. Et le revoir, et l'embrasser, et…

– Jette ce numéro.

Je retrouve un peu mes esprits. Je n'ai pas besoin de sa pitié. Mon boss esquisse un sourire, mais s'abstient de tout commentaire. Je traverse peut-être une phase de décomposition cérébrale, mais je ne renoncerai pas à mes bonnes résolutions pour autant.

***

Je rentre me blottir sous ma couette et n'émerge que trois heures plus tard. La douleur n'a pas disparu, mais elle cogne moins violemment. Je me traîne à la cuisine et attrape mon téléphone rechargé pour joindre Béa et vérifier qu'elle a survécu à sa nuit. Deux pastilles sur l'écran signalent cinq appels en absence et autant de messages. Tous émanent de Roussel. Avant d'avoir le temps de les écouter, on frappe à ma porte. Pas question d'ouvrir dans mon état, même au facteur. J'avance avec d'infinies précautions jusqu'à l'œilleton de la porte. Éric se tient de l'autre côté, à quelques centimètres à peine. J'en lâche mon téléphone de surprise et un bruit sourd retentit dans l'entrée. Je retiens un juron.

– Léonie ? Ouvrez-moi, s'il vous plaît. Il faut qu'on parle.

Je refuse de le voir alors que je possède moins de dix pour cent de mes capacités. Je dois d'abord récupérer.

– Qu'est-ce que c'est que ce tapage ? gronde la voix d'Auguste, de l'autre côté de la porte.

Béni soit mon ex-militaire de voisin.

– Bonjour, monsieur, salue poliment Éric.

– Encore vous, s'exclame le vieux grincheux. Elle se trouve au travail. Qu'est-ce que vous lui voulez ?

– Elle n'y est pas, j'en viens. Et je souhaite m'assurer qu'elle va bien.

Le silence s'étire et j'imagine Auguste jauger le prof de son air sévère. Éric est passé au boulot. Je ferme les yeux un instant, essayant de rassembler assez de neurones actifs pour donner du sens à ce nouvel intérêt.

– C'est pas grâce à vous, mais elle se porte bien, finit par lâcher mon voisin.

Mais boucle-la ! Dans un moment de faiblesse, j'ai confié mes états d'âme aux jumeaux. Je croise les doigts, espérant qu'Auguste n'en dira pas plus.

– D'accord, soupire Éric. Vous pouvez lui demander de me contacter quand vous la verrez ?

J'entends le bruit de leurs pas s'éloigner dans l'escalier, puis disparaître. Enfin seule, j'écoute les messages au contenu à peu près identique : Roussel veut me parler et s'assurer de mon état. Je sens son anxiété croître au fil des appels. Par une réaction stupide et puérile, son inquiétude me réconforte. La dernière fois qu'un homme a pris soin de moi remonte à une éternité, bien avant ma séparation. Je n'ignore pas qu'en bon samaritain, le prof se comporte de la même façon avec n'importe quelle femme en détresse.

Je dois me secouer et régler quelques problèmes. Je tape un SMS rapidement avant de changer d'avis.

[Occupe-toi du RDV
avec le prof de Raph,
je n'ai pas le temps.]

Premier problème réglé. J'inspire profondément pour me donner le courage d'envoyer un second message, mais la sonnerie du téléphone retentit. Mon ex-mari se montre très réactif quand on bouscule sa petite vie.

[Pas le temps ? Tu as pris
un deuxième travail ?]

J'imagine cet imbécile ricaner de sa bonne blague. Finalement, me quitter apparaît comme la décision la plus intelligente de toute son existence. Il faudra penser à le remercier.

[Non, un amant jeune et
fougueux. Assume ton rôle
de père pour une fois.]

Voilà qui devrait lui clouer le bec. OK. Au suivant. Je fais défiler les numéros jusqu'à celui d'Éric. J'hésite encore un peu sur le contenu du message, partagée entre l'envie et la peur. Je retiens mon souffle et rédige d'une traite :

[Inutile de vous inquiéter,
je vais bien. M. Villette se
chargera du RDV concernant
notre fils.]

26

De : Grégoire
À : Léonie
Objet : Réunion scolaire

Ma très chère Léo,
Comme tu me l'as gentiment suggéré, j'ai rencontré M. Roussel. Merci pour le cadeau, ce type s'est montré aimable comme une porte de prison.
En résumé, notre fils ne travaille plus dans son cours, mais se maintient dans toutes les autres matières. Le prof ne comprend pas pourquoi, j'avoue que moi non plus. Je te laisse gérer la suite et en discuter avec Raphaël. Si toutefois tu trouves le temps, entre deux parties de jambes en l'air.

Bien à toi,
Grégoire

Je parcours le mail pour la troisième fois. Je ne comprends pas plus qu'eux la chute des résultats de Raph dans sa matière de prédilection. Et pour l'instant, je m'en fous comme de mon premier soutien-gorge. Je tente surtout de lire entre les lignes, à la recherche d'un signe. Je ne déniche que des indices de ma stupidité. Depuis le dernier message envoyé au prof, je sens un nœud au niveau de l'estomac et ma conscience m'engueule tous les quarts d'heure. Alors je range et nettoie pour recouvrer un peu de paix et d'ordre intérieurs. Parfois, cela fonctionne. Pour l'instant, seul l'appartement tire profit de ce traitement.

Raphaël passe la porte en sifflotant et me rejoint dans la cuisine, où il m'embrasse sur le front. Mon bébé me dépasse d'au moins vingt centimètres. Ce détail me surprend chaque fois que je le retrouve. Je le soupçonne de continuer de grandir les semaines où il vit chez son père.

– Salut, mon chéri.

– Salut mam's. Tu vas bien ?

– Mmmh.

Que lui répondre d'autre ?

– Rien de neuf ? insiste-t-il.

Je pense aux dernières péripéties et ravale un ricanement nerveux devant le tableau grotesque de la situation.

Non, rien de neuf. Ton prof m'a appelée, il s'est inquiété pour moi, est passé me voir, et je l'ai envoyé sur les roses. Telle une crétine timorée.

Je dois endosser mon costume de mère responsable et aborder ses soucis scolaires. Impossible de me dérober.

– Ton père a rencontré M. Roussel.

– Ah, s'exclame Raph d'un air ravi qui m'intrigue.

Vu la situation, je m'attendais à ce qu'il batte en retraite. Il sort une bouteille de jus de fruits du frigo, se sert un verre et s'empare d'un des cookies encore tièdes que j'ai préparés en rentrant du travail. Retour de l'ogre.

– Tu me dois une explication concernant tes notes en français.

Raphaël soupire et engloutit le reste du biscuit.

– Ch'était un techt, répond-il, la bouche pleine.

– Un test ? Mais un test de quoi ? Tu es devenu fou ?

– T'énerve pas, mam's. Je le trouvais trop sympa avec moi. C'est vrai, quoi, il s'arrange toujours pour savoir si tout roule. Il m'encourage à bosser, à me tenir loin de Jérèm' et de ses conneries. J'ai cru qu'il faisait ça parce que tu lui plaisais.

Son visage se chiffonne et je retrouve en une seconde mon petit bonhomme sensible. J'ai envie de le prendre dans mes bras pour le réconforter, mais n'ose pas bouger.

– Il fait plus attention à moi que mon père, lâche-t-il. Tu trouves ça normal ?

Ce que j'estime surtout aberrant, c'est que Grégoire ne se préoccupe pas de lui. Je crispe les poings pour rester stoïque.

– Je ne comprends toujours pas pourquoi tu as saboté tes contrôles.

– Je voulais voir comment Roussel réagirait.

Je me force à compter lentement jusqu'à dix avant d'intervenir.

– Et ? finis-je par articuler.

Raphaël me sourit de son air de petit garçon espiègle et mon cœur se desserre.

– Il a essayé d'en discuter avec moi plusieurs fois et, comme je ne lâchais rien, il m'a dit qu'il appellerait papa. Tu vois, il t'a pas téléphoné, il l'a appelé, lui. Je me suis gouré. Ce type ne cherche pas à te draguer, il fait vraiment attention à moi.

Et merde.

J'ai agi avec sagesse en éloignant le prof de moi, mais je n'aurais jamais dû le laisser jouer à ce petit jeu de séduction. À ma grande honte, je sens mes joues brûler. J'évite le regard de mon fils, inquiète qu'il devine mes pensées.

– Mon chou, ton père t'aime, même s'il ne le montre pas. D'ailleurs, il a pris le temps de rencontrer ton prof.

– Ouais, t'as peut-être raison. Mais il est quasi jamais là quand il devrait. Bah, au moins, si j'ai besoin d'une discussion entre hommes, il y a m'sieur Roussel. C'est pas si mal, conclut-il en haussant une épaule.

Il m'embrasse de nouveau sur le front, attrape son sac et part travailler dans sa chambre. Je m'accroche au rebord du comptoir de la cuisine. Je déteste Grégoire qui n'assume jamais son rôle. Mon fils en est réduit à se trouver une référence masculine parmi ses enseignants. Dommage que la simple évocation de cet homme me fasse rougir et trembler comme une feuille. Il devient urgent de rencontrer quelqu'un qui pourra se comporter comme un père envers Raphaël.

Je fouille mon sac à la recherche d'une carte de visite. Celle de Victor Brisset, le pharmacien. En plus d'être mignon, il semble gentil et équilibré. Certes, il vit toujours chez ses parents mais cela n'a rien de dramatique. Espérons juste que j'aurai plus de chance que Béa et que je plairai à sa mère… Ma conscience ricane.

27

Victor se dit ravi de m'entendre et je culpabilise face à cet enthousiasme que je ne partage pas. Il a proposé de venir me chercher, mais mes récentes expériences m'incitent à la prudence. Je préfère aller au rendez-vous par mes propres moyens, au cas où cela se passerait mal. Je ne l'imagine pas tenter de me convertir aux relations sadomaso ou me parler de nougat toute la soirée, mais on ne se montre jamais trop vigilant en matière de rencards. Jamais deux sans trois ?

Cette fois, pas de surprise concernant le physique ou la profession et je suis moins tendue que pour les rencontres précédentes. Lorsque j'entre dans le bar, le séduisant pharmacien m'attend déjà. Pas aussi sexy qu'un certain prof de français, me susurre mon petit diable tandis que je prends place en face de Victor.

– Je suis content que vous m'ayez contacté, dit-il en me serrant la main.

– Moi aussi. Excusez-moi d'avoir tardé, j'ai été très occupée.

Je mens sans même rougir.

– Accaparée par le travail ?

Non, plutôt occupée à me chercher (beaucoup), à me trouver (un peu), à me mettre au défi (trop), à fantasmer sur qui vous savez (passionnément), à rencontrer d'autres hommes (en pure perte). *Concentre-toi.*

– Par mon fils surtout, qui a eu beaucoup besoin de moi ces derniers mois.

Je crois percevoir l'ombre d'une grimace, mais il se reprend vite. Je décide d'ignorer sa réaction pour l'instant, tout en sachant que s'il n'accepte pas Raphaël, l'histoire prendra fin bien avant d'avoir commencé.

– Vous avez des enfants ?

Malgré le rapport détaillé fourni par mes voisins, je joue le jeu des questions-réponses du premier rendez-vous.

– Je n'ai pas rencontré la personne avec qui en avoir, répond-il avec un soupçon de tristesse.

J'essaie un instant d'imaginer ma vie sans Raphaël. Mission impossible. En revanche, je croise les doigts et espère qu'il n'entre pas dans les projets de Victor de se reproduire.

– Vous en voulez d'autres ? me demande-t-il fort à propos.

– Non !

La vivacité de ma réaction le fait rire. Il a un joli rire. Moins troublant que celui d'Éric, peut-être un peu sec, mais agréable quand même.

Allez, basta, le petit diable, j'ai décidé de passer à autre chose, il faudra que tu t'y fasses.

– Et vous ? Vous en voulez ?

– Non. Entre le travail et mes parents, je n'aurais pas le temps de m'en occuper. Mon seul regret sera de ne pas pouvoir léguer la pharmacie. Après quatre générations, personne ne me succédera.

Palpitant. Il doit avoir entre 40 et 45 ans et donne l'impression d'être plus âgé qu'Octave et Auguste.

– Vous avez des passions ?

– Pas vraiment, rétorque-t-il sans prendre la peine de réfléchir.

– Vous ne pratiquez pas de sport ? Ou une autre activité ?

Il secoue la tête. De mieux en mieux. Ce type n'aime donc rien hormis son travail.

Et ses parents, ricane mon petit diable, n'oublie pas ses parents.

– Et vous ? questionne-t-il poliment.

J'hésite à lui répondre. Je veux rentrer chez moi, me réfugier sous la couette et enterrer ces histoires de couple. Mais je suis raisonnable, je vais lui laisser sa chance. D'autant qu'en comparaison de mes deux précédents rendez-vous, il paraît plutôt normal. Avec qui puis-je espérer vivre une relation si un homme relativement ordinaire ne me convient pas ? « Éric », chuchote le diablotin.

Silence !

– J'ai quelques amies… Je vais au cinéma, je fais un peu de sport. J'aime cuisiner, surtout des pâtisseries. J'élève mon fils, une semaine sur deux, et je veille sur des voisins octogénaires.

Résumée de la sorte, ma vie ne semble pas plus intéressante que la sienne. Pourtant, je l'apprécie telle qu'elle est.

– Ça en fait des occupations… Vous arrêteriez de travailler ?

– Non ! Pourquoi ferais-je une chose pareille ?

Je suis horrifiée à l'idée de perdre ma liberté.

– Par amour, insiste Victor, l'air grave.

Je me souviens des nombreuses tentatives de Grégoire pour me convaincre d'abandonner mon emploi afin de me consacrer à notre enfant et à la maison. Dire que j'avais failli céder !

– Même par amour, je ne le ferais pas. Surtout pas par amour. Vous demanderiez à la femme de votre vie de sacrifier sa liberté ?

Victor émet un petit rire gêné. Il peut difficilement acquiescer.

– Non, bien sûr, mais la personne que j'aimerai préférera s'occuper de moi plutôt que de travailler à l'extérieur.

Voilà qui a le mérite d'être clair. Et désolant.

– Vous devriez engager une gouvernante…

Il cille face à ma suggestion moqueuse.

– Ma mère était femme au foyer, il n'y a rien de déshonorant à cela, rétorque-t-il aussi vivement que si je venais d'insulter l'auteur de ses jours.

Sa façon de prononcer « ma mère » comme s'il parlait de la femme de sa vie provoque chez moi une légère nausée. Il ne reste donc pas un seul homme normal sur cette planète ?

– Victor, ça ne fonctionnera pas entre nous.

Je scrute sa réaction et suis surprise de voir ses épaules se détendre. Je crois même entendre un soupir discret.

– Je rêve ou ce que je viens de dire vous soulage ?

Il rigole doucement. Je ne me vexe pas vite, mais quand même.

– Je peux me montrer honnête avec vous ?

J'acquiesce, pas très sûre de ma réponse.

– Ma mère vous a remarquée à la pharmacie et a insisté pour que je vous invite. J'ai profité de notre rencontre à la boulangerie pour vous donner ma carte.

– Mais que… quoi ? Vous plaisantez ?

– Pas du tout. Elle a mené son enquête auprès de vos voisins. Vous correspondiez au profil qu'elle espérait. La quarantaine, célibataire, stable, un seul enfant déjà élevé.

Je me sens comme un gibier qu'on a épié pour mieux le piéger. Les gens se plaignent sans cesse des adolescents, mais la génération des vieillards est bien plus perfide. J'en reste une seconde sans voix.

– Vous vous rendez compte de ce que vous me dites ? Votre mère fait du profilage pour vous trouver une compagne !?

Il fixe son verre, la tête baissée comme un môme surpris en flagrant délit de vol de bonbons.

– Mais Victor, vous, vous désirez quoi ? Quel est votre type de femme ?

Il souffle, évitant mon regard, puis suit quelqu'un des yeux derrière moi. Je me retourne et découvre un des serveurs du bar. Mignon. Il m'adresse un sourire charmeur… Merde, non, il sourit au pharmacien. Saisissant soudain, je fais volte-face.

– Vous êtes gay ?

Il observe de nouveau le contenu de son verre et ne dément pas.

– Mais pourquoi votre mère vous cherche-t-elle une femme ? Vous ne lui avez rien dit ?

– Elle ne comprendrait pas. Et cela entraînerait mon père dans la tombe.

– Mais enfin, à votre âge, vous devez vous assumer, mon vieux. Bougez-vous, expliquez à vos parents que c'est votre vie, pas la leur. Ce type vous plaît ?

Il balaie l'air de la main.

– À quoi bon en parler ?

– Mais parce que s'il vous attire, il faut que vous tentiez quelque chose. Vous passez peut-être à côté de l'homme de votre vie.

Victor croise les bras et me fixe avec sérieux.

– Pourquoi êtes-vous célibataire ?

– Quoi ? Mais je… j'en sais rien. Et on discute de vous, là, pas de moi.

– Justement, parlons un peu de vous. Vous ne semblez pas trop bête, vous êtes plutôt mignonne et relativement équilibrée.

– Merci pour ce charmant portrait.

– De rien. Comment expliquez-vous votre célibat ?

J'ouvre la bouche, prête à fournir une excuse bidon, et la referme sans rien dire. Il marque un point. Je le critique alors que j'agis exactement comme lui. J'ai peur du regard des autres et du qu'en-dira-t-on, peur de la réaction de Raphaël, peur de l'avenir. Je ne mérite pas mieux que la vie terne que je me suis choisie. Seuls les courageux ont le droit de vivre des histoires d'amour passionnées.

28

Depuis le rendez-vous raté avec Victor, désemparée, je déambule sans but. Raphaël ne supporte plus de me voir tourner en rond entre mes murs. Après avoir posé quelques questions restées sans réponse, il m'a finalement jetée hors de l'appartement avec ordre de retrouver ma bonne humeur. Le monde à l'envers. Après l'envoi de deux SMS, j'ai rejoint mes amies dans un café « bobo bio » du quartier. Je compte profiter du cadre chaleureux et de la musique rassurante d'Ibrahim Maalouf pour leur annoncer que j'abandonne ma recherche de l'homme idéal. J'espère que la nouvelle passera en douceur.

– Tu ne peux pas renoncer si vite ! s'écrie Claire.

Cela présage une partie difficile. J'aurais dû l'empêcher de commander un expresso.

– J'ai essayé, les filles, je vous jure, mais c'est un fiasco complet.

Je leur rappelle mes deux premiers rendez-vous et relate le dernier en date. Même Claire, essuyant ses larmes de rire, finit par reconnaître que j'ai raison.

– Et il n'y a vraiment personne qui te plaît ?

Avant d'avoir pu les en empêcher, mes pensées s'égarent du côté d'un certain prof sexy. Je me sens rougir comme une ado. Bordel.

– Oh, je reconnais cet air ! fait remarquer Béatrice.

Je me concentre un long moment sur mon sachet de thé.

– Léonie Marceau, je t'ordonne de t'expliquer sur-le-champ, insiste Claire.

J'inspire profondément pour me donner le courage de dire tout haut ce que j'essaie de taire depuis des semaines, sinon des mois.

– Il y a un homme…

Béa m'interrompt en battant des mains. Claire la calme d'un froncement de sourcils accompagné d'un « non » de la tête.

– Continue, exige-t-elle.

– C'est une histoire impossible.

– Ce sont les plus belles, gémit Béatrice en glissant un sucre dans son thé.

J'interroge Claire du regard. Notre amie malheureuse en amour aurait-elle retrouvé sa foi dans les contes de fées ?

– Thomas a sorti le grand jeu, elle lui laisse une chance, explique-t-elle tandis que Béatrice sourit d'un air niais.

– Mais comment…

– Peut-on se concentrer sur toi d'abord ? La Belle au bois dormant te racontera tout quand je serai partie. Je ne supporterai pas deux fois son récit dégoulinant de guimauve.

Pas la peine d'essayer de détourner son attention, donc.

– OK, vous vous souvenez du type au resto indien il y a quelques mois ? Celui qui m'a saluée.

– Séduisant, costard, soigné, voix à tomber ? énumère Claire.

Je souris devant ce fidèle résumé. Nous parlons bien du même.

– En quoi votre histoire est-elle impossible ?

– Il est prof.

– Attends, LE prof de ton fils, celui du cours de dessin ? Celui qui t'a appelée quand on picolait ?

Claire réfléchit vite. Je confirme d'un geste du menton.

– Et ? Tu as un souci avec les enseignants ? s'inquiète Béa en se penchant vers moi. Un traumatisme ancien ?

– Arrête tes conneries de psy, la coupe notre amie.

Béa hausse les épaules et ajoute un deuxième sucre dans son thé, qui se transforme en sirop.

– Vous vous êtes revus ? demande-t-elle.

Je hoche la tête. Des images de nos dernières rencontres s'imposent. L'échange désagréable dans sa voiture, mais aussi ses bras le soir de Noël, son sourire… Je soupire de regret.

– Plusieurs fois.

– Mais tu ne nous en as pas parlé ! s'énerve Claire, comme si je venais de commettre la pire des injustices.

– Je ne voulais pas que vous vous emballiez.

– Vas-y, ne te gêne pas pour nous traiter de midinettes ! s'indigne Béa, pourtant de loin la plus fleur bleue de nous trois.

Claire pouffe mais s'abstient de tout commentaire.

– Il m'a aussi apporté des petits gâteaux italiens à Noël et… bon sang, ce type me plaît.

– Oooooh, ponctue Béatrice avec des cœurs dans les yeux.

Au secours. Mes amies me fixent, attendant la suite. Ne voyant rien venir, elles réclament des explications.

– Si je sors avec lui, que va en penser Raphaël ?

– Il ne le supporte pas ? s'inquiète Béatrice.

– Au contraire. Il adore Éric…

– Éric… relève Béa. Vous en êtes à vous appeler par votre prénom ? C'est bon signe.

Je secoue la tête pour calmer son enthousiasme.

– Raphaël a été clair sur le sujet : il ne supporterait pas de me voir avec son prof. En plus, il a monté tout un plan pour vérifier qu'Éric s'intéressait vraiment à lui, et pas à moi. Il va réagir comment si on sort ensemble ?

Plus je réfléchis à ce gâchis, plus je me sens mal.

– Ton fils l'aime bien, c'est tout ce qu'il faut retenir pour l'instant, élude Claire. Il est marié ?

– Je l'ignore.

J'ai essayé de me convaincre qu'il vivait en couple pour me tenir loin de lui, mais ses différentes réactions me laissent croire qu'il est probablement célibataire. Je ne sais même pas pourquoi j'envisage la possibilité d'une relation. Je dois me ressaisir.

– Vous m'écoutez ? Si je sors avec lui, Raphaël se sentira trahi. Je ne peux pas lui faire ça. Et imaginez que ça ne marche pas. Il devra continuer de le voir en classe chaque semaine. Il sera déçu une fois de plus par les adultes, à commencer par moi.

– Mais imagine que votre relation fonctionne, contre Béatrice. Tu veux prendre le risque de passer à côté d'une belle histoire ? C'est peut-être l'homme de ta vie.

– Pour une fois, je suis d'accord avec Béa. Tu n'es pas obligée d'en parler à Raph tout de suite, ajoute Claire. Vous sortez ensemble quelques semaines. Si ça ne fonctionne pas, tu le quittes et tu continues ta pauvre vie de quadra célibataire. Mais si tu réalises qu'il est ton âme sœur, si tant est que ce « truc » existe, tu le gardes et tu l'annonces à ton fils.

Pour un peu, je me laisserais aller à rêver à leur conte de fées. Mais je n'ai pas su saisir ma chance.

– Arrêtez de fantasmer, les filles. Je doute qu'Éric accepte ne serait-ce que de me parler.

Mes amies échangent un regard circonspect. Je vais passer un sale quart d'heure.

– Qu'est-ce que tu as fabriqué ? demande Claire avec méfiance.

Je leur raconte tout : notre rencontre fortuite alors que je prenais un verre avec Antonio, notre discussion dans sa voiture, les appels ignorés après la soirée chez Béa, son inquiétude, son passage à l'appartement, et mon SMS final.

– Mais tu es totalement idiote ! s'exclame Claire.

– Ou bien tu sabotes tout intentionnellement, renchérit Béa.

Cette fois, Claire ne lui ordonne pas de stopper sa psychologie de comptoir. Elles semblent d'accord. Elles ont raison toutes les deux, je suis une stupide saccageuse de bonheur.

– Comment vas-tu rattraper ce merdier ? questionne-t-elle finalement.

– Tu ne m'as pas écoutée, il n'y a rien à sauver.

– Si, je t'ai écoutée et au milieu de ton bla-bla, j'ai entendu que tu avais craqué pour un homme qui se préoccupe de toi alors que vous ne sortez même pas ensemble et qui se soucie de ton fils.

– Tu oublies sexy et sans doute célibataire, ajoute Béatrice.

Claire acquiesce. Leur tableau de ce à côté de quoi je suis

passée se révèle encore plus désolant que lorsque j'y pense au cours de mes insomnies.

– Même si Éric ne me détestait pas, il y a Raphaël. Je ne peux pas lui faire ça.

– Ton fils a une copine. Dans deux ou trois ans, il partira et tu te morfondras toute seule, conclut Claire. Et puis, tu y crois vraiment quand tu dis que tu vas oublier ce type ?

Je refuse d'alimenter son argumentaire. Avez-vous déjà essayé de vous obliger à ne pas penser à quelque chose ? C'est impossible. Faites le test : ne pensez pas à un morceau de chocolat… Alors ? Et voilà, depuis que je m'efforce d'oublier mon carré de chocolat, j'échoue lamentablement. Pourtant, je n'ai pas l'ombre d'un plan pour réparer mon erreur.

29

Les jours se suivent et se ressemblent dans leur monotonie. Mon moral tire la tronche. Seule la présence de Raphaël apporte un peu de mouvement et de bonheur dans ma vie. Or mon fils passe les vacances de printemps avec son père, sous le soleil californien. Lorsque je reçois un appel de Pio, le traiteur italien, je n'hésite pas une seconde. Une partie de sa famille débarque d'Italie et sa mère confectionne des pâtisseries en quantité industrielle. Il tient sa promesse et m'informe que ma part m'attend. J'ai cru à des paroles en l'air à l'époque et ce projet futile et imprévu me met en joie. C'est idiot de parcourir plus de quatre-vingts kilomètres aller-retour pour quelques gâteaux, d'autant plus idiot que ce voyage ramène Éric au cœur de mes pensées, mais je n'ai rien de mieux pour m'occuper après le travail.

Je me gare près de la mairie, comme lors de mon précédent passage, et refais le chemin à pied jusqu'à l'épicerie italienne. Le soleil brille, les températures se réchauffent, et quitte à avoir accompli toute cette route, autant en profiter pour visiter un peu. Bien que dotée d'un sens de l'orientation déplorable, je constate avec surprise que j'ai enregistré tout le trajet avec une précision inhabituelle. Je dépasse l'église et traverse une petite place sur laquelle jaillit l'eau de la fontaine ressuscitée.

J'arrive enfin devant l'épicerie. D'un pas décidé, je pousse la porte de la boutique, déclenchant le carillon, et entre dans le magasin vide. En attendant Pio, je sélectionne ce que je compte acheter en plus des pâtisseries : pastrami, parmesan, pâtes fraîches. Je vais m'offrir un festin à l'italienne.

– Léonie ?! s'exclame une voix, m'arrachant un sursaut.

Une voix brusque qui n'appartient pas au traiteur. Je relève la tête, devinant l'identité de mon interlocuteur, et me retrouve face à face avec Éric. Je ne l'ai plus revu depuis notre discussion dans sa voiture. Et surtout je ne lui ai plus parlé depuis cette fameuse soirée chez Béatrice.

– Bon… bonjour, dis-je, tout à coup intimidée par son regard réprobateur.

Mon cœur bat beaucoup trop vite, mes mains sont moites, mes joues brûlantes. Je voudrais disparaître de ce magasin d'un claquement de doigts.

– Qu'est-ce que vous faites ici ? demande-t-il avec une agressivité que je ne lui connais pas.

Il semble évident que mon apparition ne le réjouit pas. Il paraît vraiment fâché.

– Pio m'a appelée parce que sa mère a fait des *pasticciotti* et…

Je crois voir une étincelle amusée dans ses yeux, mais aucun sourire à l'horizon.

– Piooooo, crie-t-il en direction de la réserve.

– Quoi ? répond une voix provenant de la pièce voisine.

– J'ai une cliente qui vient chercher des *pasticciotti* !

– La commande est prête, à côté du comptoir. Débrouille-toi. Je dois partir.

Nous entendons une porte claquer. Le prof se frotte le visage, se concentrant pour garder son calme, et s'empare de la boîte qui doit contenir de quoi nourrir toute la rue.

– C'est cadeau, dit-il tandis que je sors mon portefeuille de mon sac.

Je saisis le paquet, cherchant quoi répondre.

– Ça lui apprendra à me piéger, marmonne Éric, s'adressant à lui-même comme le crétin impoli qu'il est.

– J'ai encore des achats à faire…

Je déteste le ton pathétique que je viens d'employer.

– Bien sûr, ronchonne-t-il.

– Vous pourriez vous montrer plus aimable ?

Il me dévisage, surpris. Ce type m'insupporte. Pourtant je donnerais tout pour passer de l'autre côté du comptoir et l'embrasser.

– Ciao, Éric, surgit du fond de la boutique une voix féminine et chantante, l'empêchant de réagir à ma remarque. Besoin d'aide, *angelo mio* ?

Le visage d'*angelo mio* se fige en même temps que tout mon être. Il ne répond pas et évite mon regard. La femme qui vient d'entrer est menue, brune et très jolie. Elle semble un peu plus jeune que moi et paraît chez elle dans l'épicerie. L'épouse de Pio, peut-être. Elle s'appuie contre Éric, provoquant une petite tempête interne. Pas l'épouse de Pio, ou bien son mari est partageur. Elle se tourne vers moi en me tendant la main par-dessus le comptoir.

– Carlotta, la sœur de Pio et la…

Éric recule d'un pas, manquant de la faire tomber et

se plaçant hors de sa portée. Le reste de la présentation demeure en suspens. Carlotta émet un petit rire embarrassé, se redresse et entreprend de me servir.

– Au revoir, Léonie. À un de ces jours, lance Éric après une hésitation.

Il sort de la boutique sans un regard. Pourquoi le simple fait de voir son dos disparaître me chamboule-t-il à ce point ? Le carillon retentit, m'arrachant à mes questions. Un client vient d'entrer et, derrière le comptoir, Carlotta s'affaire à préparer mes achats. J'ai hâte que cela se termine pour quitter cet endroit.

30

Tandis que j'essaie de me concentrer sur le navet diffusé à la télé, mes pensées dérivent sans cesse vers Éric. Son animosité ne me surprend pas. Je me suis montrée odieuse avec lui. Mais il y a pire. Chaque fois que je revois Carlotta s'appuyer contre lui, mon cœur menace de se désagréger. Je devrais peut-être éclaircir ce qui me pousse à craquer pour des mecs volages. Dans l'immédiat, il faut tirer un trait sur le prof. La tristesse et la déception m'empêchent d'exploser de colère et je décide d'apaiser les choses entre nous.

Je veux effacer cette hostilité dans son regard quand nous nous croisons et ne plus ressentir ce pincement étrange lorsque je pense à lui. Nous sommes deux adultes et nous avons éprouvé un peu d'attirance l'un pour l'autre. Pas de quoi virer au mélodrame sous prétexte que notre histoire ne mènera à rien. Nous allons vider notre sac, s'il accepte de me revoir, et poursuivre notre route. D'autant que Raphaël m'a appris avec un immense sourire qu'il garderait le même prof principal l'année suivante. Nous serons amenés à nous rencontrer de temps en temps. Autant que cela se passe dans de bonnes conditions. Je m'installe dans le divan avec mon ordinateur.

De : Léonie Marceau
À : Éric Roussel
Objet : Mise au point

Cher Éric,
Pourrions-nous nous rencontrer un de ces jours afin de discuter ?

Amitiés,
Léonie

J'opte pour « Amitiés », nous plaçant sur le terrain neutre que nos échanges n'auraient jamais dû quitter. Pétrifiée d'angoisse, je regrette déjà mon geste. Vu l'heure tardive, je suppose qu'Éric lira mon e-mail le lendemain et je délaisse mon ordinateur. Il passe sans doute la soirée chez des amis ou encore dans un lit, avec une femme. La jolie brune de l'épicerie, évidemment. Cette pensée me comprime la poitrine.

Au bruit annonçant l'arrivée d'un message, telle Meg Ryan dans *You've Got Mail*, je bondis pour l'ouvrir. Et je grogne en découvrant une pub pour une vente privée de vêtements. Je n'ai pas besoin de fringues, j'ai besoin d'un mâle, ou plutôt envie de *ce mâle* en particulier, qui bouscule mon rythme cardiaque chaque fois que je le vois. Ce putain de mâle qui n'a pas hésité à me draguer alors qu'il était en couple. Ce que je peux me montrer stupide ! Depuis le début, je sais que cette histoire est vouée à l'échec.

Je rabats ma couette d'un geste rageur, prête à plonger

entre mes draps froids, quand mon téléphone sonne. « Chris Isaak » s'affiche sur l'écran. Je décroche, mon cœur entamant une folle cavalcade. Cette manie qu'il a de répondre aux mails par un coup de fil. Cette manie que j'ai de décider de l'effacer de ma mémoire pour flancher trente secondes plus tard.

– Allô ?

– Léonie, c'est moi.

J'aime sa voix et j'aime qu'il ne se présente pas. Juste « c'est moi », comme on se présente à un proche. Je m'allonge sur le lit et fixe le plafond pour me concentrer.

– Bonsoir.

– Alors comme ça, vous voulez discuter ? demande-t-il d'un ton amusé.

C'était le contenu du message, en effet. Je cherche une réponse pas trop idiote, mais mon cerveau patine. Je ne sais plus ce que je veux.

– Est-ce que cela concerne votre fils ?

– Non, cela nous concerne, finis-je par articuler, tout en me morigénant pour l'utilisation de ce « nous » imaginaire.

– Vous êtes seule ?

– Oui.

Affreusement, désespérément seule. Silence de l'autre côté. Je retiens un soupir tragique.

– Nous pourrions nous voir demain après-midi.

Je me montre prudente en envisageant une rencontre en plein jour, dans un lieu public. Silence toujours. Seul le sang qui pulse dans mes veines résonne à mes oreilles. A-t-il raccroché ? Réfléchit-il à une formule polie pour m'envoyer paître ?

– Éric ?

– Je cherche le courage de vous proposer de passer maintenant. Je sais qu'il se fait tard, mais nous ne devrions plus reporter cette conversation. Je peux ?

– …

Non, non, non.

Une rencontre impromptue, chez moi, dans mon état, c'est la pire idée de l'année. Il me faut un délai d'une dizaine d'heures pour me composer un air détaché et préparer mon discours.

Trouve une excuse, gagne du temps !

– Léonie ?

– Je vous attends.

Je suis irrécupérable. Il raccroche et je crois un instant que je vais m'évanouir de stress. J'envoie un SMS à mes amies, espérant qu'elles me rassurent.

[Au secours. Éric arrive pour
discuter. Découvert qu'il
n'est pas libre. Je fais quoi ?]

Aussitôt, un message de Béa arrive.

[Fonce en cuisine et
prépare-lui un gâteau
au chocolat.]

Un gâteau au chocolat ? Vraiment ? J'attends l'homme sur lequel je fantasme depuis des semaines, je suis à deux doigts de la crise de panique et elle envisage un gâteau.

Elle m'inquiète parfois. Un SMS de Claire arrive tandis que je tente de me calmer.

[Enfile une tenue sexy
et direction ta chambre.
Éclate-toi !]

OK, voilà sa solution pour clarifier la situation avec un homme en couple ? A-t-elle lu mon message ou réagit-elle au simple mot « Éric » ? Pas la peine d'espérer quoi que ce soit de son côté non plus. Il faut que je gère la situation toute seule. Je me vois mal réveiller Octave ou Auguste pour des conseils d'ordre sentimental.

Récapitulons. Éric a répondu à mon invitation. Nous allons dissiper toute ambiguïté entre nous et tourner la page de cette histoire ridicule. Je dois impérativement me rappeler qu'il sort avec une femme et m'en tenir au plan. Deux étapes : s'expliquer, oublier. Simple comme bonjour. Une fois cette histoire réglée, je chercherai de nouvelles amies.

Je croise mon reflet dans le miroir de la coiffeuse et bondis hors du lit. J'ai les cheveux gras, la mine blafarde et surtout, je porte un pyjama hideux en pilou. Tourner la page, oui, mais pas dans n'importe quel état. Je me précipite dans la salle de bains et me rue sous le jet glacial de la douche en piaillant. Pas le temps d'attendre que l'eau chauffe.

J'entends déjà frapper à la porte. Je me sèche à la hâte et enfile ce que je trouve. À savoir la tenue de sport prête pour le lendemain, en prévision de ma séance de Pilates. Pas très glamour, mais plus convenable que le pyjama.

Les cheveux encore humides, je cours ouvrir et m'immobilise devant un Éric plus attirant que jamais, en jean et blouson de cuir. Il me détaille de la tête aux pieds tandis que je me sermonne de ne pas porter de vêtements plus appropriés. Je peux presque entendre le ricanement de Claire. Intimidée par sa présence, je murmure un « bonsoir » à peine audible.

– Je me demande si j'ai eu raison de venir, hésite-t-il sur le seuil.

Je recule d'un pas pour le laisser entrer avant qu'il change d'avis. Nous devons nous comporter en adultes et mener à bien cette discussion, qu'il le veuille ou non. Même si, pour cela, je dois l'attacher.

Oh, par pitié, n'imagine pas ce genre de scène.

Il me frôle en pénétrant dans l'appartement et je me cramponne à la poignée de la porte.

Se comporter en adulte, je peux y arriver.

Il lance des regards hésitants vers le salon comme s'il redoutait d'en voir surgir un fauve.

– Raphaël est parti en vacances avec son père, vous ne craignez rien.

Je passe devant lui pour lui indiquer le chemin et réalise, alors qu'il me suit, que je n'ai pas eu le temps d'enfiler de sous-vêtements sous ma tenue et que le tissu laisse deviner mes formes.

Triple buse.

Je lui désigne le divan et prends place dans le fauteuil voisin. Je n'ose pas trop m'approcher de lui et il semble aussi mal à l'aise que moi.

– Vous voulez boire quelque chose ?

Je bondis soudain, comme si j'étais montée sur ressorts. Un peu d'alcool ne nous fera pas de mal et j'en profiterai pour prendre un pull dans ma chambre.

– Asseyez-vous, Léonie, il faut qu'on parle.

Exact. La demande vient même de moi. Je me réinstalle sur le fauteuil. Il attend que je me décide. J'inspire avant de me lancer.

– D'accord. J'aimerais que la situation redevienne normale entre nous.

– C'est-à-dire ?

– Une relation parent-prof, tout à fait neutre.

Il frotte son visage et expire bruyamment.

– C'est vraiment ce que vous désirez ?

Quelle question ! Il ne me reste plus qu'à mentir.

– Mes désirs sont sans importance.

Plutôt moyen, comme réponse…

– Je ne suis pas d'accord.

Éric me fixe, attendant une réaction, et j'évite son regard troublant. Je me concentre sur mes doigts, les nouant et les dénouant avec application, sans parvenir à trouver les mots justes. Il pose sa main sur la mienne pour arrêter les nœuds et je relève la tête.

– Je ne sors ni avec des hommes à qui j'inspire de la pitié ni avec des hommes infidèles, dis-je du ton le plus assuré dont je sois capable à cet instant.

Il retire sa main, se redresse un peu, mais semble ne pas comprendre l'allusion.

– Je ne vous suis pas. Vous savez que je ne supporte pas l'infidélité et vous m'inspirez beaucoup de choses, mais pas de pitié, ajoute-t-il avec un sourire d'escroc.

– Oh, ça suffit ! L'autre jour, dans votre voiture…

– J'étais furieux ! m'interrompt-il. Vous imaginer avec votre ex-mari me rend dingue, vous méritez tellement mieux.

On parle souvent de la complexité des femmes, mais peut-on s'arrêter cinq minutes sur le cas des hommes ? Cette scène vexante relevait donc de la jalousie. Il me faut un dictionnaire hommes-femmes. Éric me fixe avec une intensité troublante.

– Grégoire et moi sommes séparés depuis un an. Mon fils a inventé cette histoire de réconciliation.

– Et le type du bar ? Une invention de Raphaël également ?

– Un type dégoté sur un site de rencontres par une amie. Aucune importance. Et puis, je n'ai pas à me justifier. Je vous demande, moi, si vous couchez avec Carlotta ou la femme du restaurant ?

– Vous devriez.

Je le dévisage, attendant à mon tour qu'il réponde.

– La femme du restaurant, c'était un rendez-vous arrangé par une collègue. Aucun atome crochu, je ne l'ai jamais revue. Quant à Carlotta, notre histoire est terminée depuis longtemps. Il n'y a personne dans ma vie.

– Vous sembliez pourtant très proches aujourd'hui.

– Vous pensez vraiment que Pio jouerait les entremetteurs entre nous si je sortais avec sa sœur ?

Très juste. Il est donc célibataire. Pas de Carlotta, ni de Poupée Parfaite. Je me retiens in extremis de me lever pour une gigue de célébration.

– Vous aimez toujours votre mari ? murmure-t-il.

J'entends à peine une question, plutôt une affirmation

un peu inquiète. Je secoue la tête, la gorge trop nouée pour parvenir à lui répondre aussitôt. Je vois exactement où nous entraîne cette discussion et je panique.

– J'ai tourné la page.

– Raphaël perçoit votre situation différemment.

– Il a menti, il souhaitait me protéger. De vous.

– Tu as besoin qu'on te protège de moi ?

Évidemment. Bien sûr. Ce simple passage au tutoiement provoque une tension dans chaque cellule de mon corps. Éric ne représente encore rien pour moi. Pourtant, je sais déjà que si nous partageons une aventure et qu'il me laisse un jour, je ne m'en remettrai pas.

Ressaisis-toi. Dis un truc, n'importe quoi.

– Je… je tenais à m'excuser d'avoir ignoré vos appels et de vous avoir rabroué par SMS.

Il semble surpris et me dévisage avec une attention intense. Impossible de fuir alors que nous nous trouvons chez moi.

– Arrête de me vouvoyer, s'il te plaît, et explique-moi.

– J'étais perdue. Vous êtes… tu es le prof de mon fils, il vous… il t'aime beaucoup.

Il affiche ce sourire de gosse, un sourire à se damner.

– J'avais fini par croire que je ne te plaisais pas.

Je parviens juste à secouer la tête. Comment pourrait-il ne pas me plaire ? Ses yeux noisette, les petites pattes d'oie qui se dessinent à chaque sourire, ses lèvres sensuelles, ses… stop ! Il est célibataire, OK, mais il demeure le prof de mon fils. Se comporter en adulte, s'expliquer, oublier.

Éric m'observe sans rien dire quelques instants.

– Tu en as parlé à Raphaël ? demande-t-il enfin.

– Parlé de quoi ?

– De nous.

– Non ! Je n'ai pas l'habitude de raconter à mon fils mes…

Mes quoi ?

Je déglutis en cherchant comment terminer cette phrase.

– Tes… ?

– Laisse tomber. Raphaël t'apprécie énormément, il te fait confiance. Il ne comprendrait pas.

– D'accord, soupire-t-il. Si tu souhaites vraiment que la situation redevienne normale entre nous, je ferai un effort. Je n'aurais pas dû me comporter de façon aussi désagréable cet après-midi. J'étais en colère contre Pio, qui a tout orchestré, et contre moi, parce que je disjoncte dès que tu apparais. Mais je te demande juste une chose, dis-moi ce que tu désires réellement, sans te cacher et sans tricher.

Je veux tant de choses contradictoires. Je réalise que j'ai recommencé à nouer mes doigts quand il pose de nouveau sa main sur la mienne. Je perds le fil de ma réflexion, troublée par le contact de ses doigts sur ma peau.

– On pourrait…

Il m'encourage d'une pression sur la main à poursuivre. Je dois me lancer, personne ne m'offrira d'autre opportunité. Je crève d'envie de l'embrasser. À titre expérimental. Pour vérifier si l'effet produit est proche de celui que j'avais imaginé. Je tente de dompter mes fantasmes et lui réponds :

– On pourrait se voir.

– Se voir ? répète-t-il en levant un sourcil. Comme des amis ?

Il ne me facilitera pas la tâche. Tout cela devient ridicule. Nous nous connaissons à peine et j'ai passé l'âge de me laisser guider par mes hormones. Éric doit percevoir un nouveau changement parce qu'il avance vers moi, ses genoux touchant les miens. Ce simple contact me fait sursauter. Quand il délaisse mes doigts et pose la main sur ma jambe, je fonds sur place.

– OK, Léonie, je comprends tes hésitations. Mais si je te dis que notre relation ne modifiera pas mon attitude envers Raphaël…

Notre relation. Il suffit d'un mot et je vivrai une relation avec l'homme le plus séduisant de la planète. Un seul mot qui reste bloqué dans ma gorge.

– Je sais faire la part des choses et ton fils est un ado intelligent, il comprendra.

Une voix lancinante me murmure le contraire. Raphaël va me haïr. Sauf s'il ignore que je « vois » quelqu'un, lui répond une autre voix bien moins raisonnable. Après tout, cela ne fonctionnera peut-être pas entre nous et dans quelques semaines, je retrouverai une vie normale, c'est-à-dire vide et sinistre.

– Dis-moi quelles pensées s'agitent sous ton crâne. Dis-moi n'importe quoi qui m'aide à garder les pieds sur terre parce que ta tenue me perturbe, murmure-t-il.

Je rougis vivement lorsque je comprends l'allusion. Pas besoin de jeter un œil sur ma poitrine pour sentir que mes seins sont aussi tendus que moi. Je remercie silencieusement la nature, le dieu des seins et peut-être un facteur héréditaire de m'avoir octroyé une poitrine qui résiste vaillamment à l'attraction terrestre.

– Je crois que je veux la même chose que toi, dis-je dans un murmure.

Le sourire d'Éric me réchauffe le cœur. Et l'intégralité des autres parties de mon corps. Sa main lâche ma jambe pour longer ma hanche, puis effleurer mes côtes, jusqu'à atteindre ma nuque et attirer mon visage près du sien. Ses lèvres frôlent d'abord ma bouche, lentement, puis avec plus d'assurance. Sa langue s'aventure à la rencontre de la mienne, dans une danse tendre et intense. Je n'ai plus été embrassée depuis des lustres et, à dire vrai, je ne me souviens pas avoir été embrassée de façon aussi parfaite de toute mon existence. Pendant quelques secondes, ou quelques minutes, comment savoir, il n'y a plus que sa bouche et ses doigts sur moi. Le reste ne revêt plus aucune importance. Je me fiche des risques, de l'avenir. Plus rien d'autre ne compte que cet instant et ce baiser. Jusqu'à ce que je sente Éric se figer et m'écarter de lui en douceur. Mon cœur se glace.

– Attends. Il faut que nous soyons sûrs de nous, articule-t-il en reprenant son souffle. Je ne veux pas… j'ai peur de ressentir toutes ces émotions, puis de réaliser que tu regrettes. Je sais qu'avec Raphaël, c'est compliqué.

Le sol se dérobe sous mes pieds. Je ne l'écoute plus. Il va partir et tout sera terminé. Est-ce que je dois le retenir ou le laisser s'en aller ? Toute cette histoire va me sauter à la figure. Autant tout arrêter avant de dépasser le point de non-retour.

– Léonie, regarde-moi.

À quoi bon ? Si je dois l'oublier, mieux vaut commencer tout de suite. Ne pas graver dans ma mémoire ses traits réguliers, sa fossette au menton, ses lèvres, sa légère barbe dont je ressens encore le picotement sur ma peau.

– Léonie, insiste-t-il.

Il accompagne sa demande d'un geste de la main et tourne mon visage vers lui. Il tressaille en plongeant ses yeux dans les miens.

– S'il te plaît, ne pleure pas, prie sa voix rauque.

Je ne me suis pas rendu compte que les larmes se tiennent au bord de mes paupières, prêtes à dévaler. Quelle conne !

– Je ne pleure pas, je ne pleure jamais. C'est juste une poussière.

Éric sourit et m'embrasse au coin de l'œil. L'extrême douceur de son geste génère un nouvel émoi.

– Prends le temps de réfléchir à ce que tu désires. Moi, je sais avec exactitude ce que je veux. Maintenant et plus tard.

Des décharges électriques me parcourent de part en part. Mon corps semble opérationnel et même très réactif, tandis que mon cerveau demeure aux abonnés absents.

– Dans l'immédiat, j'ai envie de te retirer ce bout de tissu qui me nargue et me rend dingue depuis mon arrivée. J'ai envie de poser ma bouche sur tes seins, de les embrasser, de les mordre jusqu'à ce que tu demandes grâce. J'ai envie de te déshabiller intégralement, de caresser chaque centimètre carré de ta peau, de t'entendre gémir et me supplier de te prendre. J'ai envie de te faire l'amour toute la nuit. Je ne veux pas d'un plan cul. Je te veux toi, tout entière, avec tes manies, tes peurs, tes sourires. Plus que tout, je ne veux pas que tu regrettes quoi que ce soit. J'ai besoin que tu te sentes aussi sûre de ta décision que moi.

Je ne comprends pas un mot de ce qu'il me raconte. Comment raisonner alors que je ne suis plus qu'un tas d'hormones en ébullition ?

– Réfléchis, et si tu le désires toujours, si tu penses comme moi que ça peut marcher entre nous, viens me rejoindre chez moi, demain, vers dix-neuf heures. Si tu changes d'avis, j'essaierai de l'accepter et nous redeviendrons deux quasi-inconnus qui se croisent aux réunions d'école.

Sans un mot de plus, Éric se lève et sort de chez moi. Je tremble. De désir, de froid, de peur. J'éprouve déjà le manque. Je passe une main sur mes lèvres où je sens encore l'ombre des siennes. Il me reste moins de vingt-quatre heures.

31

Je passe les heures les plus interminables de ma vie. Après une nuit à regarder les chiffres rouges des minutes s'égrener sur mon réveil, j'informe mon patron que je prends une journée de congé. Je n'ai pas la tête à me concentrer sur des recherches. Je chausse une paire de baskets et pars me promener. Je raisonne mieux en marchant. Je pourrais téléphoner à mes amies ou me rendre chez mes voisins pour demander leur avis, mais je veux réfléchir et décider seule. Je sais de toute façon ce que chacun me dira : Béa s'extasiera sur le côté romantique de mon aventure, Claire fantasmera sur le sexe torride qui m'attend, Auguste brossera le tableau de mes vingt prochaines années de solitude si je ne me bouge pas et Octave me reprochera d'avoir laissé le prof s'en aller hier.

Pour y voir plus clair, je dresse des listes. Je récapitule ce que je connais d'Éric, ses qualités, ses défauts, les miens. J'évalue les probabilités de réussite, les dégâts en cas de fiasco. J'aimerais entrer toutes ces données dans un logiciel qui fournirait la réponse sur une simple pression. « Entrée » et tadaaaaam : « Veuillez foncer tête baissée, Éric est fait pour vous » ou « Erreur. Veuillez redémarrer en mode sans échec ».

Je me projette dans un futur sans lui, gris et terne comme mon présent. Je l'imagine aussi dans ma vie. Je souris, je grimace toute seule au fil des images que je fabrique. Si je croise des gens, ils doivent me prendre pour une dingue. Je n'y prête pas attention. Je succombe à la folie. Quelle femme sensée repousserait les avances d'un homme sexy et adorable ? Et si tout cela n'était qu'une façade ? Si Éric était un type sournois et volage ? Je pense brièvement à Grégoire et me ressaisis. Je ne dois pas tout confondre.

Approchant d'un carrefour, je regarde autour de moi à la recherche d'un signe du destin. Si quatre voitures passent avant que le feu vire au rouge, je me rendrai au rendez-vous. Une. Deux. Le feu orange me noue la gorge. Trois. La quatrième approche.

Accélère, andouille.

Merde, il freine, l'imbécile, et s'arrête.

J'avais dit trois ou quatre voitures ? Trois, non ?

OK, je ne vais quand même pas prendre une décision aussi importante en comptant les voitures. Je souffle, m'assieds sur un banc et offre mon visage au soleil d'hiver. Dans le ciel lumineux, sans aucun nuage, seul le passage des avions laisse des traînées blanches. Si un avion le traverse maintenant, je rejoindrai Éric. Je scrute l'immensité bleue. Rien ne vient. Après, on ne peut pas être sûr qu'il n'y a pas un avion à très haute altitude, invisible depuis la Terre, mais bien là.

C'est possible, n'est-ce pas ?

40 ans, et j'en suis réduite à interpréter n'importe quelle manifestation comme un présage, pour décider de ma vie. Ridicule. Je me sens perdue.

Une voiture se range le long du trottoir, juste en face de moi, déposant son passager. Par la portière ouverte, le temps d'un dernier échange entre le conducteur et le passager, j'entends une mélodie familière. Une reprise de « Can't Help Falling in Love ». Pas n'importe laquelle, une reprise que j'apprécie particulièrement. Interprétée par Chris Isaak. Je souris et poursuis ma déambulation.

À dix-neuf heures, je me gare, tremblante, devant la maison d'Éric. Je ne sors pas tout de suite. Je crains que mes jambes ne me portent pas. Mon cœur bat de façon chaotique et je suis aussi essoufflée que si j'avais couru un marathon. Après quelques minutes à tenter de maîtriser ma respiration, je quitte enfin ma voiture. Je remonte l'allée jusqu'à sa porte. Je ne vois rien de ce qui m'entoure, toute mon attention est focalisée sur ce qui m'attend derrière ces murs. Je fixe la sonnette avec appréhension. Si j'appuie, ma vie basculera. Plus rien ne sera pareil. Je peux encore faire demi-tour. Je retiens mon souffle et pose le doigt sur le bouton. À peine ai-je sonné que la porte s'ouvre sur un Éric sérieux, plus séduisant que jamais en jean et chemise bleue.

– Entre, dit-il avec douceur.

Nous nous tenons l'un en face de l'autre, empêtrés dans notre embarras, n'osant pas amorcer le moindre geste. Il libère le passage et j'entre sans le frôler. Il ne s'approche pas et d'un geste, m'invite à avancer dans le couloir vers ce qui doit être le salon.

Je me fige à l'entrée d'une pièce spacieuse et observe les lieux. Des agrandissements de photos ornent les murs blancs. Malgré un ameublement et une décoration minimalistes, je ne ressens pas cette atmosphère glacée qui accompagne parfois les intérieurs dépouillés. Le divan et ses coussins volumineux apportent un côté douillet. Une étagère en bois brut accueille une quantité impressionnante de livres. Des odeurs épicées nous parviennent de la cuisine. Je me suis rarement sentie aussi bien ailleurs que chez moi.

– C'est une sorte de rituel ?

La voix d'Éric, toute proche de mon oreille, me fait sursauter.

– Pardon ?

– Prendre dix minutes avant de franchir une porte, précise-t-il d'un ton narquois.

– Mais… je… qu'est-ce que…

Il rit derrière moi et je n'ose pas me retourner.

– Je t'ai vue te garer devant la maison et j'ai cru devenir fou pendant les dix minutes qui se sont écoulées avant que tu sonnes. J'avais peur que tu rebrousses chemin.

Je rougis d'avoir été démasquée et baisse la tête pour camoufler mes joues écarlates.

– J'ai dû me raisonner pour ne pas aller à ta rencontre. Je voulais que tu n'aies aucun doute.

Mes craintes ne se sont pas évanouies, mais quand Éric se trouve près de moi, tout me semble évident. Je me tourne enfin vers lui.

– Je suis contente d'être là.

– Je suis content que tu sois venue. Tu as le droit d'avancer.

Je passe la porte et progresse en regardant tout autour de moi. Je m'arrête devant l'étagère-bibliothèque. Éric ne m'a pas suivie, il m'observe à distance. Sur les planches, des romans (beaucoup de romans) côtoient des guides pratiques de toutes sortes, des livres de cuisine, plusieurs collections de bandes dessinées, des guides touristiques. Malgré la diversité des genres, tout semble en harmonie. Il doit en avoir étudié le rangement avec soin. J'effleure de ma main le bois clair et jette un œil vers Éric. Un sourire malicieux étire ses lèvres.

– Elle te plaît ?

– Beaucoup. Elle serait parfaite pour les piles de livres dans ma chambre. Où l'as-tu dénichée ?

– C'est un modèle unique.

Il s'approche à pas lents, on dirait qu'il s'apprête à me dévorer. Proie consentante, je retiens mon souffle et déglutis avec peine. Il passe à son tour la main sur une planche sans me quitter des yeux.

– Je l'ai fabriquée moi-même.

Mon regard glisse d'Éric à l'étagère. Cet homme sait donc tout faire. Tandis que la proximité de sa main m'hypnotise, je rougis aux pensées qui se forment sans mon accord.

– Oui, j'ai des mains magiques, plaisante-t-il comme s'il lisait dans ma tête.

J'inspire, le souffle court. Nous venons d'amorcer une nouvelle étape. J'ai perdu l'habitude de ces petits jeux qui attisent le brasier. Pourtant, cela fonctionne.

– Je parlais de l'étagère. Je peux t'en construire une.

OK, bécasse, évite de glousser.

Sa main glisse de la planche à ma nuque. Le contact de ses doigts provoque un long frisson.

– Je ne voudrais pas te déranger.

– Tout le plaisir sera pour moi…

Oh. Misère.

Est-il possible d'avoir un orgasme juste en vibrant au son de la voix de quelqu'un ? Il se tient si proche de moi que je sens la chaleur de son souffle sur ma joue. Impatiente, je me hisse sur la pointe des pieds et pose doucement mes lèvres sur les siennes. Éric répond à mon baiser avec une lenteur maîtrisée. Ses doigts quittent ma nuque, effleurent mon cou, tandis que les miens frôlent ses joues rasées de près. Mon cœur s'emballe. Je me shoote à son odeur, gel douche et after-shave.

Sans crier gare, un sentiment de panique m'envahit. Le dernier, et pratiquement le seul, à avoir posé les mains sur moi, c'était Grégoire. Il y a plus d'un an. Je crains de ne plus savoir comment faire, d'être gauche. Une pensée encore plus démoralisante occupe mon pauvre cerveau : la dernière fois qu'un homme m'a vue nue, j'étais jeune et bien fichue. Vingt ans plus tard, j'ai quelques kilos en trop et une furieuse envie de me cacher. Je me raidis, recule un peu et scrute les alentours à la recherche de l'interrupteur.

– Un souci ? murmure Éric, les sourcils froncés.

Comment lui avouer que j'ai honte de mes rondeurs, que je ne veux pas qu'il les voie ?

– Est-ce qu'on pourrait éteindre la lumière ?

Il me sourit et son nez effleure ma joue. Ses lèvres caressent mon oreille, il en mordille le lobe avant de chuchoter :

– Si vraiment c'est important pour toi, je peux éteindre. Mais tu es superbe et tu n'as rien à cacher.

Je ne sais si je le dois à sa voix, à cette douce morsure ou à ces quelques mots, mais mon pouls s'accélère. Des sensations oubliées déferlent et emportent mes craintes sur leur passage. Tout ce qui compte se tient contre moi. Je m'agrippe à ses épaules pour éviter de flancher.

– Alors ? me demande-t-il d'une voix plus basse que jamais.

Alors quoi ? Je le fixe sans comprendre, les neurones noyés dans le plaisir. Alors qu'il me caresse des yeux, mon souffle se perd.

– Veux-tu que j'éteigne la lumière ?

Incapable de prononcer le moindre mot, je secoue la tête. Ma décision est accueillie par un sourire désarmant et un regard suggestif. Ce que ce mec est canon !

Mes mains parcourent son torse, je crève d'envie de les glisser sous le tissu pour toucher sa peau. Impatiente, je mets mes réflexions et mes peurs au fond de ma poche et m'attaque aux boutons de sa chemise.

– Merci, soupire Éric.

Nouvelle incompréhension de ma part, nouveau regard perdu. Me reste-t-il un seul neurone efficace ?

– Ne t'arrête surtout pas. J'attendais ton feu vert pour ça.

Joignant le geste à la parole, il déboutonne mon haut avec adresse. Ses doigts m'effleurent, courent sur ma peau. Si mon cerveau patine, mon corps maîtrise la situation et lui répond. Il semblerait finalement que le sexe, comme le vélo, ne s'oublie pas.

32

Je me réveille au petit matin, désorientée, dans une chambre inconnue. Mon amant sommeille contre moi, son bras passé par-dessus ma taille, ses jambes emmêlées aux miennes. Je me mords la lèvre, submergée par le bonheur de me trouver avec lui et retiens un gloussement. Éric bouge dans le lit, se lovant contre mon dos.

– Salut, toi, murmure-t-il à mon oreille. Bien dormi ?

– Mmmmh.

Pas la moindre insomnie. Même si nous sommes restés longtemps éveillés, trop occupés à nous découvrir. Cependant, plus j'émerge, plus l'appréhension me gagne.

– Je vais prendre ça pour un oui. Tu flippes ?

Puissance dix mille. Il me perce à jour sans même me regarder. Je tente de répondre avec autant d'aplomb que possible :

– Non, tout roule.

– Au moins, tu ne t'es pas enfuie pendant mon sommeil. J'entends ton cerveau cliqueter depuis cinq minutes, tu es une très mauvaise actrice.

Et une très mauvaise mère. Inconfortable retour à la réalité.

Je viens de coucher avec le prof de mon fils. La veille, sous son charme, j'ai choisi d'ignorer ce détail. À mesure que le jour se lève, la valse des questions reprend.

– Tu vas lui dire ? demande Éric comme s'il lisait dans mes pensées.

Je me tourne vers lui, cherchant dans son regard la réponse à mes doutes. Avons-nous eu raison de céder à notre désir ? Le souvenir de nos étreintes et sa main qui se promène sur mon ventre m'incitent à croire que oui. Mon cerveau scande un avis contraire.

– Je veux d'abord voir où tout cela nous mène.

– Je comprends. Pas la peine de tout miser sur une aventure qui restera peut-être sans lendemain, c'est ça ? tente de plaisanter Éric.

Malgré le ton léger, la formulation cynique trahit son agacement. Je garde le silence. À sa place, j'aurais sans aucun doute détesté ma réflexion. Mais je désire m'assurer que nous partageons une relation sérieuse avant de chambouler mon fils. J'agirais de la même façon avec n'importe quel homme.

– Et Grégoire ?

– Peux-tu éviter de parler de mon ex-mari quand nous sommes, tous les deux, nus dans un lit ?

Il ignore ma remarque et poursuit, les yeux plongés dans les miens, comme s'il espérait à son tour y lire une réponse.

– Tu vas l'annoncer à Grégoire ?

Qu'est-ce qu'il a à vouloir le clamer à la terre entière ? Nous venons à peine de nous trouver, j'ai envie de le garder juste pour moi pendant quelque temps.

– Je ne vois pas pourquoi je lui en parlerais.

– Je ne vois pas pourquoi tu lui cacherais.

– Parce que je souhaite que mon fils l'apprenne par moi et si je mets Greg au courant, il ne tiendra pas sa langue.

– OK, soupire-t-il, je suppose que tu sais ce que tu fais en décidant de me dissimuler à tout le monde.

Il arbore une moue boudeuse que je trouve craquante malgré moi. Tandis que je cherche comment le rassurer, un borborygme sinistre s'élève de mon ventre. J'abrite vraisemblablement un alien.

– On dirait que tu as faim, s'amuse Éric.

J'enfile à la hâte un T-shirt abandonné à côté du lit et me lève pour camoufler ma gêne.

– Que fais-tu ? s'inquiète-t-il.

– Je vais préparer le petit déjeuner.

– Pas question. Je vais me racheter d'avoir laissé brûler notre dîner hier soir. Je m'occupe du petit déj. Tu aimes les pancakes ?

Est-ce que cet homme existe réellement ?

– J'adore. Je prends une douche et je viens t'aider.

– Si tu veux un petit déjeuner digne de ce nom, évite de me suggérer des images telles que toi nue sous le jet de la douche…

***

Les cuisines me fascinent, elles en disent plus sur leur propriétaire que n'importe quelle autre pièce de la maison. Celle-ci est ensoleillée et conviviale. Un comptoir presque identique au mien accueille deux tabourets. Je me perche sur l'un d'eux pendant que mon hôte retourne un pancake dans la poêle. Une pile fumante se trouve sur la table et je crains que l'odeur ne réveille mon alien.

Éric sort deux pots de confiture et du miel d'un placard. Une théière attend déjà à côté des pancakes. Il ne plaisantait pas, je suis impressionnée. Grégoire ne mettait jamais les pieds dans ce qu'il appelait mon « antre ». Cette idée que la cuisine demeurait mon espace dédié l'arrangeait bien.

– Tu es toujours avec moi ?

Je sursaute. Je n'avais pas réalisé qu'Éric m'observait. Pendant que je pensais à mon ex. Bravo.

– Excuse-moi, je me sens un peu nerveuse. C'est nouveau pour moi.

– Nouveau ?

Tandis que je cherche une réponse honnête mais acceptable, il tire un tabouret à côté de moi et entreprend de nous servir.

– J'ai infusé du darjeeling, mais je peux t'offrir autre chose. Un café, un jus de fruits ? J'ai aussi du thé vert.

– Le darjeeling sera parfait, merci.

Après avoir été mariée à un dictateur qui choisissait jusqu'à mon plat lorsque nous mangions au restaurant, son souci de l'autre me rassure. Plus je découvre les multiples facettes de sa personnalité, plus je fonds. On me retrouvera bientôt à l'état liquide.

– Alors, qu'est-ce qui est nouveau ? insiste-t-il.

– Passer la nuit chez un homme, que l'on cuisine pour moi, qu'on me demande ce que je souhaite boire sans décider à ma place… Je poursuis ?

– Je suis navré que tu aies dû attendre si longtemps avant de tomber sur un homme normal, mais je suis ravi que le rôle me revienne, commente-t-il en m'embrassant dans le cou.

Un agréable frisson me parcourt.

– Tu navigues très loin de la normalité.

– Nous sommes donc faits pour nous entendre, conclut-il en levant sa tasse pour trinquer.

– Mais je suis tout à fait ordinaire !

Éric éclate de rire et sa beauté, à cet instant, me coupe le souffle. De petites rides apparaissent au coin de ses yeux. Son regard pétille. Je voudrais apprendre tout un répertoire de blagues pour continuer d'admirer ce spectacle. Je deviens totalement niaise.

Au secours.

– Ordinaire, bien sûr. Tu rabroues un gentleman qui te drague, tu lis Kant dans un salon de coiffure bruyant, tu…

– J'ai menti, je ne lisais pas Kant.

– Eh bien, c'est encore pire. Tu allumes le proviseur de ton fils pour lui sauver la mise…

Mon Dieu. Je n'ai pas le temps de me remémorer ce souvenir embarrassant, Éric continue son relevé d'indices.

– Tu parles de pâtisseries italiennes comme d'autres femmes évoquent les bijoux, tu me rends fou, tu me fuis, tu m'abordes en pleine rue quand je pense ne plus te revoir, tu disparais alors que je veux m'assurer que tu vas bien, tu…

J'agite la main pour qu'il arrête ce résumé désastreux de nos rencontres.

– OK, j'ai compris. À nos anomalies. Mais sache que je suis anormale uniquement en ta présence.

– J'espère bien, s'exclame Éric avec le sourire le plus tendre qu'il m'ait été donné de recevoir.

33

Si Éric profite de quelques jours de vacances, de mon côté, je dois travailler. Je l'ai quitté il y a une demi-heure pour passer chez moi changer de tenue. La veille, l'idée d'arriver avec un bagage m'a effleurée, mais je n'assumais pas d'avoir l'air de dire : « Hello, je viens dormir avec toi, et plus si affinités. » Je me suis donc contentée de glisser une brosse à dents et des sous-vêtements dans mon sac à main.

Après avoir enfilé un jean, un pull et des baskets à la hâte, souriant à m'en exploser les mâchoires, je me précipite au bureau. Sur le chemin, je flotte à dix centimètres au-dessus du sol. Je ne sens ni le froid ni la pluie. Je prends en revanche conscience de certains muscles, soumis à une dose inhabituelle d'exercice. Chaque tension appelle un souvenir et Éric me manque déjà. Savoir que nous nous retrouvons le soir même rend toutefois son absence plus douce. Je pousse la porte en fredonnant « You're The First, The Last, My Everything ». La chanson de Barry White reflète à la perfection mon état d'esprit. Mon boss écarquille les yeux en me voyant entrer.

– J'ai du mal à te suivre, Léo. Une loque humaine est sortie de ce bureau vendredi soir et je récupère… ça ! s'exclame-t-il.

– Salut, boss. Moi aussi, je suis contente de te voir.

– Qui dois-je remercier ?

Le regard pétillant d'Éric. Son sourire. Ses mains. Sa bouche. Je me secoue pour sortir de ma niaiserie et éteindre le feu qui me monte aux joues.

– Personne. J'ai juste bien dormi.

Je mens mal et ne le dupe pas une seconde, mais il se montre assez courtois pour ne pas creuser le sujet. Cela restera mon secret. Depuis l'instant où je suis partie de chez mon amant, une sombre pensée se fraie cependant un chemin au milieu des vagues de bien-être qui déferlent en moi : ce bonheur ne peut pas durer. Je ne crois plus en « l'amour toujours » et l'accepte, prête à vivre pleinement chaque moment. Mais lorsque notre relation s'achèvera, je refuse de voir de la pitié dans le regard de mes amis. Lorsque Grégoire m'a abandonnée, comprendre qu'ils s'inquiétaient pour moi m'avait infligé une épreuve supplémentaire. Je m'étais sentie d'autant plus misérable. Cette fois, cela se passera différemment.

À peine ai-je travaillé quelques minutes que mon téléphone vibre sur le bureau. Julien relève la tête et m'observe, à l'affût, tandis que je prends connaissance du message.

[Je m'ennuie. Tu souhaites
combien de planches
sur ta nouvelle étagère ?]

Je souris malgré moi. En dépit de sa gentillesse, il est hors de question qu'il me construise quoi que ce soit.

[Tu es chou, mais je n'en
veux pas.]

Je repose le portable et reprends mon travail. Le boss ne me paie pas pour envoyer des SMS. Une deuxième vibration déclenche un rire étouffé chez mon voisin de bureau.

– Un souci ?

– Ça te va bien d'être amoureuse.

– Je ne suis pas…

Ses sourcils relevés m'empêchent de terminer ma phrase. Bordel ! J'en présente tous les symptômes, mais je ne dois pas tomber amoureuse. Je ne veux plus. Les chagrins d'amour font souffrir et j'ai passé l'âge de pleurer pour un homme. Je l'apprécie, beaucoup. Cela suffit. Toutefois, je ne peux me retenir de consulter le message.

[S'il te plaît, laisse-moi t'en
fabriquer une, la même que
celle du salon.]

Il est insupportable, mais je ne parviens pas à ôter ce satané sourire de mes lèvres. Insupportable et merveilleux. Le jour où il me quittera, je ne souhaite pas avoir à me débarrasser de son étagère, en plus des souvenirs qu'il faudra effacer.

– Je suis jaloux, marmonne Julien.

[Raphaël se demanderait
d'où elle vient et je lui mens
déjà trop à mon goût.]

Me servir de mon fils fait de moi une mère indigne. De plus, j'esquive les charmantes attentions de mon… de l'homme avec qui je… Bref, je me trouve en dessous de tout.

La journée touche à sa fin et mon téléphone demeure silencieux, malgré trois SMS et un coup de fil adressés à Éric. Plus les heures défilent, plus ma bonne humeur s'étiole.

Le matin, nous avons convenu de passer la soirée ensemble, mais les détails du lieu et de l'heure devaient seulement être réglés. Son mutisme augure un changement dans ses projets et il n'a pas jugé utile de m'en informer. Je tente d'empêcher la machine à produire des idées sombres de s'emballer, mais j'échoue lamentablement.

Quand je quitte le bureau, bien moins rayonnante qu'à mon arrivée, Julien et le boss ont le tact de ne formuler aucune remarque. Je gagne mon appartement, n'osant pas me rendre chez Éric. S'il ne répond pas, il y a une raison et je ne suis pas sûre de vouloir la connaître. J'en ai imaginé une dizaine allant du désintérêt soudain à l'accident, en passant par le retour d'une ex. S'il ne donne pas de ses nouvelles dans les douze heures, je contacterai Pio pour m'assurer qu'il se porte bien. Et si c'est le cas, basta ! Je monte les escaliers d'un pas pesant, à l'opposé de mon départ virevoltant du matin. Une note scotchée sur ma porte suscite un regain d'espoir, jusqu'à ce que je reconnaisse l'écriture tremblotante.

Peux-tu passer me voir ? J'ai réceptionné un colis pour toi. Octave

Je ne veux pas discuter avec mes voisins, mais cela vaudra toujours mieux que de ruminer toute seule. Je descends d'un étage et sonne à la porte. Celle-ci s'ouvre sur le visage chaleureux d'Octave, qui me fait entrer dans le hall de son appartement.

– On ne t'a pas vue depuis deux jours, on s'inquiétait. Tu vas bien ?

– Très bien, juste un peu fatiguée.

– Mal dormi ?

– Mmmh.

– Tu ferais mieux d'aller te reposer.

– C'est ce que je m'apprêtais à faire.

Octave hoche la tête et sourit sans ajouter le moindre commentaire. J'entends des bruits de conversation au bout du couloir et même le rire tonitruant d'Auguste, ce qui se révèle inhabituel.

– Vous avez de la visite ?

– Oui. Tu entres cinq minutes pour saluer Auguste ?

Les jumeaux reçoivent rarement. D'après la mine réjouie d'Octave, il ne s'agit ni de Valentine, ni d'une autre conquête de son frère. Je penche pour Peter, le petit-fils d'Octave, qui vit à Londres mais leur rend visite dès qu'il le peut. Je préfère les laisser entre eux.

– Je passais juste chercher mon colis, je ne veux pas vous déranger.

– Ah oui… Viens, il se trouve dans le salon.

Je suis la marche lente de mon voisin et entre derrière lui dans la pièce où devisent gaiement Auguste et son invité. Je marque un temps d'arrêt en découvrant Éric. Mon Éric. Que trament ces hommes dans mon dos ? Il se lève en me voyant et approche pour m'accueillir. Mon cœur, sourd aux mises en garde de ma raison, adopte un rythme effréné. Quand Éric se trouve assez près pour m'embrasser, je sens mes muscles se raidir, rattrapée par les doutes de la journée.

– Ne sois pas gênée devant nous, fillette, on sait tout, m'assure Octave, se méprenant sur la cause de ma réaction.

Tout ? Je consulte du regard mon amant, qui hausse les épaules.

– Ce jeune homme attendait devant ta porte comme un malheureux. On a cru qu'il livrait d'autres pâtisseries, mais cette fois, c'était une bouteille de vin, plaisante Auguste.

– Je suis arrivé il y a une heure, ne sachant pas quand tu rentrerais. Ils m'ont kidnappé, tente-t-il de se justifier.

– J'ai essayé de te joindre.

Malgré mes efforts, je ne suis pas parvenue à camoufler le reproche dans le ton de ma voix. Auguste et Octave éclatent de rire. Je ne perçois pas le comique de la situation.

– Je suis désolé… Je faisais la vaisselle. Je pose toujours mon téléphone sur le bord devant l'évier et j'ai fait un geste brusque. Il est tombé dans l'eau… Je n'avais plus ton numéro et je n'ai pas osé venir te chercher au travail. Je me suis dit que tu repasserais par ici.

Son embarras flagrant balaie mes dernières réticences.

– Vous êtes bien compliqués, vous, les jeunes, soupire Octave.

– Laisse-les donc, le coupe Auguste. Tu ne vois pas qu'ils sont impatients de se retrouver rien qu'à deux.

J'ai l'impression de me tenir devant mes parents en compagnie de mon premier flirt et goûte un remarquable moment de gêne.

– C'est ça, on s'en va, dis-je, profitant de l'occasion pour m'éloigner vers la sortie.

– Merci pour votre accueil, c'était un plaisir de discuter avec vous, les salue Éric.

– Nous vous retournons le compliment, jeune homme. Revenez quand vous voulez. Pour une fois qu'on peut parler littérature. Ah, Raphaël a bien de la chance d'avoir un beau-père comme vous.

Quoi ? Les octogénaires ne perdent pas de temps ! Je fais volte-face et tous les trois, surpris, se figent.

– Raphaël ne sait rien et personne ne lui dira quoi que ce soit tant que…

Trois paires d'oreilles attendent la fin de ma phrase.

– Tant que je ne l'aurai pas décidé. Inutile d'essayer d'argumenter. Si quelqu'un ose lui en parler, il aura affaire à moi. Compris ?

Les jumeaux, pour une fois muets, acquiescent. Je capte toutefois le regard navré d'Auguste, qui tapote l'épaule d'Éric en signe de solidarité.

34

Nos douces soirées et nos nuits passionnées effacent mes doutes et mes questionnements. J'aimerais consacrer aussi mes journées à Éric, mais une quantité colossale de travail exige ma présence au bureau. Ces obligations ne rendent que plus intenses nos retrouvailles.

Ma concentration a connu des jours meilleurs, mais mon boss se garde de me reprocher quoi que ce soit. Mon sourire niais me donne tous les droits ou presque. Je tente de rassembler des informations pertinentes sur la recherche en cours quand mon poste sonne.

– Léonie Marceau.

– Salut, ma poule, s'écrie Claire. Béa est avec moi et je t'ai mise sur haut-parleur. Évite de la critiquer, pour une fois.

Béatrice, habituée à l'humour douteux de notre amie, glousse et j'en fais autant. Julien redresse la tête, curieux.

– Salut, les filles. Vous me manquez.

– Toi aussi, bécasse, reprend Claire. D'où notre appel. Tu ne donnes aucune nouvelle de toi depuis une semaine, qu'est-ce que tu fabriques ? Tu pleurniches sur l'absence de ton fils ?

Je savoure à l'avance mon annonce, mais je veux les laisser mijoter un peu.

– Pas du tout.

– Mouais, marmonne mon amie, dubitative. On pensait que tu en profiterais pour nous inviter au lieu de te cloîtrer chez toi. Mais madame filtre nos appels.

– Sachez que j'ai mieux à faire que de larmoyer ou de répondre à vos coups de fil…

– Quoi ? Raconte, bon sang ! piaille Béatrice.

Un peu embarrassée de raconter ma vie devant Julien, je chuchote dans le combiné :

– Je sors avec Éric.

– Quoiiiiiiii ? hurlent à l'unisson les deux sauvages, détruisant mon tympan gauche par la même occasion.

– Je sors avec Éric, le prof dont je vous ai parlé.

– On sait qui est Éric, s'agace Claire. On veut des détails. C'est un bon coup ?

– Hmm… Claire veut ce genre de détails, précise Béa. En ce qui me concerne, te savoir heureuse est tout ce qui m'importe.

– Je le suis !

C'est une évidence, je ne me suis pas sentie aussi bien depuis des années.

– On le rencontre quand ? demande-t-elle.

– J'apprends à le connaître d'abord. Jusqu'à présent, on a les mêmes goûts, on se comprend à demi-mot. Ça ne fait qu'une semaine, mais la vie semble simple à ses côtés. Je vous le présenterai bientôt.

– Oooooooh, ponctue Béatrice, m'arrachant un sourire idiot.

– Vous vous voyez souvent ? interroge Claire.

– Tous les soirs. Je…

Je me pince les lèvres, réalisant ce que j'ai failli leur avouer.

– Tu… ? insiste Claire, ayant flairé l'information croustillante.

– Rien.

– Léonie Marceau, que nous caches-tu ? demande à son tour Béa.

Autant leur expliquer, elles ne me lâcheront pas avant de savoir.

– Il y a deux jours, je lui ai confié la clé de chez moi.

– Ah, la vache, c'est du sérieux ! s'écrie Claire.

– Ne vous emballez pas, je la lui ai donnée par facilité et pour éviter qu'il atterrisse chez les jumeaux quand j'ai du retard.

– Mouais… ça sent l'engagement, ton histoire. Tu as la clé de chez lui ? enquête-t-elle.

– Oui.

J'ai l'impression d'avouer une pratique honteuse.

– Oooooooh, trop chou, commente Béatrice.

Je surprends Julien en train de me dévisager en souriant. Il est temps de terminer notre conversation.

– Les filles, je dois vous laisser. Je vous rappelle rapidement.

Je raccroche, encore amusée par leurs remarques et leurs cris. Mon collègue me fixe toujours.

– Mais quelle gamine… Dire que tu me trouvais trop jeune pour toi, relève-t-il d'un ton malicieux.

***

Lorsque je passe la porte, une délicieuse odeur de sauce tomate et d'épices m'accueille. C'est étrange d'être attendue chez moi, par un homme. Carrément inédit, à vrai dire. Je découvre Éric, les manches de sa chemise relevées, occupé à nettoyer la vaisselle sale. J'ai rarement vu quelque chose d'aussi sexy dans ma cuisine.

– Je vais finir par y prendre goût.

– Zut, tu as deviné mon plan diabolique, répond-il, un sourire flottant sur ses lèvres tentantes.

La vitesse à laquelle il a pris sa place dans ma vie me donne parfois le vertige. Depuis notre première nuit, chaque moment partagé confirme que nous avons eu raison de céder à nos envies.

Seule l'échéance du retour de Raphaël plane au-dessus de nos soirées. Éric n'a plus abordé le sujet et je l'évite moi-même avec précaution. Quand je pense à mon fils, la culpabilité me saisit, mais il suffit que je retrouve les bras de mon amant pour qu'elle s'estompe. Je reporte la résolution de ce point épineux.

– Je meurs de faim !

– Moi aussi, j'ai faim. De toi, de ta bouche, et même de ton humour douteux. Cette journée m'a paru interminable.

Il sèche ses mains, m'enlace et m'embrasse avec douceur. La sauce peut bien brûler, plus rien d'autre ne compte que cette allégresse qui m'envahit chaque fois que je me love dans ses bras. Il desserre son étreinte pour mélanger sa préparation.

– Goûte et donne-moi ton avis, demande-t-il en me tendant une cuillère.

Je m'exécute. Chaque épice semble parfaitement dosée, donnant à l'ensemble un goût d'ailleurs.

– Mmmhh, presque aussi bon qu'un de tes baisers.

Je vais l'enfermer et ne plus jamais le laisser partir.

– C'est une recette de Pio ?

– Elle vient de sa famille, en effet. Sofia, la mère de Pio, m'a appris à la cuisiner quand…

La phrase reste en suspens et son regard m'évite. Une tristesse que je ne lui ai encore jamais vue se peint sur son visage, tandis que je ressens un pincement désagréable au cœur.

– Quand… ?

– Aucune importance, répond-il avec une légèreté feinte.

Cette évocation semble tout sauf insignifiante. Il s'est fermé en une seconde. Disparus le sourire et la fossette au menton. Effacée Léonie à cet instant. Je m'éloigne en espérant atténuer mon malaise. Au lieu de me confier ce qui le perturbe, il élude le sujet. Malgré notre histoire récente, j'ai souvent l'impression de le connaître depuis longtemps tant nous nous comprenons au quart de tour. Je réalise mon erreur. Quelle nostalgie me cache-t-il ? Je reste à distance et ouvre le courrier pour occuper mes pensées.

– Je te sers un verre de vin ?

– Non, merci.

Les mots peinent à sortir de ma gorge serrée. Je devine son regard sur moi mais préfère l'ignorer. Je dois d'abord gérer la sensation désagréable de me sentir exclue d'un pan de sa vie et, plus encore, de le voir souffrir au souvenir d'une autre femme. J'en suis convaincue, cet air perdu ne peut être provoqué que par un chagrin d'amour. Il évite en général de parler de son passé et j'aurais dû m'en soucier avant.

Si je m'étais montrée plus attentive aux silences et aux fuites de Grégoire, j'aurais découvert plus tôt qu'il me trompait. Si j'avais été moins naïve, je me serais épargné la douleur d'être abandonnée. Je me suis juré que cela n'arriverait plus.

– Tout va bien ?

J'opine du chef.

Concentre-toi sur les factures. Tiens, celle du téléphone a augmenté.

Je m'applique à lire une publicité sans intérêt. Il faut que je me ressaisisse. Il n'y a rien de grave. Je vis une relation avec un homme adorable, qui me plaît, pourquoi me prendre la tête ? Notre histoire durera le temps qu'elle durera.

Quelle réflexion profonde ! Digne de Kant.

– Léonie, parle-moi, s'il te plaît.

Il ne manque pas de culot, lui qui se terre dans le silence.

– Pourquoi m'appelles-tu toujours Léonie, et pas Léo ?

Je me pose mille questions importantes et mon cerveau choisit d'extraire celle-là. C'est à n'y rien comprendre. Éric m'a rejoint et me fait pivoter contre lui. Il soulève mon menton avec tendresse pour que je le regarde.

– Parce que je ne suis pas tout le monde.

Je suis perdue et cela doit se sentir parce qu'il enchaîne :

– Quand on s'est rencontrés, tu m'as dit mot pour mot : « Tout le monde m'appelle Léo ». Je refuse de figurer parmi tous les autres. Je veux être unique, comme tu l'es pour moi.

OK. Ou il me fait une déclaration, ou je n'y connais rien. Ou alors une pirouette pour me distraire du récent incident ? Comme je brille depuis toujours par mes lacunes en décodage du cerveau masculin, je tente de ne tirer aucune conclusion hâtive.

– Tu me fais confiance ?

Ah, voilà que mon cerveau se reconnecte. Nous tenons enfin une question utile. Éric fronce les sourcils, cherchant à saisir où je veux en venir.

– Bien sûr.

Je n'aime pas ce type de réponse. Les « tout à fait », les « évidemment » me donnent la sensation de ne pas obtenir de vraie réponse.

– Oui ou non ?

– Oui, mais qu'est-ce que tu as ?

– Toi, qu'est-ce que tu as ? Tu semblais au bord de la dépression lorsque tu as évoqué ta recette, perdu dans des souvenirs difficiles. Et quand je te pose des questions, tu les esquives.

Éric soupire. Il s'éloigne pour baisser le feu sous la casserole et revient près de moi, se laissant tomber dans le fauteuil. Il attrape ma main et inspire pour se donner du courage.

– Je suis sorti avec la sœur de Pio, mais ça n'a pas marché.

– On en a déjà parlé.

– Je ne t'ai pas tout dit… Notre histoire était sérieuse, elle a duré deux ans.

Quelle idiote ! J'ai cru à un amour passager, de jeunesse. Des images de ma visite chez le traiteur resurgissent. La jolie et pétillante Carlotta. Je récupère ma main. Mon cœur se fissure lentement alors que je les imagine ensemble.

– Je ne comprends pas que Pio ait accepté que son pote sorte avec sa sœur. Il n'existe pas une sorte de code moral entre mecs à ce sujet ?

Je plaisante pour faire passer le goût amer que me laisse cette information.

– Il connaît mon respect pour les femmes, répond Éric avec sérieux.

– Mais ça n'a pas marché.

– Non.

Ce « non » marmonné pue la déception. Comment avons-nous glissé en quelques secondes de son accueil attentionné à ces regrets à peine voilés ? J'atterris brutalement.

– Tu ne veux pas m'en dire plus ?

Il tourne un regard surpris vers moi.

– Cette histoire appartient au passé. Je ne sais même pas pourquoi on en discute.

– Ça s'est terminé quand ?

– Il y a treize mois.

Réponse trop rapide et trop précise pour une relation anodine.

– Et depuis ?

– Bon sang, Léonie, on est vraiment obligés de parler de ça ? Ce soir ? J'avais espéré une ambiance plus sereine pour notre dernière soirée avant le retour de…

– Réponds et je te fiche la paix.

Je le coupe, pressée de changer de sujet, moi aussi, mais pas avant d'avoir cerné le problème.

– Il n'y a eu personne. Je commençais à m'en remettre quand je t'ai rencontrée. De toute façon, si je l'aimais toujours, rien ne se serait produit. Depuis notre rencontre, il n'y a que toi. Je ne veux que toi.

Son regard ne me lâche plus. Il semble sincère. Je regrette mon interrogatoire autant que d'avoir délaissé sa main. Je ressens le besoin viscéral qu'il me touche.

– Excuse-moi de te harceler de questions, mais tu en sais davantage sur mon passé que moi sur le tien.

– Je n'avais pas compris qu'il s'agissait d'un concours.

J'ignore sa remarque.

– Tu connais mon ex-mari, mon fils, quand moi j'ignore presque tout de ta vie.

– Tu as rencontré mon meilleur ami, Pio. Et tu sais que je me sens le plus heureux des hommes quand tu te trouves dans les parages. C'est un bon début, non ?

Le plus heureux des hommes ? Peut-on l'enregistrer pour me le diffuser en boucle les jours de doute ?

– Un an de célibat pour t'en remettre, ça me semble beaucoup, quand même.

– Tu aurais préféré que je saute sur tout ce qui bouge ?

Je ne réponds pas. J'aurais préféré qu'il ne tombe jamais amoureux d'une autre. La peur qu'il l'aime encore me rend injuste. Je commence à comprendre ses craintes vis-à-vis de Grégoire.

– Je te rappelle que tu as aussi passé une année seule après ta séparation, ajoute-t-il.

– Mais Greg et moi avons été mariés vingt ans !

– OK, on vient d'atteindre ma limite. Les conversations sur les ex n'amènent jamais rien de bon et je refuse de parler de ton mariage ce soir. Tout ce qui compte pour moi, c'est toi et notre avenir.

Je réalise qu'à notre âge, les amours anciennes sont inévitables. Il me faut simplement l'accepter. Pour l'heure, je veux profiter de la vie, sans réfléchir. Le repas et les discussions sur notre passé peuvent attendre. J'attire son visage vers le mien et l'embrasse en m'attaquant aux boutons de sa chemise.

35

Raphaël est rentré de Californie bronzé et d'excellente humeur. Il ressemble de plus en plus à un homme. Je m'en réjouis, même si la perspective de nos dernières années ensemble me déprime. D'ailleurs, à peine a-t-il passé la porte de l'appartement qu'il demande s'il peut voir Layla. Je ne sais pas s'il doit remercier sa jeunesse ou son amour naissant, mais il semble insensible aux effets du *jet lag*.

Tandis qu'il téléphone à sa petite amie, je tergiverse. Dois-je le tenir à l'écart ou l'informer tout de suite de ma relation avec Éric ? Ni Éric ni moi ne souhaitons garder notre liaison secrète, mais je ne me sens pas capable de tout révéler à Raphaël. Notre histoire ne compte que dix soirées et autant de nuits. Je redoute qu'il la désapprouve. Comment réagirai-je s'il se braque et me demande de ne plus voir son prof ?

Mon téléphone vibre sur la table de la cuisine.

[Tu me manques.]

Je souris, heureuse qu'il pense à moi. Lui aussi me manque. Bien trop même par rapport à ce que je me sens prête à accorder à un homme. Perdue dans mes réflexions, je n'entends pas Raphaël raccrocher ni s'approcher de moi. Je sursaute quand il pose son téléphone à côté du mien.

– Tu m'as l'air bien nerveuse, s'amuse-t-il en épiant mes gestes.

Je hausse les épaules, ne sachant que répondre. Il ne faut pas que cette situation s'éternise.

– Tu as fait quoi pendant que j'étais parti ? questionne-t-il.

– J'ai travaillé.

Je songe au droit à la vie privée. Ne pas tout lui raconter compte-t-il comme un mensonge ? Probablement pas. Il suffit de détourner son attention.

– Tu vas voir ta belle ?

– Elle passe le week-end chez ses grands-parents et ne rentre que demain matin, soupire-t-il. Tu vas devoir me supporter toute la soirée.

Enchantée par ce revirement, je nous prépare un dîner de retrouvailles pendant qu'il reprend possession de sa chambre. Il n'est parti que deux semaines, mais j'ai l'impression que le double de temps s'est écoulé dans cet intervalle.

Au fil des minutes, je rêvasse des baisers d'Éric dans ma nuque lorsque je cuisine, de sa voix chaude qui me raconte une anecdote, de son rire. Je suis devenue une junkie. Une fille pathétique, accro à son mec.

Je ressens un pincement au cœur au souvenir de notre discussion de la veille, à celui de cette jeune femme rayonnante et tellement belle que j'ai croisée dans l'épicerie. L'aime-t-il toujours, bien qu'il prétende le contraire ? Pourquoi ai-je réagi aussi vivement ? Je n'ai jamais éprouvé de jalousie auparavant. Pour que cela ne se reproduise pas, je me répéterai :

« Tous les hommes ne sont pas des salauds » dix fois chaque soir. Cela deviendra mon nouveau credo.

Heureusement, le dîner dédié au récit des vacances de Raphaël m'évite de ruminer en silence. Grégoire et lui ont sillonné la côte Ouest et Raph revient avec des étoiles plein les yeux. J'espère que ce *road trip* les a enfin rapprochés. Un commentaire sur une des villes traversées m'évoque la rencontre avec Éric, chez le coiffeur, sur fond de documentaire touristique. J'esquisse un bref sourire.

– C'était quoi, ça ? demande mon fils.

Je tressaille devant son regard inquisiteur. Pourquoi tout le monde lit-il en moi comme dans un livre ouvert ? Je mime l'étonnement avec le plus de naturel possible.

– Ce sourire, là, il y a trente secondes. Ne me dis pas…

Il écarquille les yeux et éclate de rire.

– Tu es amoureuse !

OK, il m'a démasquée en une soirée. Je ne mènerai jamais de carrière de comédienne ni d'agent secret.

– Du calme. J'ai rencontré quelqu'un, mais…

– Génial ! s'exclame-t-il. Tu me le présentes quand ? Je le connais ? C'est le pharmacien ?

Je cherche à toute vitesse une réponse qui ne se retournera pas contre moi. Ne pas lui mentir sans toutefois lui annoncer la vérité se révèle complexe.

– Il est trop tôt pour en parler et encore plus pour des présentations. Et non, il ne s'agit pas du pharmacien.

– Pourquoi trop tôt ? Si tu as déjà des doutes, c'est pas le bon, tranche-t-il.

Je me retiens de lui dire que j'étais persuadée d'épouser « le bon » le jour de mon mariage.

– Je veux m'assurer du sérieux de notre relation avant de l'officialiser. Tu ne m'as pas présenté Layla tout de suite, si je me souviens bien.

Il hoche la tête et je sais que j'ai gagné un peu de répit. Un téléphone vibre, me faisant frémir. Il faut que je me calme. Raph se lève déjà pour vérifier s'il s'agit du sien. Je crains que le message ne me soit destiné et qu'il ne le lise.

– Ne touche pas au mien !

Je me suis écriée un peu trop fort, le faisant sursauter. Il me regarde avec suspicion, puis contrôle son téléphone.

– Vous vous envoyez des sextos ou quoi ?

Cette perspective, évoquée par ma progéniture, provoque le vif rougissement de mes joues. Raph grimace, prend mon téléphone du bout des doigts et me le tend comme s'il s'agissait d'un objet répugnant. Je l'attrape vivement et plaque l'écran contre la table.

– Tu peux lui répondre, me nargue mon fils.

– Plus tard. Continue de me parler de ton voyage. Comment t'es-tu entendu avec ton père ?

– Bien, marmonne Raph.

– Mais encore ? Tu sais que tu as le droit de me dire que vous vous êtes amusés ?

– M'éclater avec papa ? ricane-t-il. Tu as fumé pendant mon absence ? C'est l'amour qui te rend si optimiste ? Il était sympa, mais sans plus. Il a même trouvé le moyen de bosser à distance. Je le soupçonne de m'avoir emmené pour pouvoir se vanter dans les dîners d'affaires d'avoir « sillonné la côte Ouest avec son fils ». Tu le connais.

Il mime les guillemets et l'accent snob que Grégoire adopte quand il fréquente les personnes de son travail.

Je devrais en rire, mais ce résumé de leur relation me déprime.

– Allez, mam's, je plaisante. Je m'en fous si lui et moi, on ne se comprend pas. Il aura peut-être plus de chance avec sa fille.

– Je t'interdis de penser ça, Raphaël.

Il arbore un sourire serein. La situation ne semble pas l'affecter. Sa maturité et sa sagesse par rapport à son père m'étonnent.

– Vivement lundi, poursuit mon fils, songeur.

– Pince-moi, s'il te plaît. Tu es pressé de retourner à l'école ?

– Ouais. Je discute toujours avec Roussel pendant la récré du lundi. Ça m'a manqué. Je voulais lui écrire un mail pendant le voyage, mais je n'ai pas osé.

Il baisse la tête tandis que tous mes muscles se contractent.

– Pourquoi n'as-tu pas osé ?

Je suis persuadée qu'Éric lui aurait répondu sans hésiter. Raphaël hausse les épaules.

– Je sais que ça reste avant tout mon prof. Je n'ai pas envie d'envahir sa vie privée. Il fait déjà plus que son job, je ne veux pas… Laisse tomber.

Malgré sa taille et sa légère barbe, malgré ses propos avisés, un enfant blessé se tient devant moi et cela me brise le cœur de n'avoir pas su mieux le protéger.

36

Une semaine sur deux, je vis avec Éric. Nous partageons nos soirées et nos nuits. Souvent, nous quittons la ville le week-end pour ne pas risquer de rencontrer des connaissances. Je tiens à ce que notre relation reste secrète tant que je n'aurai pas trouvé le courage d'en parler à mon fils.

En sa présence, j'essaie de ne pas trop réfléchir et de profiter des bons moments. La tête posée sur son torse, ma respiration synchronisée avec les battements de son cœur, je savoure un de ces moments parfaits.

– Comment tu étais, enfant ? demande-t-il soudain.

Patatras ! Fin de l'instant magique. Tentons une réponse légère...

– J'ai tout oublié, amnésie subite.

Éric rigole doucement et des vagues soulèvent ma tête. Il promène sa main dans mes cheveux.

– Tout le monde a des souvenirs de son enfance, au moins quelques-uns.

J'en possède, effectivement, même si je préfère les enterrer. Pourtant, moi qui lui reproche de ne jamais parler de son passé, je devrais montrer l'exemple.

– Je me rappelle surtout ma mère, le visage gonflé et rougi par les larmes, se forçant à sourire comme si tout allait bien. Cela signifiait toujours qu'elle venait d'apprendre la dernière aventure de mon père.

Il bouge et je retombe sur l'oreiller. Il se place en face de moi, ses grands yeux noisette braqués sur les miens. La tendresse dans son regard me trouble. J'enfonce mes ongles dans la paume de mes mains pour ne pas laisser l'émotion me gagner.

– Mon père essayait alors de se racheter avec des cadeaux. Cela durait quelques jours. Après, il s'absentait de nouveau. Jusqu'à ce qu'un charmant voisin ou une bonne copine informe ma mère d'une nouvelle incartade, à moins qu'elle ne découvre elle-même une preuve accablante. Voilà ce qui a rythmé mes jeunes années. Tu te doutes que je ne tiens pas à mes souvenirs.

Mon amant me prend contre lui et m'embrasse, tandis que je chasse loin de moi ces images pénibles.

– Et toi ? Quelle enfance as-tu vécue ?

Avec un peu de chance, sa réponse nous permettra de basculer vers des histoires plus amusantes. Il examine le plafond quelques secondes comme s'il y cherchait ses mots.

– Je passais le plus de temps possible hors de chez moi avec ma bande de potes, dont Pio, que tu connais déjà, et mon grand frère, David.

Je souris en me souvenant d'avoir imaginé cette fameuse bande chavirant le cœur de toutes les filles de la ville.

– Pourquoi fuyais-tu ta maison ?

Il hausse les épaules comme s'il ignorait la réponse, mais je comprends à son air mélancolique qu'il sait. J'attends qu'il se décide.

– Ma mère est une femme admirable, mais mon père… on ne peut pas dire qu'il n'est pas quelqu'un de bien, il a des valeurs, il a toujours veillé à notre confort, mais il ne jouait pas son rôle avec moi. Quand j'étais gosse, seuls comptaient son travail et mon frère. À la maison, il ne s'adressait d'ailleurs qu'à David.

– Il ne te parlait pas ? Jamais ?

– Non, je ne me souviens pas avoir discuté avec lui. Mon père rayonnait de fierté à propos de mon frère qui se montrait doué pour tout. Ils échangeaient souvent ensemble. Moi, je ramais à l'école, je ne pratiquais aucun sport, donc je ne l'intéressais pas.

Je visualise une version miniature d'Éric, espérant un peu d'attention de la part de son père. Cela explique pourquoi Raphaël et lui s'entendent si bien. Ils portent les mêmes blessures.

– Et maintenant ?

– Rien n'a changé, sauf que je m'en fous. À l'époque, j'enviais Pio, qui passait du temps avec son père. Je m'étais juré que je me comporterais mieux avec mes enfants.

– Tu le fais avec tes élèves.

Il acquiesce.

– Ce n'est pas pareil, mais oui, je suppose que je compense avec eux.

– Tu veux des enfants ?

À peine ai-je formulé cette question que je redoute déjà la réponse. Il secoue la tête et je recommence à respirer.

– Je me trouve trop vieux pour ça, lâche-t-il d'un ton désinvolte.

Je soupire presque de soulagement.

– Tu n'as jamais eu envie de te marier ?

Je le sens se crisper à mes côtés. Après quelques secondes de silence, il se redresse.

– Fini le jeu des questions. Tu as dix minutes pour te préparer. Je t'emmène voir la mer.

Tandis qu'il se lève, je reste sous la couette, mon cerveau turbinant à toute vitesse. Craint-il l'engagement dans l'absolu ? Ou redoute-t-il de s'engager avec moi ? Dans un cas comme dans l'autre, je me félicite pour ma prudence. Nous vivons des moments agréables, mais cela ne nous mènera sans doute pas plus loin. Après tout, nous ne nous sommes rien promis. Aucun « je t'aime » n'a même été prononcé.

– Hé, ça va ? demande Éric, revenu s'allonger à mes côtés.

J'opine du menton, incapable de prononcer le moindre son pour l'instant, et me force à sourire.

– C'est cette histoire de mariage ? questionne-t-il, anxieux.

– Oublie ça. Aucune importance.

J'espère avoir utilisé un ton suffisamment détaché pour qu'il passe à autre chose. Je me lève à mon tour pour gagner la salle de bains. Tandis que je passe à proximité d'Éric pour sortir de la chambre, il attrape mon poignet et m'attire vers lui.

– Si on compte profiter de la journée, il ne faut plus traîner à prendre la route…

Je le repousse doucement en imitant un rire joyeux. Son pouce suit ma mâchoire, puis ma gorge. Je m'applique toujours à fuir son regard.

– Tu es la première avec qui je veux vivre depuis…

longtemps. La première à qui j'ai envie d'accorder ma confiance, même si je meurs de frousse, chaque jour, que tu changes d'avis. J'ai peur de la réaction de ton fils. Je sais que s'il le prend mal, je n'aurai plus qu'à disparaître.

– Qu'est-ce que…

– Ne dis rien. Je comprendrai ta décision. Je t'admire pour ce lien que tu entretiens avec lui.

Je veux nier cette possibilité, mais les mots se bloquent dans ma gorge. L'éventualité que Raphaël se braque m'effraie.

– Tu as déjà pensé à te remarier ? demande-t-il.

– Non !

Je n'ai même pas besoin de réfléchir à la question. Le soir où Grégoire est parti, je me suis juré de ne plus jamais me marier. Amour toujours, fidélité, ces mots sonnent creux pour moi. Ils ont perdu leur sens. Éric semble affecté par ma réponse.

– Qu'est-ce qui t'a poussée à épouser ton mari ?

– Ex-mari.

Je rectifie par automatisme tout en me raidissant à l'idée de devoir poursuivre cette discussion. Il me fixe, visiblement inquiet. Pourquoi chercher à savoir alors que, de toute évidence, il ne désire pas échanger sur le sujet ? Et on dit que les femmes sont compliquées.

– Alors ? insiste-t-il.

Je déglutis, inspire profondément et me creuse les méninges pour répondre avec honnêteté. Le regard d'Éric se pose sur mes mains et un froncement de sourcils y attire mon attention. Sans m'en rendre compte, je joue avec une alliance imaginaire autour de mon annulaire nu. Porter une bague pendant vingt ans laisse des traces.

– Avant de rencontrer Grégoire, je pensais que je ne me

marierais jamais. Le couple de mes parents ne m'inspirait aucun sentiment positif. Mes quelques expériences non plus.

– Mais Grégoire est arrivé tel un chevalier blanc sur son destrier et boum, coup de foudre !

Je souris à cette évocation farfelue, si éloignée de la réalité, et Éric fronce les sourcils de plus belle.

– Absolument pas. Il ne m'attirait même pas.

– Il est pourtant beau mec, objecte-t-il.

– Tu m'inquiètes, parfois…

Je le taquine pour réduire la tension ambiante, mais il ne sourit pas, en attente de la suite.

– Je suis sortie avec lui à la suite d'un pari entre copines. Notre flirt ne devait durer que quelques jours.

– Et tu es tombée folle amoureuse de lui.

– Toi, tu as lu trop de contes de fées… Il paraissait paisible, intelligent et surtout très honnête. Il terminait ses études, moi les miennes. Il me rassurait. Après avoir considéré les hommes comme des menteurs et des lâches, j'avais rencontré quelqu'un avec des valeurs morales. Du moins, je l'ai cru pendant vingt ans.

Sa mâchoire se crispe. Va-t-il aussi me trahir et me faire souffrir ? Comme s'il lisait dans mes pensées, il porte ma main à ses lèvres. Brasser ces vieux souvenirs se révèle pénible. Je désire en finir rapidement.

– Nous avons continué à nous fréquenter. Quelques mois après la fin de nos études, Greg me demandait de devenir sa femme. Et j'acceptais. Je l'aimais beaucoup et surtout, je croyais qu'il ferait un bon mari et un bon père. Comme tu vois, je brillais par ma perspicacité. Il venait d'être engagé par un gros cabinet pour exercer le droit des affaires. Il s'est plongé dans le travail, toujours plus absent. Les relations, l'argent, les dîners mondains, ses dossiers « de la plus haute importance », tout ça passait avant moi, et même avant notre fils.

– Comment as-tu pu vivre toutes ces années avec lui ? Tu as du caractère, je ne comprends pas pourquoi tu ne l'as pas quitté.

Cette discussion dure depuis trop longtemps. Je refuse de justifier mes choix passés. Je veux sortir de cette chambre, voir la mer avec lui, ne plus réfléchir. Je cherche un prétexte pour déserter le lit.

– Je vais préparer le petit déjeuner.

Je me réfugie dans la cuisine. Éric me suit, silencieux.

– Un thé ? Un café ?

La tête fourrée dans un placard, je ravale l'amertume de me sentir jugée et je sursaute quand ses mains se posent sur mes épaules. Il m'entoure de ses bras et je me laisse aller contre son torse.

– Excuse-moi, chuchote-t-il dans mes cheveux. Je n'avais pas le droit, mais t'imaginer avec lui me rend dingue.

– Tout est fini avec Grégoire, je ne sais pas comment te le dire.

– Je te crois. Ce n'est pas ça... Envisager que tu te sentais malheureuse toutes ces années, qu'il n'a rien vu et qu'il a osé te tromper... Je lui mettrais bien mon poing dans la figure.

Je passe de la tristesse au réconfort en quelques secondes, et je glisse vers l'inquiétude aussi vite. Cela a pris du temps, mais j'ai compris que Grégoire et moi étions tombés amoureux d'une illusion. Mes sentiments pour Éric se révèlent inédits et génèrent une appréhension phénoménale. Que deviendrai-je le jour où il me quittera pour une autre ? Je renonce à exprimer mes craintes à voix haute, de peur de les matérialiser.

37

J'ai concocté un plan parfait pour ne pas souffrir le jour où Éric me quittera. Cependant, il se révèle moins simple à appliquer qu'il n'y paraît. Au-delà de l'attirance physique et de toutes ses qualités qui me transforment en adolescente en proie à ses hormones, je dois lutter contre le penchant naturel d'Éric à sauver la veuve et l'orphelin. À tout moment, il accourt à ma rescousse, se rendant peu à peu indispensable. Je me surveille donc, évitant par exemple de m'épancher auprès de lui quand quelque chose ne tourne pas rond. Il se peut parfois que je dérape. Comme ce jour de pluie où, tandis qu'une montagne de linge sale attend que je le lessive, mon lave-linge expire. Bien sûr, mon fils rentre demain de chez son père et il va me réclamer son équipement de foot.

Je me tourne sans succès vers mes voisins, aux abonnés absents, et j'envisage de braver la tempête qui sévit pour gagner la laverie du quartier. Tandis que j'enfile imperméable et bottines pour charger le panier dans le coffre de la voiture, mon téléphone sonne. J'aboie un « Allô ? » rageur, sans même vérifier qui m'appelle.

– Léonie ? C'est toi ?

Merde de merde.

– Excuse-moi, je suis un peu à cran. Tu vas bien ?

– Mieux que toi, on dirait. Que t'arrive-t-il ?

Je m'adosse contre le mur. S'il m'avait proposé son aide, j'aurais refusé par automatisme, mais il se renseigne juste sur mon état. Je suis de toute façon trop énervée pour me montrer vigilante. Ni une, ni deux, je lui raconte mes déboires.

– Après mes cours, je passe jeter un œil à ta machine et tu feras tes lessives chez moi pendant que je la réparerai, suggère-t-il quand j'ai terminé de me plaindre.

J'hésite un instant. Une partie de moi crie : « Oui ! » tandis que l'autre, le fragment obscur, me chuchote que je risque de créer un précédent.

– Je… Écoute, c'est gentil, mais je vais m'en sortir.

– Léonie, laisse tomber ta fierté trente secondes et accepte mon aide, se moque-t-il.

Il ne peut pas comprendre qu'il ne s'agit pas de cela, mais de la plus monumentale angoisse de l'abandon du monde.

– Je ne veux pas te déranger, tu as sans doute mieux à faire.

Un ricanement me répond.

– Rien ne me semble plus important que de te secourir. Je m'en occupe ce soir.

Des semaines à me protéger pour succomber bêtement à cause de linge sale, cela frise le ridicule. La vie se montre moqueuse.

– Tu es adorable, mais je viens de trouver une solution. Je te rappelle, dis-je en imitant le ton « eurêka ! » de la fille géniale et en rassemblant ce qui me reste de volonté pour ne pas céder.

Je raccroche sans lui permettre de répondre et contacte le service après-vente. Ils m'envoient un technicien pour évaluer la réparation nécessaire. J'ai juste le temps de passer à la laverie.

Le soir venu, tandis que je plie les vêtements propres et secs de mon fils, Éric arrive, en jean déchiré et T-shirt élimé, une caisse à outils à la main. J'ignore comment il se débrouille, mais je le trouve diablement sexy dans cette tenue. Il jette un œil à la machine que le technicien a déplacée pour l'examiner, puis fixe le tas de linge. Ses épaules s'affaissent et il pose les outils dans l'entrée.

– Alors tout est sous contrôle ?

– Le réparateur revient demain, il a dû commander une pièce.

– Tu as préféré faire appel à un inconnu plutôt qu'à moi ? ronchonne-t-il.

– Je suis sûre que tes talents peuvent s'exprimer dans quelque chose de plus exaltant que la mécanique, beau gosse.

Tout le reste attendra.

***

Mon amant vient de filer sous la douche et je termine de dresser la table lorsqu'on frappe à la porte. Je découvre Claire et Béatrice, les bras chargés de pizzas, un sourire de garce plaqué sur leurs lèvres hypocrites. Elles trépignent depuis des semaines à l'idée de rencontrer celui qui enchante ma vie, mais je ne me sens pas prête. Elles me poussent donc dans mes derniers retranchements sans se préoccuper des conséquences.

Un secret partagé n'étant plus un secret, je refuse de présenter Éric à qui que ce soit tant que Raphaël ignore notre relation. Or, j'ai décidé d'attendre la fin de l'année scolaire pour ne pas perturber mon fils. Comment se terminera son année s'il le prend mal ? Ou s'il accepte l'idée mais qu'Éric se lasse de notre histoire dans les semaines qui suivent ? Après tout, je ne sais même pas s'il m'aime. Raph devra continuer de voir son prof chaque jour et se comporter comme si rien n'était arrivé. Je trouve irresponsable de brûler les étapes et résiste donc tant bien que mal depuis des jours. Ce soir, mes amies ne me laissent pas le choix.

– Qu'est-ce que vous foutez là ?

Je leur bloque l'entrée en attendant leur réponse.

– Quel accueil ! L'amour ne te réussit pas, répond Claire.

– On te dérange ? demande Béatrice de sa voix de petite fille naïve, en essayant de jeter un œil par-dessus mon épaule.

À regret, j'abandonne la lutte et m'efface. Elles avancent, lançant des regards tout autour d'elles, comme s'il allait surgir de nulle part.

– Il n'est pas là ? interroge Claire, déçue.

– Sous la douche…

Elles retrouvent leur sourire satisfait et s'installent sur le divan, impatientes de faire plus ample connaissance avec celui qui partage ma vie une semaine sur deux.

– Alors, c'est sérieux entre vous ? commence Béatrice.

Je reste un instant sans réaction face à cette question que je refuse de me poser. Et encore plus de lui poser, à lui.

– Ne me dis pas que c'est purement sexuel ! s'écrie Claire, feignant l'indignation.

– Hum, hum ! nous fait sursauter Éric.

Il vient d'entrer dans la pièce, les cheveux humides, le sourire charmeur. J'ai envie de virer les intruses sur-le-champ et de l'entraîner dans la chambre. Je réponds à mes amies sans le quitter des yeux :

– Pas uniquement…

Son sourire s'élargit et mon bas-ventre frémit. Il attrape une bouteille de vin et des verres, le regard toujours accroché au mien.

– OK, Béa, on va les laisser, propose Claire sans en penser un seul mot.

– Pas du tout, réagit aussitôt Éric. Je suis content que Léonie se décide enfin à me présenter des personnes de son entourage.

– « Enfin », c'est pas comme si on se voyait depuis un an.

Sa main se pose sur ma nuque et je résiste une fois de plus à la tentation de m'enfermer avec lui dans une pièce munie d'un lit ou d'un support quelconque capable d'accueillir nos ébats.

Le reste de la soirée se déroule comme si Éric et mes amies se connaissaient depuis toujours. Il les charme par son humour et son intelligence, Béa minaude, Claire lève son verre à la pérennité de notre couple. Toute au plaisir du temps passé avec des gens que j'aime, je réalise soudain qu'elle trinque à l'eau. Je bondis de ma chaise.

– Claire ! Tu bois de l'eau !

Elle sourit pour toute réponse, les yeux brillants. Béatrice, visiblement au courant, verse déjà une larme. J'embrasse mon amie sans attendre.

– Vous pouvez m'expliquer ? C'est un code entre vous ? questionne Éric, se sentant laissé pour compte.

– Je suis enceinte, annonce-t-elle avec une fierté que je ne lui ai jamais vue.

– Je suis tellement heureuse pour toi.

Je parviens à peine à articuler, la gorge nouée par l'émotion.

– Et vous ? demande Claire, à qui la grossesse a déjà désintégré quelques neurones.

Je lui fais de gros yeux pour qu'elle passe à autre chose.

– Quand est-ce que vous fabriquez un petit ? insiste-t-elle.

Elle n'a même pas l'excuse de la boisson. Et une grossesse ne la dispense pas de réfléchir. Je n'ose pas regarder Éric. Je l'entends soudain rire.

– Nous ne fabriquerons pas de petit, assure-t-il d'un ton ferme, en posant la main sur ma cuisse. Léonie a déjà un grand, ça me suffit.

Nous en avons discuté, mais obtenir la confirmation qu'il ne désire vraiment pas d'enfant me rassure.

– D'ailleurs, à propos de Raphaël, quand est-ce que vous lui annoncez votre relation ? interroge Béatrice.

Elle n'a ni l'excuse de la boisson, ni celle de la grossesse. Je vais la trucider. Elle sait que le sujet est sensible, je me suis confiée à elle il y a seulement une semaine. La main d'Éric se crispe sur ma jambe tandis que le silence s'éternise. Il soupire et se lève pour débarrasser la table.

Bilan de la soirée : mitigé. Mon amant et mes amies s'entendent à merveille. Béa ne perd rien pour attendre. Claire va bientôt expérimenter le dur métier de parent. Et surtout, je me reproche de blesser Éric quand je veux juste protéger mon fils.

38

Plus le temps passe, plus Éric redoute que Raphaël ne découvre notre secret et ne nous en veuille à mort. Nous avons une énième discussion sur le sujet et, comme si cela pouvait m'inciter à l'imiter, il décide de me présenter à ses parents.

L'idée, bien que stressante, me réjouit. Nous n'avons échangé aucun serment, sauf la promesse de nous lancer dans une relation plus durable qu'un plan cul, ce qui ne veut pas dire grand-chose. Sans compter que la seule évocation d'un engagement a agi comme une décharge électrique sur mon amant. Je choisis d'interpréter ce geste comme une déclaration d'amour.

Le lendemain, nous prenons la voiture en direction de sa ville natale. J'ai retourné ma garde-robe à la recherche de la tenue parfaite. Je me sens aussi angoissée que pour un entretien d'embauche. Je lui ai posé mille questions sur ses parents. Il a éludé celles sur son père et m'a surtout dépeint une mère très protectrice. De quoi me détendre. Heureusement, l'été montre le bout de son nez et j'y vois un signe prometteur. Éric et moi commençons une nouvelle vie ensemble, tout va bien se passer. Tout se passe toujours bien sous le soleil.

Le repas se déroule sans souci majeur. Danièle, la mère d'Éric, se montre curieuse et me questionne sur mon travail, mon fils, mon existence en général. Je réponds de bonne grâce, imaginant que dans un futur plus ou moins éloigné, je rencontrerai une femme que Raphaël envisagera d'épouser. Je ne peux que comprendre son investigation.

Le père d'Éric, Henri, n'apparaît qu'après l'apéritif, alors que Danièle l'a appelé à plusieurs reprises. Éric se ferme à la seconde où il nous rejoint, parlant à peine, à dix mille lieues de l'homme que je connais. Quant à Henri, taciturne et froid, il ressemble à ce qu'Éric m'a déjà confié. Il participe peu à notre conversation. Quand il sort finalement de sa réserve, je m'aperçois que j'aurais préféré qu'il garde le silence.

– Avez-vous rencontré David ?

Je secoue la tête. Je doute qu'Éric ait envie de me présenter son frère, avec qui il ne partage rien d'autre que son patronyme.

– Fils, il faudra réparer ça. Vous verrez, c'est un homme brillant.

Mon amant ne bronche pas.

– Quelle chance d'avoir deux fils brillants !

Je croise le regard de Danièle qui me sourit avec reconnaissance, et une bouffée de tendresse m'envahit.

– Oui, enfin, ils sont différents, commente le père.

– Bien sûr. Éric est un enseignant hors pair, ce n'est pas donné à tout le monde. Ses élèves l'adorent.

– David s'est acheté une nouvelle voiture, tu le savais ? continue-t-il, s'adressant à Éric et choisissant d'ignorer mon propos. Le Roadster BMW i8, sacrée bagnole !

– J'y connais pas grand-chose en voitures, répond-il du bout des lèvres.

– Ah, évidemment ! C'est pas avec ton salaire de prof que tu pourrais t'en payer une pareille, s'esclaffe Henri.

Éric ne sourcille même pas et sa passivité me déchire le cœur. Je ne l'ai jamais vu aussi éteint. J'ai envie de le secouer, de lui ordonner de réagir, mais j'assiste, impuissante, à cette scène qui illustre la malveillance de leur relation.

– Il est avocat, précise Henri à mon adresse.

– Ah.

– Beau métier, n'est-ce pas ? Il gagne très bien sa vie.

– Un métier de branleur, surtout. J'ai été mariée avec l'un d'eux, je maîtrise le sujet.

J'ai pris soin d'afficher un sourire angélique pour lui répondre. Henri hoquette de surprise. Répondre au manque d'éducation par un langage grossier m'a toujours défoulée. La main d'Éric se pose sur ma cuisse. Je ne sais s'il me remercie ou m'invite à garder mon calme. La journée touche à sa fin et j'en suis soulagée.

La sonnette de l'entrée retentit tandis que Danièle propose de servir le dessert. Avant que quiconque puisse réagir, nous entendons la porte s'ouvrir et se refermer. Un ouragan sexy, vêtu d'une robe rouge qui met en valeur sa peau bronzée et ses cheveux noirs, s'engouffre dans la salle à manger.

– Salut la compagnie ! s'écrie joyeusement Carlotta.

Elle donne l'accolade aux parents d'Éric comme si elle retrouvait sa famille. Henri se renfrogne un peu plus et Danièle offre un sourire crispé. Un accueil tout juste poli, mais froid. Éric se lève pour l'embrasser et oublie de me présenter.

– On s'est déjà croisées à la boutique, n'est-ce pas ? me salue la jeune femme. Enchantée de vous revoir !

J'acquiesce, hésitant sur la conduite à tenir face à cette intrusion qui met tout le monde mal à l'aise.

– Je cherche un homme fort, minaude-t-elle en direction d'Éric.

Celui-ci ne répond pas et j'en suis soulagée. Je sais qu'il supporte mal les mines aguicheuses. J'ai testé dans le bureau du directeur et cela l'a exaspéré.

– La porte de la réserve est bloquée et Pio assure une livraison. Tu peux me donner un coup de main ? supplie-t-elle en battant des cils. S'il te plaît, *angelo mio*.

– D'accord, répond-il.

Je sens tout mon corps se crisper, comme si un mauvais génie me déversait un seau d'eau glacée sur la tête.

– J'en ai pour un instant, s'excuse *angelo mio* en m'embrassant le front.

Sur le front ! Il sort à la suite de Carlotta, tel un gentil petit toutou. J'essaie de ne pas m'emporter et de relativiser ce qui vient de se passer. Il rend service à la voisine, cela lui prendra quelques minutes. Pas de quoi provoquer un drame. Il m'a gratifiée d'un au revoir amical parce qu'il est embarrassé devant ses parents et son ex. Soit. Cela ne justifie pas une scène de jalousie. Je n'ai plus 15 ans. Je néglige l'étau qui enserre mon cœur et m'oblige à n'échafauder aucun scénario mélodramatique.

Pour combler le vide pesant laissé par le départ d'Éric, sa mère apporte un gâteau au chocolat. Il semble délicieux, mais ma colère lui donne un goût de carton. Je me répands toutefois en éloges, faisant rosir Danièle de plaisir. Elle a appris mon affection pour les *pasticciotti* et Sofia, la voisine, avait proposé de nous en préparer. Mais pour mon premier repas chez eux, elle tenait à tout cuisiner elle-même, de A à Z. Cependant, les pâtisseries de Sofia sont déjà prévues pour notre prochaine visite. Je la remercie d'un sourire en m'empêchant de penser que nous ne nous reverrons peut-être pas.

Les quelques minutes sont largement écoulées. Je demande la recette du gâteau pour tromper un peu l'attente. Danièle la connaît par cœur et la copie sur une feuille qu'elle me tend.

Laissée avec des gens que je viens de rencontrer, je dois surmonter ma timidité naturelle et cela m'évite de réfléchir à ce qu'Éric manigance dans la réserve. Heureusement, sa mère devient intarissable quand on discute pâtisserie. Je jette un œil discret à ma montre et réalise qu'il est parti depuis trois quarts d'heure. La porte doit être sacrément bloquée. Danièle surprend mon regard et tapote mon bras d'un air compatissant. C'est son apitoiement qui me décide à réagir. Je vaux mieux que cela. Je me lève en annonçant :

– Il se fait tard. Je vais vous laisser. Le repas était parfait. Merci pour tout.

Henri me serre la main sans un mot et Danièle me raccompagne.

– J'ai été ravie de vous rencontrer. Dites à Éric que je l'appellerai dans la semaine, mentionne sa mère, persuadée que je pars récupérer son rejeton coincé entre les griffes de Carlotta.

Ce n'est nullement mon intention. Je crains de les trouver dans les bras l'un de l'autre. Je sors de l'immeuble et vois que la voiture d'Éric se trouve toujours là. Au moins, il ne s'est pas enfui sans moi. Je me souviens être passée devant une gare lors de mes précédentes visites. D'après mes souvenirs, elle ne se situe pas très loin.

Je commence à marcher le long de la route tout en cherchant les horaires des trains sur mon téléphone. Un coup de frein m'incite à relever la tête. Le conducteur abaisse la vitre de sa camionnette. J'aurais aimé qu'Éric me rattrape, comme dans les comédies romantiques, mais il ne s'agit que de Pio.

– Léonie, que faites-vous là ? Vous êtes perdue ?

J'affiche mon sourire d'apparat. Seul Éric m'appelle Léonie. Tout le monde préfère le diminutif à ce prénom vieillot que je n'ai jamais apprécié. Sauf quand il le prononce.

– Je rentre en train.

Je donne cette réponse comme si c'était la plus naturelle des choses quand votre petit ami vient de vous présenter à ses parents. Il fronce les sourcils. J'espère qu'il ne posera pas d'autres questions.

– La gare se trouve au moins à trois kilomètres, je vais vous y conduire, propose-t-il avant d'ouvrir la portière du côté passager.

Je m'installe et me concentre sur le paysage. Je monte pour la première fois dans une camionnette et je trouve agréable de surplomber la route. On se sent protégé et j'ai précisément besoin de sécurité à cet instant.

– Que s'est-il passé ? demande-t-il avec douceur.

Comment lui expliquer sans hurler ?

– Ça m'étonnerait que ses parents ne vous aient pas appréciée, formule-t-il tandis que je demeure muette. Il y a eu des tensions entre Éric et son père ?

Je garde toujours le silence. Après une courte pause, il poursuit.

– Henri s'est toujours comporté comme un vrai connard avec Éric. Il laisse couler pour protéger sa mère. Il sait que s'il se rebiffe, son père ne voudra plus qu'il mette les pieds chez eux. Il refuse d'imposer cela à sa mère.

– Henri est un fameux connard, en effet, mais mon départ n'a rien à voir avec lui.

– Qu'est-ce qui a bien pu se passer alors… ? réfléchit Pio.

Il faut lui répondre avant qu'il inventorie tous les sujets de dispute possibles.

– Votre sœur cherchait un homme pour l'aider à ouvrir la réserve, finis-je par dire après avoir inspiré profondément pour m'assurer que ma voix ne tremblerait pas.

– Quelle petite idiote ! s'écrie Pio en frappant son volant. Et évidemment, il s'est précipité…

J'acquiesce. « Évidemment ». Mon chauffeur grommelle dans sa barbe.

– Je comprends votre réaction, mais vous savez, c'est un mec gentil. Il ne peut pas s'empêcher de rendre service. Vous le lui avez reproché ?

Mon téléphone sonne et le nom d'Éric s'affiche sur l'écran. Il a fini par se souvenir de mon existence. Après cinquante-cinq putains de minutes. Bien trop tard. Je décide de l'ignorer.

– Je n'en ai pas eu l'occasion… Il aidait Carlotta depuis presque une heure quand j'ai préféré partir.

– Mais quel con ! s'énerve Pio de plus belle, sa colère apaisant la mienne.

Je me trouve stupide de me mettre dans cet état pour un homme alors que je me suis promis que cela n'arriverait plus. Mon téléphone sonne de nouveau et je l'éteins. Je ne me sens pas d'humeur à discuter avec lui.

– Il réagit comme un imbécile, mais je crois qu'il est perdu avec vous. Vous vous montrez indépendante et forte, il n'a pas l'habitude.

S'il savait.

Une larme m'échappe. Traîtresse. Voilà pour la force. Alors que je serre les poings pour retenir une autre évasion, Pio se range le long du trottoir, face à la gare.

– Il vous aime, ça ne fait aucun doute.

Je ricane devant son optimisme.

– Je ne l'ai jamais connu comme ça, même pas avec Carlotta. Avant que vous ne sortiez ensemble, il était déjà sous votre charme. Sinon, je n'aurais pas dépensé autant d'énergie pour que vous vous revoyiez pendant les vacances.

J'ai presque envie de m'excuser pour tout ce gâchis.

– Écoutez, je me sens coupable de tout ce qui vous arrive. Laissez-moi me racheter en vous reconduisant chez vous.

– Sûrement pas. Vous n'y pouvez rien. La suite ne dépendait pas de vous.

– J'aimerais que vous ayez raison. Ma sœur a toujours été immature et elle craque pour les mauvais garçons depuis son adolescence. Il y a trois ans, je l'ai poussée dans les bras d'Éric. J'avais longtemps espéré qu'ils finiraient ensemble. C'est le type le plus droit qui soit.

À cet instant, j'en doute. Pio marque une pause. Je devrais en profiter pour partir, mais je veux connaître toute l'histoire. Savoir si Éric l'aime toujours.

– Elle était effondrée suite à une rupture. J'ai incité Éric à lui changer les idées, je pensais qu'avec lui, elle se calmerait.

De fil en aiguille, ils sont sortis ensemble. Ils s'appréciaient. Tout semblait bien fonctionner entre eux.

Il s'interrompt, se demandant sans doute s'il doit poursuivre. J'ignore son interrogation muette.

– Ils ont décidé de se marier, lâche-t-il.

Bordel. Les pièces du puzzle trouvent enfin leur place. Sa tristesse lorsqu'il a évoqué Carlotta. Son refus de parler d'engagement. Il aurait pu me dire que c'était elle, la femme de sa vie. Il aurait dû. Il l'aurait fait si cette histoire ne représentait plus rien.

– Et elle a changé d'avis ?

Je devine la suite, mais il faut que je l'entende.

– Quelques semaines avant le jour J, son crétin d'ex a refait surface. Il avait appris qu'elle allait se marier et ne voulait pas la perdre, soi-disant. Il s'est excusé, elle a décidé de lui accorder une dernière chance. Tout le monde a essayé de la raisonner, mais elle n'écoute jamais personne. Éric a mis des mois à aller mieux.

Je le soupçonne de ne pas avoir guéri. Il a tergiversé avant de sortir avec moi. Il a flirté puis renoncé, se cachant derrière des prétextes faciles. Il n'est même pas parvenu à se confier sur ce mariage avorté. Et il m'abandonne le jour où il me présente à ses parents pour passer du temps avec elle. Inutile de se voiler la face.

– Ça ne me regarde pas, mais qu'allez-vous faire ?

Je n'en sais rien. L'heure de mon train approche. Je désire m'éloigner au plus vite de cette ville et de l'homme auquel j'ai eu la bêtise de m'attacher.

– À part le trucider ? Rien. Éric a décidé pour nous deux. Merci de m'avoir déposée et peut-être à un de ces jours.

À jamais, plutôt. Les pâtisseries italiennes me manqueront.

– Vous n'êtes pas obligée de me croire, mais je sais qu'il vous aime. Quand un homme a peur, plutôt que de parler, il se ferme. Et Éric a peur que vous le quittiez pour retourner avec votre ex-mari. Laissez-le au moins s'expliquer.

Je ne réponds pas et descends de la camionnette précipitamment, sous le regard contrarié de mon chauffeur.

Le vent qui balaie le quai me glace jusqu'à l'os, malgré les températures presque estivales de la journée. Je surveille les voyageurs qui arrivent, craignant de voir apparaître Éric, et suis soulagée lorsque le train entre en gare.

Plus je m'éloigne de Mazeray, plus je sens que tout s'effondre en moi. Je ressens de la tristesse et de la colère, mais aussi de la déception face à ma naïveté, pour avoir baissé ma garde et cru en lui. Trop d'émotions se bousculent, je ne sais pas si je peux croire les propos de Pio. Quelle personne ne défendrait pas son meilleur ami à tout prix ?

J'envoie un SMS à Béatrice, la suppliant de m'héberger pour la nuit. Je dois réfléchir avant de le revoir.

39

Je jette quelques vêtements dans un sac lorsqu'on cogne à la porte de l'appartement. Je retiens mon souffle et hésite à bouger. Je ne me sens pas prête pour une confrontation. On tape une deuxième fois et il me semble reconnaître un rythme particulier. Trois coups secs, un silence, deux coups supplémentaires.

Je regarde par le judas et cela confirme mon intuition. Mon ex-mari se tient sur le paillasson. J'ouvre sans tarder, étonnée et inquiète qu'il se soit déplacé jusque chez moi. Son sourire lorsqu'il me voit me ramène des années en arrière, à l'époque où j'ai accepté d'épouser un charmant jeune homme.

– Salut, trésor. Je te dérange ? demande-t-il.

Je tique en l'entendant employer ce vieux surnom, mais le laisse entrer. Un peu de compagnie me changera les idées, même si j'aurais sollicité quelqu'un d'autre pour me réconforter.

– Comment vas-tu ? questionne-t-il. Tu as une petite mine. Tu n'es pas malade ?

Il accompagne ses questions d'une main posée sur mon

front. Elle est fraîche et familière, mais ce contact physique me semble incongru. Je recule d'un pas en répondant mécaniquement :

– Je me porte bien, merci. Que fais-tu ici ?

Il promène son regard sur les meubles et les murs et hausse les épaules.

– Une soudaine envie de te voir. Tu sais que tu ne m'avais jamais invité à entrer ?

Cette journée interminable ne ressemble décidément à rien. Ce matin, je suis partie rencontrer la famille de l'homme avec qui j'ai une relation. Je refuse de me dire « avec l'homme que j'aime ». Ce soir, mon ex-mari badine dans mon salon. J'ai l'impression d'être tombée dans la quatrième dimension.

– Où se trouvent Justine et ta fille ?

– Chez les parents de Justine pour le week-end, répond-il platement.

– Tu n'y es pas allé avec elles ?

– Trop de travail, marmonne-t-il.

Son excuse favorite pour échapper aux obligations familiales. Si vraiment il était débordé, il ne serait pas venu jusque chez moi. L'inquiétude refait surface.

– Où est Raph ?

– Chez Layla. Elle compte beaucoup pour lui, mais…

– Éric, si tu me disais plutôt pourquoi tu es passé.

Il me fixe, l'air perplexe, et je mets quelques secondes à comprendre que je me suis trompée de prénom.

– Qui est Éric ?

– Personne. Un crétin.

Malgré moi, je me reproche mon attitude déloyale. J'en veux à mort à Éric, mais je n'ai pas le droit de l'insulter en présence de Grégoire. Celui-ci opine comme s'il était d'accord avec moi, puis déambule en silence dans le salon.

– Tu cherches quelque chose ? Quelqu'un, peut-être ?

– Pas du tout. Je visite.

Il inspecte la cuisine et la chambre de Raphaël, puis pousse la porte de ma chambre sans prendre la peine de solliciter mon autorisation. Trop fatiguée pour me battre, je le suis à distance, le laissant faire. Je le vois détailler le mur rouge, l'édredon bariolé, les rideaux assortis.

– C'est agréable, toutes ces couleurs, même si ça ne te ressemble pas.

J'éclate d'un rire nerveux. Que peut-il savoir de mes goûts ? Je les ai niés pendant toutes ces années pour me conformer aux siens et il ne s'est aperçu de rien.

– Quoi ? J'ai dit une bêtise ?

Je secoue la tête, reprenant mon calme. Je n'ai pas la force de lui expliquer. À quoi bon ?

– Et tu devrais t'acheter une bibliothèque. Tu vas finir par abîmer tes livres si tu les laisses traîner.

Il dépasse les bornes. De quel droit joue-t-il les décorateurs d'intérieur chez moi ? Je ne veux pas de foutue étagère !

– Tu nous sers quelque chose à boire ? réclame-t-il en ôtant son blouson, sans s'apercevoir que je bouillonne.

OK, calme-toi.

Il n'a pas changé. Rien n'a changé, même pas sa tenue. Toujours en chemise blanche, sous un costume la semaine, sous un blouson le week-end. La routine a finalement quelque chose de rassurant. Je sors deux verres et une bouteille de vin rouge. Pour des raisons que je ne cherche pas à m'expliquer, sa présence m'apaise.

– Je te sers à boire si tu me dis pourquoi tu es passé.

Je prends place sur un des tabourets. Il m'imite, de l'autre côté du comptoir. Je me sens protégée par le meuble et nous tenir dans la cuisine apporte une atmosphère bienveillante à notre échange. Je souhaite rester sur le terrain de l'amitié. Je n'ai pas oublié sa tentative de rapprochement avant la naissance de sa fille.

– Je désirais discuter de Raphaël avec toi, pour qu'on soit sur la même longueur d'onde à propos de son éducation, affirme Grégoire avec des accents sincères.

C'est la journée des surprises et je ne trouve pas celle-ci désagréable, contre toute attente. Je lui tends son verre et décide de porter un toast.

– À ton implication paternelle.

– À nous, renchérit Grégoire, les parents les plus formidables de la planète.

Face à l'aberration de ses propos, mes nerfs surmenés lâchent et le fou rire me prend. Voulant reposer mon verre, je le cogne contre le rebord du meuble. Le vin se répand sur le comptoir et avant que Greg ait pu reculer, le liquide éclabousse sa chemise de rose.

– Merde, grogne mon ex-mari.

Je retiens un nouvel éclat de rire et me précipite sur le rouleau de papier absorbant pour contenir les dégâts. Sa chemise est fichue. Je lui indique la salle de bains pour qu'il puisse se nettoyer et m'occupe de la cuisine.

Je termine de réparer les dégâts lorsque quelques coups sont frappés à la porte. Un vrai défilé ! J'ouvre sans vérifier qui se trouve de l'autre côté, oubliant de faire la morte. Bien sûr, Éric se tient sur le palier, la mine sombre.

L'inconscient paraît soulagé de me voir.

– Léonie, je suis désolé, commence-t-il en s'avançant vers moi.

Dans ma tête se dresse un scénario catastrophe : Grégoire sortant de la salle de bains, Éric furieux et moi dans l'embarras. Tandis qu'il amorce un pas de plus pour me prendre dans ses bras, je le repousse doucement.

– Va m'attendre en bas, j'arrive.

Je ne donne aucune explication, libre à lui d'imaginer que mon fils se trouve là, ou une amie. J'ignore son regard inquiet et referme la porte derrière lui. Je me précipite vers la salle de bains où Grégoire savonne sa chemise en râlant. La situation ne m'amuse plus du tout.

– Greg, ne pose pas de questions. Tu restes ici tant que je ne t'ai pas autorisé à bouger. Sinon, je te jure que je te démolis. Je t'expliquerai tout plus tard.

Je ne lui laisse pas le temps de répondre et dévale les escaliers en tremblant. Lorsque j'aperçois Éric, penaud, devant l'immeuble, la colère que j'ai ressentie tout l'après-midi vacille. Il ne faut pas. Il ne peut pas s'en sortir aussi facilement. Je me plante sur le trottoir et le défie du regard.

– Léonie, j'étais fou d'angoisse, je t'ai cherchée partout.

– Et dire que tout ce temps, je me trouvais dans la salle à manger de tes parents, c'est dingue, non ?

Il se fige, surpris par l'acidité de mon ton.

– Je m'en veux, si tu savais… commence-t-il.

– De quoi ?

– Pardon ?

– Que te reproches-tu, exactement ? D'avoir filé en douce avec ton ex ? De l'avoir sautée dans la réserve ?

– Mais non ! Il ne s'est rien passé. J'ai ouvert cette foutue porte et on a discuté.

– Tu parles vraiment très lentement… Ou tu avais beaucoup de choses à lui dire… Ou alors tu t'es perdu en chemin. Je sais, mieux encore : tu es tombé dans une faille spatio-temporelle !

– Tu ne vas pas me faciliter la tâche, n'est-ce pas ? J'imagine que je le mérite. Ne pourrait-on pas discuter chez toi plutôt que dans la rue ?

– Estime-toi heureux que j'accepte de t'écouter.

Il vacille et garde le silence quelques secondes. Mon cœur bat à tout rompre. J'ignore l'issue de cette conversation, mais je désire en finir au plus vite.

– D'accord, soupire-t-il enfin. Carlotta a tenté son numéro de charme, je lui ai dit qu'elle perdait son temps, que j'étais amoureux de toi.

Il marque une pause, observe ma réaction. J'enregistre l'information et me concentre pour ne rien laisser filtrer.

– Elle s'est énervée. J'ai essayé de la raisonner, le ton est monté. Quand elle s'emballe comme ça, elle n'écoute rien. Sofia et Giuseppe, alertés par les cris, sont venus voir ce qui se passait.

Je sonde ses yeux pour y détecter un éventuel mensonge. Soit ce type ne tardera pas à recevoir un Oscar, soit il est sincère.

– Sofia l'a emmenée pour qu'elle se calme, mais Giuseppe souhaitait me parler. Je ne pouvais pas l'envoyer balader et j'ai perdu la notion du temps. Quand j'ai voulu te rejoindre, tu avais filé. Je comprends que tu sois fâchée.

– Tu es loin du compte ! Pourquoi as-tu suivi Carlotta ?

– J'avais besoin de souffler cinq minutes pour ne pas démolir mon père. J'y ai vu un prétexte comme un autre. Je ne supporte plus son attitude, et devant toi, ça devenait intolérable.

Son visage marqué par la colère et par la peine me serre le cœur. J'ai encore en tête les propos de Pio.

– Tu as des choses à régler.

– Je sais… Avec mon père, ce n'est pas simple.

– Je parle de Carlotta ! Avec elle, ce n'est pas simple non plus ? Tu ne pouvais pas me dire que tu avais failli l'épouser et que tu l'aimais toujours ?

– Je ne l'aime plus, répond-il calmement. Elle a beaucoup compté pour moi, mais c'est terminé depuis longtemps. Je ne t'ai jamais menti. Tu ne comprends pas qu'il n'y a que toi ? Si je n'étais pas fou de toi, tu penses que je supporterais que tu caches notre relation à Raphaël ?

Il tente un pas vers moi, mais je l'arrête d'un geste. Pourtant, je crève d'envie de me retrouver dans ses bras.

– Je me sens trahie.

– Pardonne-moi, Léonie. C'est un concours de circonstances idiot, je ne voulais pas te blesser.

Je souhaite le croire, le laisser me consoler, mais la peur de souffrir de nouveau me retient. Son regard inquiet ne me quitte pas.

– Trésor ? appelle une voix dans mon dos.

Merde, Grégoire !

Il tombe vraiment mal. Je vois la peine s'inscrire sur le visage blême d'Éric. Je me retourne et découvre mon ex-mari, torse nu sur le pas de la porte.

Sale enfoiré.

– Tu penses que je peux emprunter un T-shirt de Raph ?

– Fais ce que tu veux et juste après, va brûler en enfer.

Le temps de reporter mon attention sur Éric, celui-ci a tourné les talons. Les apparences jouent contre moi.

– Éric !

J'essaie de le rattraper, mais il marche vite, le bougre. Il ralentit, hésite, s'immobilise et pivote finalement pour me faire face. Ses yeux lancent des éclairs.

– Tu me fais une crise sur le respect et la trahison, tu me reproches d'avoir parlé avec Carlotta et sa famille, et je retrouve Grégoire à poil chez toi. Tu te fous de moi ?

– Je te jure que c'est pas ce que tu crois !

– Tu avais plus de repartie il y a cinq minutes ! Ce que je constate, c'est que tu ne me fais pas confiance. Je n'ai pas le droit d'intervenir sur le moindre de tes tracas. Et quand un problème qui ne concerne que nous surgit, au lieu de m'appeler pour éclaircir la situation, tu te réfugies dans les bras de ton ex-mari ! Tu as une idée de ce que je ressens ?

J'en ai plus qu'une idée, je viens de traverser les mêmes tourments. Tout cela devient grotesque.

– OK, on va se calmer tous les deux et discuter.

– Discuter ? Je n'ai plus rien à te dire. Au revoir, Léonie, lance-t-il en s'éloignant d'un pas vif. Et bonnes retrouvailles !

Je reste un moment sur le trottoir à fixer le coin de la rue. J'espère qu'Éric va revenir, écouter mes explications, que tout va s'arranger. Je finis par rentrer chez moi, tentant de maîtriser ma colère. Grégoire m'attend dans le salon, vêtu d'un T-shirt de Raphaël. Il m'observe sans oser approcher.

– Léo, je suis désolé, je ne savais pas. Je pensais que c'était Claire et je voulais l'emmerder. Lui faire croire qu'on recouchait ensemble.

Je lâche, sans un regard pour lui :

– Connard !

– J'ignorais que…

– Ta gueule !

Je me laisse tomber sur le divan. Il me faut un plan. Ou tuer quelqu'un pour me défouler. Au hasard, mon ex-mari. Un de ses confrères se fera un plaisir de me défendre, plaidant le coup de folie.

– Est-ce que…

– Je t'ai dit de la fermer. Je te jure que je suis pas d'humeur à écouter tes conneries !

– J'y vais, annonce-t-il en gagnant la sortie.

– Enfin une bonne idée ! Juste une chose.

Il s'arrête, me fixe, attendant que je développe.

– Tu portes un des T-shirts préférés de Raphaël.

Il baisse les yeux, regarde le T-shirt. Banal, vert, sans dessin. Il se doute que je mens.

– Je lui rendrai ce soir.

Je secoue la tête.

– Remets-le dans sa chambre et enfile ta chemise.

– Mais elle est trempée ! Je vais attraper une pneumonie.

– Quel dommage ! Je t'avais interdit de sortir de la salle de bains.

– T'es pas sérieuse ?

– Oh si. Si tu pars avec ce T-shirt, je contacte ta femme.

Il me dévisage, estime la probabilité que je lui pourrisse vraiment la vie.

– Tu ne ferais jamais ça. Je te connais, risque-t-il avec un sourire crispé.

– Comme tu veux. Au revoir, *trésor*, et ne t'avise pas de revenir ici.

À peine a-t-il franchi le pas de la porte que je rédige un message pour Justine, lui conseillant de vérifier l'emploi du temps de Grégoire quand il prétexte le fait d'avoir trop de travail pour l'accompagner chez ses parents.

Je pensais que cela me soulagerait. Ce n'est pas le cas. Je culpabilise presque de la chagriner en révélant les mensonges de mon ex. Je me dédouane en invoquant la solidarité féminine face aux agissements d'un abruti. Et un énorme besoin de me défouler.

Bien décidée à ne pas m'apitoyer sur mon sort, je choisis de m'occuper en réaménageant le salon. Je déplace tous les meubles quatre ou cinq fois avant de renoncer, courbatue et en sueur. La méthode ne fonctionne pas du tout. Je tente de joindre Éric, mais bascule sans cesse sur sa messagerie. Je ne réponds pas quand Octave vient frapper à ma porte. Je ne décroche pas quand Béatrice et Claire appellent pour prendre de mes nouvelles. J'envoie un SMS leur signalant que malgré mon nouveau statut de célibataire, je vais bien. J'essaie coûte que coûte de m'en convaincre et il me paraît plus simple d'y parvenir si personne ne me contredit.

***

Après une nuit blanche, le travail ne réussit pas à me distraire. Mon boss et Julien évitent de poser des questions, mais ils ont deviné. Je le vois dans leurs regards compatissants. Tout ce que j'ai redouté se produit et je ne peux rien y changer.

Je force ma concentration sur un nouveau dossier, relisant dix fois la même donnée sans la comprendre. L'heure venue, je regagne mon appartement, soulagée d'échapper à l'observation inquiète de mes collègues, heureuse de retrouver mon fils qui ne tardera pas à rentrer.

Je décide de cuisiner pour canaliser mes idées noires. Je dois garder la tête sur les épaules. Fini les amourettes, je suis une mère responsable.

J'entends claquer la porte et Raphaël me rejoint. Il me scrute un moment sans prononcer un mot. Je pétris une pâte à pizza, activité souveraine pour calmer les pulsions meurtrières, et parle de tout et de rien. Je lui pose surtout des questions, cherchant à échapper à son inspection.

– Tu te sens bien ? m'interrompt-il soudain.

– Non.

J'ai répondu dans un soupir, sans réfléchir. Il fronce les sourcils et je réalise mon erreur.

– Je plaisante, ne t'inquiète pas. Un petit coup de fatigue, ça va passer.

J'imite un sourire que j'espère suffisamment crédible.

– Ça a un rapport avec mon prof ?

– Que… quoi ? Mais qu'est-ce que tu racontes ?

Je suis abasourdie. J'essaie de réfléchir à ce qui a pu lui mettre la puce à l'oreille, mais aucune idée ne vient. Il hausse une épaule.

– Bizarrement, vos sautes d'humeur coïncident. Avant les vacances, vous étiez tous les deux de mauvais poil. Après les vacances, vous sembliez sur un petit nuage. Et aujourd'hui, vous avez l'air au bord de la dépression. Toi, tu as réaménagé l'appartement et tu cuisines pour tout le quartier, comme quand papa est parti. Et Roussel ressemble à un zombie, il a donné cours comme un robot. Tout le monde a cru que quelqu'un était mort.

Je ne peux m'empêcher de ressentir de la douleur, mais également de l'espoir quand Raphaël mentionne l'abattement d'Éric. Dans l'immédiat, il faut tenir le cap et ne pas craquer. Et surtout, maintenant que nous sommes séparés, il est hors de question que mon fils apprenne notre aventure. Je me préoccuperai de l'espoir plus tard.

– Tu l'as dit toi-même, c'est une coïncidence. Sans doute l'effet de la météo.

Il jette un œil sur le soleil éclatant par la fenêtre, puis me dévisage, impassible. Il semble réfléchir à l'attitude qu'il doit adopter.

– Papa l'a vu hier quand il est passé ici, finit-il par m'avouer. Il m'a posé des questions.

Et merde. Crétin de Grégoire qui devrait apprendre à la fermer.

– OK, Raph. Nous sommes sortis ensemble quelques semaines, mais ça n'a pas fonctionné. Je suis désolée…

Mon fils serre les poings et la mâchoire. Je n'arrive pas à déterminer s'il est dépité ou en colère.

– T'es désolée d'être sortie avec mon prof, de me l'avoir caché ou que ce soit terminé ?

Je choisis d'ignorer ses questions.

– Il n'y aura pas de conséquences, Éric est quelqu'un de bien. Il sait faire la part des choses.

Raphaël ramasse son sac avec une moue écœurée et part s'enfermer dans sa chambre. Il a sans doute besoin de digérer l'information.

Je le laisse aussi longtemps que je parviens à résister puis frappe doucement à sa porte.

– Entre, grogne mon fils.

Il est couché sur son lit, les mains derrière la tête, le regard au plafond. Il m'ignore tandis que je m'assieds près de lui. Je cherche quoi lui dire, je crains d'abîmer notre relation.

– Tu m'en veux ?

– Nan, je suis juste déçu. Au début, j'aurais trouvé étrange de vous voir ensemble, mais c'est un mec cool.

Je sens les larmes monter et ma gorge se nouer. Raph a raison, j'ai perdu un « mec cool », un mec comme je n'en avais jamais croisé auparavant. Nous avons tout gâché.

– Je suis désolée, mon chou. Nous n'étions pas prêts à vivre quelque chose à deux.

Raphaël se redresse pour me dévisager, ses grands yeux bleus soudain remplis d'espoir.

– Peut-être plus tard, suggère-t-il.

Je secoue la tête, incapable d'ajouter le moindre mot sans m'effondrer, prenant la mesure de l'erreur que j'ai commise. J'ai blessé Éric en laissant Grégoire entrer chez moi. Il redoute depuis le début que je retourne auprès de mon ex-mari et je lui ai donné toutes les raisons de croire que c'était arrivé. Je sors de la chambre pour me passer un peu d'eau froide sur le visage et calmer la tempête émotionnelle qui menace de me ravager. Il est trop tard pour y changer quoi que ce soit. J'ai essayé de l'appeler, mais il ne décroche pas. J'ai laissé des messages auxquels il n'a pas répondu. J'ignore même s'il les a écoutés. Et je n'ose pas me rendre jusque chez lui.

Enfin couchée, je lutte encore contre les larmes. Je tente de me persuader que par chance, il me quitte avant que je sois tombée totalement amoureuse de lui. Il me faudra du temps pour croire à cette version, mais j'y arriverai.

40

Depuis quelques jours, Raphaël traîne les pieds et soupire plus que d'ordinaire. La tristesse cède la place à l'inquiétude. Persuadée qu'il a de nouveau des problèmes à l'école, je tente de mener l'enquête de manière discrète. Dans la mesure où il ne répond à mes questions que par des grognements et où le seul qui aurait pu m'éclairer ne m'adresse plus la parole, il faut que je crève l'abcès.

Mon fils vient de se lamenter pour la centième fois en dix minutes. Officiellement et dans l'ordre, parce que la boîte de ses céréales préférées est vide, qu'il n'y a plus de biscuits au chocolat, que le jus de pommes est tiède et que son jean noir se trouve à la lessive. Je me retiens de hurler. Il devient urgent de passer à l'action.

– Raph, est-ce qu'on peut discuter ? Qu'est-ce qui ne va pas en ce moment ?

Il relève la tête avec lenteur et hausse les épaules. OK, très encourageant.

– Si tu ne veux pas m'en parler, discutes-en avec ton père. Mais ne reste pas seul avec ce qui te tracasse.

– Papa n'est pas ma référence pour les questions amoureuses, ricane-t-il.

Merde. Questions amoureuses. En effet, je ne proposerais pas Grégoire comme modèle. Je vais devoir assurer.

– Ne t'en fais pas, reprend-il devant mon air épouvanté. J'en ai parlé à M. Roussel. Entre hommes abandonnés, on se comprend.

Il a relevé le menton, telle la figure de proue du clan des « mâles délaissés ». Je bondis, prête à m'emporter. Cet idiot m'a plaquée, pas l'inverse !

– Que t'a-t-il dit à propos de nous deux ?

Je devrais me taire, mais j'en suis incapable. Le sang bouillonne dans mes veines. Il n'a pas le droit de parler de nous à Raphaël.

– T'énerve pas, m'man. Il n'a pas eu besoin de raconter quoi que ce soit. On voit bien que tu lui as brisé le cœur.

– Non, mais je rêve ! C'est lui qui m'a quittée !

– J'imagine que Layla raconte le même genre de conneries, lâche-t-il tristement.

– Raphaël Villette, je ne te permets ni de me juger ni de t'adresser à moi grossièrement. Mais puisque tu es persuadé de tout connaître, je t'écoute. Que s'est-il passé entre Layla et toi ?

Le visage de mon fils se tord à l'évocation de ses problèmes sentimentaux. Ai-je vraiment envie d'en savoir plus sur sa souffrance ?

– OK, soupire-t-il. On devait aller au ciné ensemble samedi, mais j'ai annulé parce que le coach avait déplacé l'entraînement. Finalement, à la dernière minute, l'entraînement a été supprimé, faute de participants. Bref, j'ai voulu téléphoner à Layla pour lui proposer d'aller voir notre film comme prévu. Et là, impossible de la joindre. Je tombais sur sa messagerie et elle ne répondait pas à mes SMS.

Raph marque une pause et je me retiens de le prendre dans mes bras. Son premier chagrin d'amour. Il paraît que les peines de cœur font grandir. Je ne tiens pas à ce que mon fils grandisse trop vite.

– J'ai décidé d'aller au ciné avec un pote et là-bas, j'ai rencontré… devine… Layla ! Avec un mec. J'étais furax. J'ai crié, je l'ai insultée et je suis parti.

Sa voix tremble encore tandis qu'il raconte l'épisode.

– Et ? Ils s'embrassaient ? Se tenaient par la main ?

– Nan. Rien de tout ça.

Mon fils a réagi comme un imbécile. Comme son prof qu'il apprécie tant. J'ai une soudaine envie de le disputer tel un petit garçon capricieux.

– Et que t'a conseillé Éric ? De ne surtout pas chercher à comprendre ? De ne pas lui laisser l'occasion de s'expliquer ?

– D'écouter mon cœur.

Je ne peux retenir un ricanement. Quel enfoiré ! Le regard que me lance Raphaël calme ma colère plus efficacement qu'une douche froide. Je dois garder à l'esprit que nous discutons de sa vie, pas de la mienne. Ne pas tout confondre. Me comporter en adulte. Ce qui ne figure pas parmi mes spécialités. Sur une impulsion absurde, je réplique :

– Si tu ne te bouges pas, peut-être ne l'aimes-tu pas vraiment.

Super, je continue de mélanger l'histoire de mon fils et la mienne.

Respire, idiote, et tais-toi.

– Elle ne s'est pas bougée non plus, s'énerve Raph. Si je suis ta logique, elle ne m'aime pas.

J'en reste sans voix. Bien sûr que j'aime Éric. Il est le seul homme dont j'ai été vraiment amoureuse. Il représente tout. Mais alors pourquoi ne me suis-je pas plus battue pour le garder ? Pourquoi l'avoir laissé partir ? Pourquoi ne pas avoir squatté le pas de sa porte jusqu'à ce qu'il accepte de me parler ? Je compte jusqu'à cinq en respirant doucement.

Ne pas tout mélanger. Ne pas tout mélanger.

– Peut-être que ce type ne signifie rien pour elle, peut-être qu'elle t'en veut de ne pas lui avoir fait confiance. Peut-être qu'elle se morfond sans toi. Peut-être qu'elle…

– Peut-être que tu devrais recontacter m'sieur Roussel, soupire Raphaël avant de regagner sa chambre.

Plus j'avance, plus je deviens pathétique. Mon fils me donne des conseils amoureux, voilà où j'en suis arrivée.

Je décide une fois encore d'occuper mes pensées en cuisinant. Cela fonctionnait il y a à peine quelques mois, lorsque j'avais besoin de me consoler. Mais le souvenir d'Éric flotte partout dans cette pièce. Je le revois, les manches relevées, en train de tailler des légumes ou quand il me faisait goûter sa préparation.

Lorsque Raphaël sort de sa chambre, deux heures plus tard, il semble apaisé. Je connais les montagnes russes émotionnelles de l'adolescence, mais celles-ci me paraissent bien rapides. Je me retiens de poser des questions, notre récent échange m'incite à la prudence.

– Merci, mam's, dit-il en se plantant devant moi.

Dois-je ses remerciements à une gratitude sincère ou

est-ce une formule cynique pour me reprocher quelque chose ? Je décide de rester sur la réserve.

– J'ai appelé Layla, poursuit-il avec un immense sourire, sans remarquer mon silence. Elle est aussi malheureuse que moi. On s'est expliqués, c'était une connerie de malentendu. Si je peux, je file la voir.

– Bien sûr. Et bravo, Raph, tu as agi avec beaucoup de maturité.

J'ai la gorge nouée. Mon fils me fixe quelques instants d'un air narquois.

– Je trouve aussi. Vous pourriez en prendre de la graine, Roussel et toi. Vous vous comportez vraiment comme des gamins.

Il quitte l'appartement sans un mot de plus, me laissant méditer sur la sagesse de ses propos.

41

Les jours qui suivent se révèlent plus douloureux que prévu. Éric et moi ne nous sommes fréquentés que deux mois et j'imaginais pouvoir l'oublier rapidement. Disons que je me suis raconté cette histoire après son départ pour me rassurer. Je doute d'y avoir vraiment cru. Je suis naïve, mais pas à ce point.

J'évite Claire et Béatrice, craignant leur réaction quand elles connaîtront les circonstances de notre rupture. Tout ce qu'elles savent, c'est que j'ai demandé l'asile à Béa pour une nuit avant de, finalement, changer d'avis.

Elles frappent à ma porte un vendredi soir où Raph loge chez son père. Je bondis en entendant tambouriner, espérant une seconde retrouver Éric. Je redescends sur terre en reconnaissant leurs voix de l'autre côté de la porte et ouvre à contrecœur.

– Qu'est-ce que vous fabriquez ? On n'avait pas prévu de se voir.

Claire me tend une bouteille de vodka. Cette scène présente des airs de déjà-vu qui ne me plaisent pas. Je les laisse malgré tout entrer.

– Je vais bien.

Béatrice ricane et sort trois verres d'un placard de la cuisine. Claire remplit le sien d'eau en soupirant et verse l'alcool dans les deux autres.

– On fête quelque chose ?

Elles m'agacent à m'ignorer depuis leur arrivée. Je ne leur ai rien fait, rien qui mérite qu'elles me traitent avec cette indifférence manifeste.

– À toi de nous le dire, pique Claire.

– Il n'y a rien à dire, tout va bien.

J'avale l'alcool d'une traite et manque de m'étouffer. Ma mauvaise humeur m'a fait oublier que la vodka brûle tout sur son passage.

– Ton fils n'est pas de cet avis, répond Béatrice.

– Quoi ? Qu'est-ce que Raph…

– Il nous a appelées à l'aide. Il s'inquiète pour toi. Et comme il se trouve chez son père, il voulait qu'on prenne le relais.

Je n'en reviens pas. Il prend soin de moi, c'est le monde à l'envers. Et il a contacté mes amies pour qu'elles me sortent de ma déprime. Je suis la pire mère de l'univers. Devant mon air dépité, Claire pousse le verre à nouveau rempli vers moi. Je le refuse d'un signe de tête.

– Je ne noierai pas mon chagrin dans l'alcool parce qu'il n'y a rien à noyer, dis-je le plus fermement possible.

Béatrice jette un regard désappointé vers Claire. J'éprouve le besoin ridicule de me justifier.

– Éric est venu s'excuser le jour où… bref. Par un stupide hasard, Greg se trouvait chez moi et… il est apparu torse nu sur le pas de la porte.

Deux paires d'yeux ahuris me fixent. Je n'ai pas fini d'en entendre parler.

– Peux-tu nous expliquer ce que ce connard foutait à poil chez toi ? s'écrie Claire. Ne me dis pas que tu as recouché avec lui.

Je grimace à cette idée. Grégoire serait ravi de sa réaction.

– Il n'était pas à poil, juste torse nu.

– Oh, tu as raison, ça change tout, commente Claire, sarcastique.

– Sa chemise était trempée et…

Je ne peux m'empêcher de revivre cette scène qui a tout fait foirer.

– Et après ? questionne Béatrice pour que je poursuive.

– Il a voulu emprunter un T-shirt de Raph.

– On s'en fiche de ça. Que s'est-il passé après, avec Éric ? insiste Claire.

– Éric l'a vu, en a tiré des conclusions idiotes et il est parti. J'ai essayé de l'appeler pour lui expliquer, mais il m'a bloquée.

Je me déteste de l'avoir blessé. J'ai compris l'étendue de ma gaffe depuis que j'ai mis bout à bout les peurs qu'il m'avait laissé deviner. Si je n'ai rien de mieux à lui offrir, autant rester loin de lui. Éric rencontrera un jour quelqu'un qui méritera de partager sa vie, quelqu'un qui assumera ses sentiments et osera prendre des risques pour lui.

– OK, on va dresser une liste des opérations à mener pour le reconquérir, suggère Béatrice.

– Fous-moi la paix avec tes listes à la con ! Mêlez-vous de vos histoires.

– Mais quelle bécasse ! soupire Claire.

– De toute façon, il ne m'aimait pas. Sinon, il aurait tout fait pour me garder.

– Il n'a fait que ça, se battre pour toi, pour que tu lui fasses confiance, rétorque Béatrice, agacée. Et je vous ai vus ensemble, vous rayonnez quand vous êtes à deux. Il faut être stupide pour penser le contraire.

Elles ont peut-être raison, mais je refuse de le reconnaître. Je baisse la tête, retenant mes larmes, comme tous les jours et toutes les nuits depuis le départ d'Éric. Leur poids devient trop lourd. Béa pose une main sur mon épaule.

– Il croit que tu t'es précipitée dans les bras de Grégoire pour être réconfortée alors que lui n'a même pas le droit de réparer ton lave-linge. Je m'étonne qu'il ait tenu aussi longtemps avant de jeter l'éponge.

Je me sens nulle. Et perdue. Les entendre confirmer ce que je pense se révèle trop pénible.

– Je voudrais que vous partiez. J'ai besoin d'être seule.

– Mais n'importe quoi ! s'exclame Claire.

– Stop ! J'en ai assez de vos intrusions ! Maintenant, soit vous vous tirez et vous me promettez de ne plus jamais me parler d'Éric, soit vous insistez et je vous jure que notre amitié en prendra un coup.

Elles se concertent du regard, m'embrassent et sortent de l'appartement. Au moment de franchir la porte, Béatrice se retourne.

– Si tu changes d'avis, si tu as besoin, on ne sera pas loin.

– Je vais bien.

Il n'y aura pas de cuite ce soir. Je sais que tout l'alcool du monde n'effacera ni mes souvenirs avec Éric ni la douleur de son absence. Le temps est mon seul allié.

42

Incapable de rester en froid avec mes deux plus vieilles amies, je les ai appelées quelques jours plus tard et nous sommes sorties toutes les trois. Personne n'a abordé de sujet sensible. Elles ont essayé de me fourrer dans les pattes de l'un ou l'autre célibataire, mais je n'ai pas cédé. Je suis seule, heureuse de l'être (ou presque) et décidée à prolonger cet état.

Je reprends doucement le contrôle de mon existence. J'ai même réussi à rassurer Raphaël. Du moins, je le crois jusqu'à ce qu'il m'aborde, un vendredi soir.

– Mam's, tu as quelque chose de prévu, demain ?

Je feins de réfléchir quelques secondes. Je sais, sans risquer de me tromper, que je suis libre comme l'air tous les week-ends à venir.

– Quelle heure ?

– Après vingt heures.

– Tu veux que je te conduise quelque part ?

Être parent d'adolescent se résume souvent à jouer les taxis, même si mon fils n'abuse pas des sorties.

– Pas exactement. Enfin, si, mais pas seulement.

Son air embarrassé me rend impatiente.

– Tu peux te montrer plus clair ?

Raphaël se gratte la nuque, frotte une barbe imaginaire, se racle la gorge. Que va-t-il m'annoncer ? Je croise les bras, prête à contrer ses arguments.

– Voilà, l'école cherche des volontaires pour servir au bar pendant la soirée de demain et j'ai donné ton nom.

– Tu as fait quoi ?

Je réalise en voyant la grimace de mon fils que mon glapissement frôle les ultrasons.

Du calme.

Avant d'accepter, je dois savoir.

– Qui-tu-sais sera présent ?

– Voldemort ? Non, il ne figure pas sur la liste des volontaires.

– Très drôle. Si tu tentes de nous rapprocher, Éric et moi, laisse tomber.

Il me lance un regard trop naïf pour être honnête. Je suis soulagée de constater qu'il ment moins bien que son père.

– OK, c'était le but, mais Roussel ne sera pas là. Il a un mariage dans sa famille.

Je me souviens d'une discussion concernant le mariage de son frère. Éric a d'abord refusé d'y aller, mais sa mère a pleuré, fait du chantage affectif, et il a cédé. Il m'a demandé de l'accompagner, s'excusant de m'imposer une telle épreuve mais réclamant mon soutien pour survivre à cette journée. J'oscille entre la compassion et la rancœur. Supporter son père et son frère seul représente une punition cruelle, mais je lui en veux toujours d'avoir ignoré mes appels.

– Raph, je refuse que tu te mêles de nos histoires.

– Pigé. Je te promets que qui-tu-sais ne sera pas là et les

organisateurs galèrent vraiment pour le service, poursuit-il. En plus, je me suis dit que ça te ferait du bien de sortir un peu.

– On en a déjà discuté. Tout va bien.

– Je sais. C'est juste que j'aime pas te savoir tout le temps seule.

Il ne sera pas là. Je ne risque rien. Mon fils sera totalement rassuré et j'aurai accompli une bonne action. Tout sera parfait, dans le meilleur des mondes.

– D'accord, ils peuvent compter sur moi.

Raphaël me serre dans ses bras de façon tout à fait disproportionnée, mais les câlins de mon ado deviennent tellement rares que je m'abstiens de tout commentaire.

***

Je me prépare sans entrain. Servir des boissons dans une soirée d'école ne m'exalte pas vraiment. Je pourrai toujours discuter avec une mère, de corvée comme moi, et peut-être me dénicher une nouvelle copine, moins folle que les deux autres. J'enfile la tenue la plus basique possible, jean, T-shirt blanc et baskets. La dernière chose dont j'ai envie est de me faire draguer par le père d'un élève, ou pire, par un prof de mon fils. J'ai donné, merci.

J'arrive de bonne heure. Raphaël s'est proposé avec quelques amis pour débarrasser la salle de sport où se déroulera la soirée. Je gagne le bar derrière lequel une femme s'affaire déjà. Un peu hésitante, je décide de l'interpeller.

– Bonjour.

Elle se tourne vers moi et me tend la main avec énergie.

– Enchantée, vous devez être la mère de Raphaël. Je suis Marie, sa prof d'anglais. Vous avez un fils génial !

Voilà donc la fameuse Marie. Je marmonne un remerciement. J'ignore si elle a entendu parler de moi. Si c'est le cas, elle n'en montre rien. Pour ma part, je sais qu'Éric et elle s'apprécient. Il l'évoque comme un pote avec qui il partage des fous rires pendant les interclasses et les réunions pédagogiques. Je la trouve trop canon pour un pote, juchée sur des talons aiguilles, dans une petite robe grise qui épouse ses formes affriolantes. Ses étudiants monopolisent sans doute les premiers rangs. Je me force à rengainer ma jalousie.

Elle me présente le matériel. Vins, bières, sodas, jus de fruits, serviettes, glaçons, pailles. Elle babille sans discontinuer et malgré mes a priori, je dois reconnaître qu'elle semble sympathique. Nous discutons de tout et de rien en installant les verres et les bouteilles pour en faciliter l'accès. Je passe un agréable moment, le premier depuis un certain événement que je refuse de nommer, même mentalement. Il faudra que je remercie mon fils de m'avoir obligée à sortir.

Les parents et les élèves affluent petit à petit, se pressant pour venir se désaltérer. Il fait chaud derrière le bar et nous n'avons guère le temps de prendre une pause. Je me félicite d'avoir choisi une tenue confortable. Confortable mais humide suite à une collision avec Marie qui a vacillé sur ses talons hauts et répandu toute l'eau d'un pichet sur mon T-shirt. Je me suis réfugiée à la plonge pour éviter de remporter le titre de « Miss T-shirt mouillé », aspirant à l'arrivée de la relève qui me permettra d'enfiler un vêtement sec.

– Marie, tu peux me servir un coca ? demande une voix reconnaissable entre mille, malgré la musique qui l'oblige presque à crier.

Que fabrique-t-il ici le jour du mariage de son frère ? Par chance, je me tiens dos au comptoir. Postée derrière la prof, j'espère qu'il ne me verra pas.

– Tout de suite, mon chou, répond-elle en gloussant.

Une furieuse envie de la noyer dans mon bac d'eau savonneuse me saisit. J'invoque le saint patron des imbroglios pour qu'Éric s'éloigne avant de me remarquer.

– Avec deux glaçons, comme tu l'aimes ! s'exclame-t-elle.

Il y manque le citron, mais cela n'empêche pas un poignard de se planter dans ma poitrine. Je lâche le verre sur lequel mes mains s'agrippaient avant de le briser ou de le fracasser sur le sol. Non, mes larmes ne se mélangeront pas à l'eau de vaisselle.

– Merci. Éric n'est pas là ?

Je redresse la tête, tentant de mettre du sens sur ces propos. Je prends mon courage à deux mains pour comprendre mon erreur et me retourne.

– Non, il assiste au mariage de son frère, répond Marie.

Je ne sais pas si je dois rire ou pleurer de ma bêtise.

Voix reconnaissable entre mille, hein ?

Les points communs entre Éric et le soixantenaire chauve et bedonnant qui parle avec la prof se limitent à la voix. Et encore. La musique a brouillé mes repères. Ainsi que l'espoir de revoir Éric, inutile de me voiler la face.

– Belle excuse pour échapper à la corvée annuelle, ricane le type.

– T'es con. Il aurait préféré se trouver ici.

– Mouais. Il nous évite depuis des semaines. Il vient même plus boire de verres avec nous. Je suis sûr qu'il y a une histoire de gonzesse là-dessous.

– Une femme qui ne le rend pas heureux, alors. T'as vu sa tête ?

Le chauve acquiesce. Je retiens mon souffle, avide d'en apprendre plus.

– Lundi, je l'invite au resto. Je vais lui changer les idées, chantonne Marie.

Je vais la tuer. L'envie impérieuse de lui recommander de ne pas toucher à mon mec me démange. *Mon mec ?*

– Fais ce que tu veux mais crois-en mon expérience, évite les histoires de fesses au travail.

Voilà, écoute le sage avertissement de ton collègue.

– Mêle-toi des tiennes, de fesses ! réplique la jeune femme.

Se sentant épiée, elle se tourne vers moi. Je m'essuie les mains en me concentrant pour ne pas les serrer autour de son cou.

– Léo, je vous libère, le renfort vient d'arriver, piaille-t-elle tandis que deux nouvelles têtes nous rejoignent derrière le bar. Merci pour votre aide.

Son regard se promène sur le tissu qui me colle à la peau et je rougis sans très bien savoir pourquoi.

– De rien.

– Je vous offre un verre, maintenant que nous sommes libres ?

– Merci, mais je rentre me changer.

Elle m'offre un sourire mystérieux.

– Vous revenez faire la fête avec nous après ? demande-t-elle.

– Non, je ne crois pas. Je me sens un peu fatiguée.

– Encore toutes mes excuses de vous avoir trempée. J'espère vous revoir à la prochaine soirée.

Je réponds à peine, pressée de quitter cet endroit et d'agir. Je ne peux pas le perdre et je crains d'avoir attendu trop longtemps.

Assise derrière mon volant, j'essaie de l'appeler mais, comme à chaque tentative, je bascule sur sa messagerie après deux sonneries. Cet imbécile me bloque toujours. Il faut qu'il entende mes explications, et le plus tôt possible. Hors de question de le laisser entre les griffes de cette Marie.

Je vais jusque chez lui avec l'espoir qu'il sera rentré du mariage, mais personne ne répond à mes coups de sonnette. Je fouille mon sac et y découvre un morceau de papier. J'hésite un instant sur le texte à griffonner, crispée par la sensation que mon avenir dépend du choix de ces mots.

Choisis un soir de la semaine prochaine
et viens me retrouver chez moi. Léonie

Un message bref qui lui laisse peu de possibilités. Je glisse le papier sous sa porte en espérant qu'il réagira et je rentre pour tenter de dormir.

Un SMS me réveille, tard dans la nuit.

[Lundi soir, si cela
te convient.]

J'y réponds, le cœur galopant, un sourire irrépressible sur les lèvres, me retenant de hurler de joie.

[À lundi.]

Il accepte de me parler, et dès lundi. J’y vois un bon présage. Je replonge dans le sommeil, confiante. Enfin, les choses vont s’arranger.

43

Loin de mon optimisme du samedi soir, après un dimanche consacré à l'extrapolation de dénouements plus rocambolesques les uns que les autres, je retourne au travail. Je redoute tout ce qui pourrait empêcher nos retrouvailles. Un accident qui rendrait Éric amnésique. Il tomberait amoureux d'une infirmière sexy et c'en serait fini de notre histoire. Un tsunami, une explosion nucléaire, un enlèvement par des extraterrestres, je ne laisse rien de côté.

Heureusement, nous devons nous rencontrer dans un endroit sûr, mon appartement, et pas en haut d'une tour, où la foudre pourrait griller l'un de nous deux. Je lis à nouveau notre échange de messages pour m'assurer de la clarté des informations. Un quiproquo sur les modalités de nos retrouvailles peut tout ficher par terre.

Sur le chemin du travail, je vérifie plusieurs fois avant de traverser la rue. Il n'y a pas qu'Éric dans mes hypothèses catastrophiques. Moi aussi, je cours le risque de me faire renverser par une voiture.

À peine arrivée au bureau, mon téléphone sonne et affiche « Lycée Sainte-Ursule ». Je frémis d'appréhension.

Aucun de mes scénarios n'incluait Raphaël. Qu'a-t-il encore fabriqué ? Je décroche en tremblant.

– Madame Marceau ? Monsieur Florent, le directeur de Sainte-Ursule.

– Oui ?

Le sang se glace dans mes veines et ma main se crispe sur l'appareil.

– Je vous appelle parce que Raphaël a fait une chute. Il va bien, mais il faudrait que vous le rejoigniez aux urgences.

Je dois m'asseoir. Non, je suis déjà assise.

– Madame Marceau, vous m'entendez ?

– J'arrive tout de suite.

Je raccroche et attrape mon sac.

Il va bien.

Pourquoi se trouve-t-il à l'hôpital, alors ? Le directeur a essayé de ne pas m'affoler, mais c'est sans doute grave. Si Raphaël avait été conscient, il m'aurait appelée lui-même. Mon cerveau surmené échafaude déjà différentes versions plus ou moins dramatiques : commotion cérébrale, fracture, lésions, paralysie, coma.

Je déploie des efforts inouïs pour rester concentrée sur la route. Je psalmodie : « Non, non, non ! » comme une prière. Je me gare devant l'hôpital, prends mon sac et referme la voiture, avec l'impression d'agir au ralenti, comme si tous mes membres étaient englués.

J'ai envie de pleurer et continue de me répéter une litanie de « non » pour maintenir le cap. Quand j'entre dans la salle d'attente des urgences, l'odeur de l'éther ajoute à mon malaise. La pièce est vide à l'exception d'Éric qui patiente sur une des chaises. Il se lève en me voyant arriver. Mon cœur ne sait plus comment réagir à cette nouvelle donnée. Je traverse un brouillard.

– Viens ici, tu es toute pâle, me dit-il en m'attirant contre lui. Il va bien, rassure-toi.

Je me laisse enlacer, me réfugiant dans ses bras et dans son odeur. Sa main plonge dans mes cheveux, agrippant ma nuque. C'est fou comme ce geste apaisant m'a manqué.

– Où se trouve-t-il ?

– On l'a pris en charge il y a cinq minutes. Un médecin l'examine.

– Qu'est-ce qu'il s'est passé ?

Éric m'oblige à m'asseoir à ses côtés tout en me gardant serrée contre lui. Je m'en veux de m'y sentir mieux. Ce n'est pas le moment.

– D'après ce qu'il m'a raconté, il amusait la classe, debout sur un banc. Il a glissé et est tombé. Quand je suis arrivé, il ne parvenait plus à bouger son bras sans hurler. Je crains fort qu'il ne se retrouve avec un plâtre.

Pitié, pourvu qu'il ne s'agisse que d'une fracture.

– Il semblait désorienté ? Il se souvenait de son nom ?

– Il était conscient et se souvenait de tout, murmure Éric en caressant mon dos. Tout va bien, à part son bras. M. Florent ne te l'a pas dit, au téléphone ?

– Il se peut que je ne lui en aie pas laissé le temps…

Éric étouffe un rire et je soupire de soulagement. Je resterai inquiète tant que je n'aurai pas récupéré mon fils, mais l'angoisse reflue. Quand il me lâche, je résiste à la tentation de m'agripper à lui.

– Merci d'avoir attendu avec Raphaël.

– Merci d'être venue. Je redoutais que Grégoire… Bref. Je vais te laisser… Tu préfères qu'on reporte notre rendez-vous ? ajoute-t-il après une hésitation.

– Non ! On a perdu assez de temps…

Je me déteste pour cette pointe de supplication qui perce dans ma voix.

– OK. À ce soir, alors.

Il me lâche, se lève et endosse son blouson. Même si je sais que je le verrai dans quelques heures, je ne veux pas qu'il parte. Je dois le retenir. Il me jette un dernier regard et s'éloigne. La douleur me vrille le cœur. Je ne supporte pas de le laisser filer.

– Éric.

Il se fige et se retourne. Je l'observe enfin vraiment et tique en remarquant les cernes et la légère barbe qui assombrissent son visage. Je lui ai déjà connu meilleure mine.

– Reste. S'il te plaît. J'ai besoin de toi.

Il me rejoint comme s'il n'attendait qu'un mot de ma part. Il se tient à quelques centimètres de moi et pourtant, la distance me paraît immense. Je saisis les revers de son blouson. Je désire garder Éric contre moi. Ma place se trouve là, et nulle part ailleurs. Je frissonne.

– Tu as froid ? Où est ta veste ?

– Je crois que je l'ai oubliée au bureau. Ce n'est rien.

Il retire son blouson et le pose sur mes épaules. Je suis sur le point de refuser, mais son regard m'en dissuade. Pourquoi diable ai-je laissé partir un homme comme lui ?

– Léonie, on va en discuter ce soir, mais… Je dois savoir, hésite-t-il. Je vais te demander quelque chose, je veux que tu répondes sincèrement.

J'acquiesce, un peu inquiète de cette question pour laquelle il ne peut pas patienter.

– Tu es heureuse avec Grégoire ?

Je m'attendais à tout sauf à cela et l'énervement s'exprime à ma place.

– T'es sérieux ? Si tu décrochais quand je t'appelle, tu aurais la réponse depuis longtemps.

Il me fixe, impassible, dans l'expectative d'une confession de ma part.

– Il n'y a rien entre Grégoire et moi. Il ne s'est rien passé depuis plus d'un an et il ne se passera plus jamais rien. Je suis désolée que tu l'aies trouvé chez moi. C'était un malentendu absurde.

Il scrute mes yeux, à la recherche de je ne sais quelle vérité, toujours silencieux.

– Il est venu à l'improviste. J'étais bouleversée, je n'ai pas réfléchi. Je n'aurais sans doute pas dû, mais je l'ai laissé entrer. Il reste le père de mon fils. J'ai renversé mon verre de vin sur sa chemise par mégarde, il était parti la nettoyer quand tu es arrivé. L'histoire s'arrête là. Je ne ressens plus rien pour lui, pas d'amour, et même plus de haine.

Éric examine maintenant le bout de ses chaussures et je paierais cher pour lire ses pensées.

– Je regrette de ne pas avoir répondu à tes appels, lâche-t-il enfin, mais je devais réfléchir. Je ne veux plus être le second choix, celui qui console et qu'on quitte quand on en a fini avec le chagrin. Jamais.

– Tu n'as jamais été un second choix !

Je suis peinée qu'il m'imagine capable d'une telle horreur.

– Si tu penses ça, j'ai déconné encore plus que je le croyais.

J'ai essayé de me protéger et j'ai agi n'importe comment. J'ai lutté pour ne pas tomber amoureuse, mais ça n'a pas fonctionné. J'ai besoin de toi dans ma vie. Est-ce que tu…

– Vous accompagnez Raphaël Villette ? nous interrompt un jeune médecin que je n'ai pas vu approcher.

Je reprends pied brutalement, acquiesce avec crainte et attends son diagnostic. Éric entrelace nos doigts. Je l'en remercie d'une légère pression.

– Vous avez un drôle d'asticot. C'est votre fils, n'est-ce pas ? demande-t-il en s'adressant à moi.

J'opine de nouveau, incapable de parler. Tant d'émotions se télescopent en moi que je suis au bord de la crise de nerfs.

– Et vous devez être son prof ? poursuit-il à l'attention d'Éric qui hoche la tête à son tour. Il vous a piégés, il a fait semblant de se blesser pour vous obliger à vous revoir.

Éric et moi échangeons un regard perplexe, lui, les coins de la bouche recourbés, refrénant un fou rire, moi, les yeux humides, luttant contre les larmes.

– Il a avoué la supercherie quand je l'ai envoyé à la radio. Il m'a demandé de traîner en attendant que sa mère arrive et que vous discutiez.

– Ce gamin est impossible, ronchonne Éric, mais son ton enjoué empêche d'y croire.

– Je suis vraiment désolée qu'il vous ait fait perdre votre temps…

Le toubib secoue la tête avec un sourire indulgent.

– Il y a des adolescents pires que lui. Son idée était audacieuse et il joue très bien la comédie. Je vais vous le rendre, mais avant, m'autorisez-vous à le plâtrer ? Il le gardera un jour ou deux, histoire qu'il comprenne la leçon.

Ça vous laisse vingt minutes supplémentaires, ajoute-t-il avec un clin d'œil.

Il nous quitte, moi totalement abasourdie, Éric plutôt amusé.

– Vingt minutes, c'est trop court pour ma déclaration, lance-t-il avec un sourire en coin. On devrait aborder des sujets légers en attendant Raphaël.

J'inspire.

Sa déclaration.

J'ai envie de l'embrasser, mais le lieu semble incongru. Je me concentre donc pour trouver un thème neutre.

– Comment s'est déroulé le mariage de ton frère ?

Éric sourit, creusant cette fossette dont je ne veux plus me priver.

– Mal. Je crois que je vais être dispensé de fêtes de famille pendant un moment.

Aïe, j'aurais dû bavarder de la météo, moins risqué.

– Mon père s'est montré égal à lui-même toute la journée, reprend-il. Me trouver à ce mariage sans toi alors qu'on avait prévu d'y aller ensemble, c'était… pénible. Au moment où je partais, il a formulé la remarque de trop.

– Tu veux m'en parler ?

Éric hésite puis hoche la tête.

– Si j'avais répondu à tes questions dès le début, nous n'en serions sans doute pas là. J'ai décidé de ne plus rien te cacher, Léonie. Autant commencer tout de suite. Il a commenté ton absence, s'est dit désolé pour moi que je me retrouve sur le carreau une fois de plus, mais que cela valait mieux, que tu étais trop effrontée. Qu'il ose parler de toi, de nous, c'est comme s'il avait appuyé sur un bouton.

J'ai déversé tout ce que je lui reprochais depuis des années.

Il s'exprime avec calme et semble étrangement serein.

– Tu te sens comment ?

– Soulagé.

– Et pour ta mère ?

– J'y réfléchirai plus tard. Pour l'instant, ce qui m'importe, c'est nous.

Oh que je l'aime, ce « nous » !

Il m'observe, l'air malicieux.

– J'ai su que tu avais filé un coup de main à la soirée, lance-t-il.

– Tu as discuté avec Marie ? Elle t'a invité au resto ?

– Oui.

– Elle est très mignonne.

– Elle va être ravie de l'apprendre. Tu lui plais beaucoup, ajoute Éric, se mordant la lèvre pour ne pas rire. Ton T-shirt mouillé lui a fait de l'effet et je me reprocherai longtemps d'avoir loupé ça. Elle insistait tellement pour obtenir ton numéro que j'ai dû lui jurer que tu préférais les hommes.

J'en reste un instant sans voix.

Quelle idiote !

Il prend ma main, embrasse mes doigts. Le retour de ses lèvres sur ma peau me trouble.

– Je sais que tu tenais au secret, mais j'ai fini par lui parler de nous.

– Ah parce que nous…

– Si tu me pardonnes cette journée atroce chez mes parents, je… Tant pis, je ne veux pas attendre ce soir. Tu as raison, on a perdu assez de temps. J'ai essayé, mais je n'arrive pas à me passer de toi, Léonie. Dès le jour de notre rencontre, j'ai su que j'étais foutu. J'aime ta force et ta fragilité, j'aime toutes tes contradictions. Je sais que tu as peur et que tu détestes prendre des risques. Mais je ne suis pas Grégoire ni ton père. Juste Éric, le type qui désire te rendre heureuse chaque jour.

S'il existe un homme sur cette planète capable de faire mon bonheur, c'est lui. Il mérite que je m'aventure à ses côtés. Je chuchote, comme un aveu :

– Je t'aime.

Voir cette simple phrase illuminer ses traits me donne du courage.

– Excuse-moi de ne pas te l'avoir dit avant. Ces dernières semaines étaient horribles. Je ne veux plus jamais être séparée de toi.

Incapable d'ajouter le moindre mot, je prends son visage entre mes mains et pose mes lèvres sur les siennes. Elles sont douces et chaudes. Et salées. Une larme a fini par m'échapper.

– Je ne veux pas que tu pleures, jamais, murmure-t-il, m'arrachant un rire qui s'étrangle. Ou alors de joie. Ce sera ma seule concession.

– Hum, hum, nous interrompt une voix.

Quelqu'un se trouve dans la salle d'attente et nous observe. Je sursaute en réalisant qu'il s'agit de mon fils. Je m'écarte un peu d'Éric qui me retient contre lui et me recoiffe machinalement.

– Enfin ! J'ai cru que vous n'y arriveriez jamais, soupire-t-il.

Éric rit contre moi et les vibrations de son torse se répercutent dans le mien. Raphaël nous dévisage avec un sourire triomphant. Il tient son bras en écharpe et même si je sais qu'il n'a rien, la vision du plâtre me serre le cœur.

– Tu souffres ?

Quelle mère digne de ce nom ne poserait pas la question ?

– Ça peut aller, marmonne-t-il en détournant les yeux.

Profitant du fait que mon fils regarde ailleurs, Éric me rend mon baiser. Jamais plus je ne m'en passerai.

– En revanche, si vous pouviez éviter de faire vos trucs dégueulasses devant moi, ce serait sympa, s'exclame Raphaël, qui tente de cacher son émotion.

44

Je me maquille avec application dans la salle de bains, sans réussir à m'empêcher de sourire. Malgré une nuit passée à discuter avec Éric (OK, peut-être pas seulement à discuter), je ne ressens aucune fatigue. J'ai l'impression d'avoir de l'énergie pour mille ans. Même Raphaël, qui s'énerve de ne pas parvenir à enfiler son T-shirt à cause du plâtre, me fait rire. Charitable, je décide de lui porter secours.

– Prêt ?

Il me lance un regard torve.

– À ton avis ?

– Viens, mon bébé, maman va t'aider à t'habiller.

Je lui arrache le T-shirt des mains, me mets sur la pointe des pieds pour lui passer la tête par l'encolure. Je maintiens une manche pour qu'il y glisse son bras plâtré, puis l'autre.

– Très drôle, vraiment, ronchonne-t-il. Continue comme ça et je reste en permanence chez papa.

– Oh le coup bas ! T'as pas honte ?

Il éclate de rire et se sert de son bras valide pour m'attirer contre lui. Les câlins deviennent rares quand votre enfant vous dépasse de vingt centimètres, alors je le savoure.

– T’as l’air heureuse, mam’s, ça fait du bien.

Je recule d’un pas pour voir ses yeux et essayer d’y lire ce qu’il pense vraiment.

– La situation ne te dérange pas ?

Il secoue la tête.

– Ça va surtout être bizarre au lycée, mais je suppose que tout le monde s’y fera…

Notre conversation est interrompue par quelques coups frappés contre la porte.

– Je vais ouvrir, me dit Raphaël.

– Non, je m’en charge.

– Ça m’étonnerait. Tu n’as maquillé qu’un œil, je ne voudrais pas que M. Roussel fasse des cauchemars…

Je retourne dans la salle de bains en faisant semblant de râler contre son manque de respect. Un nouvel éclat de rire me répond. Je termine à la hâte l’application du mascara, soucieuse de ne pas les embarrasser en les laissant seuls trop longtemps.

Lorsque je les retrouve, ils sont assis au comptoir de la cuisine, en train de plaisanter. Le spectacle me met la larme à l’œil. Éric s’en aperçoit et se lève pour me rejoindre. Il dépose un baiser chaste sur mes lèvres. Ce simple contact me donne des frissons.

– Tu es superbe.

– Tu dis ça parce que tu ne l’as pas vue avec un demi-maquillage ! intervient Raphaël.

Je fais volte-face.

– Depuis quand tutoies-tu ton prof ?

Mon fils ne répond pas tout de suite, consultant Éric du regard.

– Depuis que je lui ai proposé, enchaîne celui-ci. En dehors de l'école, comme on va être amenés à se voir souvent, ça me semblait logique et plus sympa. Non ?

Oui, bien sûr.

J'ai l'impression de filer à toute allure dans une voiture de course. Pas désagréable, mais légèrement flippant.

– On y va ? demande Éric. J'ai réservé pour vingt heures.

– Tu nous emmènes où ? questionne Raphaël. Parce que si t'as choisi un resto romantique ou un truc du genre, je peux très bien rester ici. Il doit bien y avoir quelque chose à manger dans le frigo.

– Hors de question, s'exclame Éric avant que j'aie le temps de dire quoi que ce soit. Je tiens à ce que tu sois là. On a à discuter de deux ou trois bricoles concernant notre avenir commun.

Mon cœur s'emballe. J'ai une trouille phénoménale que Raphaël réagisse mal. Éric attrape ma main, entrelace nos doigts. Il semble tellement calme que sa présence m'apaise. Tout ira bien.

***

Nous garons la voiture devant la pizzeria préférée de Raphaël. L'homme de ma vie sait y faire pour gagner ses faveurs. Qu'il ait pris la peine de se renseigner sur ses goûts me touche. Car je ne doute pas une seconde que ce soit le cas. Je commence à le connaître. Un coup d'œil dans le rétro me confirme qu'il a visé dans le mille. Mon fils arbore un large sourire.

Nous nous installons dans un coin de la salle. Pour les autres clients, nous devons ressembler à n'importe quelle famille. La sensation est étrange. Nouvelle et agréable.

Un serveur nous apporte les cartes et l'attitude de Raphaël ne m'échappe pas. Il se tient droit comme un I sur sa chaise, nous dévisage tour à tour sans consulter son menu, l'air renfrogné.

– Tu ne regardes pas la carte ?

– Je la connais par cœur, je sais déjà ce que je vais prendre. On devait discuter, non ?

Le ton flirte avec l'agressivité, mais j'y décèle plus d'appréhension que d'hostilité. Je l'espère. Éric ferme son menu en souriant et ma gorge se noue.

– Bon… je commence ? Un des problèmes qui se posait, c'était que je sois ton prof, n'est-ce pas ?

La mâchoire contractée, Raphaël opine.

– Eh bien, ce sera fini dès septembre.

– Quoi ? Mais…

– Je suis allé voir le directeur cet après-midi. Je lui ai tout expliqué et il est d'accord pour m'affecter à une autre classe. J'espère que cela te convient.

Mon fils est figé, il semble à peine respirer. Tandis que mon cœur me martèle la poitrine, j'insiste avec douceur :

– Raph ? La solution te convient ?

Il hoche enfin la tête.

– J'avoue que ça me soûle de te perdre comme prof, mais je pense que je gagne au change en t'ayant comme… beau-père ? ajoute-t-il avec une moue circonspecte.

– Beau-père, oui, tant que ta mère veut bien de moi.

Je lui donne un coup de poing sur le bras pour le punir de plaisanter là-dessus. Il est trop tôt pour blaguer sur le sujet. Et de toute façon, je ne peux plus imaginer ma vie sans lui.

– OK. Il y avait autre chose ? questionne Raphaël.

Éric se tourne vers moi. Cette partie-là de la discussion me revient. Mon fils nous regarde avec attention, cherchant sur nos visages des indices à interpréter.

– Vous allez vous marier ? C'est ça ?

– Non. Éric et moi ne sommes pas très emballés par l'idée d'un mariage. En revanche…

– Oh merde, murmure soudain Raph, me dis pas que t'es enceinte !

– Quoi ?

Vu les grimaces de mes compagnons de table, j'ai dû glapir des notes très aiguës.

– Bien sûr que non, Raphaël ! Je… non, non, non… Rien à voir.

J'ai des sueurs froides. Il faut que je lui explique avant qu'il passe en revue d'autres hypothèses plus rocambolesques encore.

– Voilà, maintenant que tout va bien, nous avons décidé…

Je reprends ma respiration et me lance.

– D'ici quelques mois, le temps de tout organiser, nous allons vivre ensemble.

– Oh.

Ses épaules s'affaissent, il paraît soulagé et je choisis d'y voir un signe encourageant.

– Tu viens habiter chez nous ? interroge-t-il en s'adressant à Éric.

Ce dernier me consulte du regard, me laissant répondre.

– Non, Raphaël, c'est nous qui irons habiter chez Éric. Sa maison est plus grande que notre appartement, un peu retirée de la ville, avec un jardin.

– Tu y auras ta chambre, précise Éric, que tu pourras décorer comme tu l'entends. Ce sera chez vous autant que chez moi.

– Cool, s'exclame-t-il avec un sourire éclatant.

Voilà ? « Cool » et c'est tout ?

– C'est tout ? interroge Raphaël en écho à mes pensées.

– Comment ça ?

– Vu vos têtes de conspirateurs embarrassés, je m'attendais à des bouleversements importants.

Mais que faut-il donc à un ado pour le perturber ? Sa mère a un homme dans sa vie, nous déménageons et il veut savoir s'il n'y a que ça. Bien.

– C'est tout, oui, répond Éric. Ah non, juste un détail… Demain, nous irons te faire enlever ce plâtre.

Raphaël blêmit un peu, ouvre la bouche, la referme sans émettre le moindre son. Là, ça y est, il est perturbé. Enfin.

– Vous saviez ? finit-il par demander, du bout des lèvres.

Éric et moi éclatons de rire de façon synchrone.

– Mais c'est dégueulasse ! Vous êtes des sadiques ! Quand je pense que je me suis sacrifié pour que vous puissiez vous revoir. Vous ne le méritez pas, finalement.

S'il savait que nous avions déjà rendez-vous hier…

ÉPILOGUE

Un an plus tard

Assise en tailleur sur la plage, je laisse le doux mouvement des vagues m'hypnotiser. Seule, je savoure quelques instants de calme, offrant mon sourire à l'horizon. Je suis heureuse, je n'ai jamais été aussi sûre de quelque chose. À une cinquantaine de mètres de moi, se dresse la maison louée pour le week-end. À l'intérieur, nos amis, toujours fidèles et déjantés, et mon fils.

C'est Éric qui a eu l'idée de les réunir pour une fête. Nous ne voulons d'un mariage ni l'un ni l'autre. Ce long week-end de l'Ascension est l'alternative parfaite pour célébrer notre couple. Jusqu'à présent, ce séjour est une réussite. Rires, discussions et complicité. Promenade pour les uns, repos pour les autres, et même sieste crapuleuse pour Claire et Paul, délestés de leur petit Lucien tout neuf, grâce à la gentillesse de Béatrice. En fin d'après-midi, chacun a mis la main à la pâte pour cuisiner le repas de gala de ce soir, sous les ordres joyeux de Pio.

Mon cœur est tellement gonflé de bonheur qu'il menace

d'exploser d'une seconde à l'autre. Je ne pourrais pas me sentir mieux.

– Tu n'as pas froid ? demande mon homme de cette voix qui me chavire depuis plus d'un an.

Son apparition me fait mentir. Il est possible d'être encore plus heureuse, la preuve. Il s'installe derrière moi et m'emprisonne entre ses bras et ses jambes. Je me laisse aller contre son torse et quelques cheveux s'accrochent à sa barbe naissante. Sa chaleur m'enveloppe. Je souris au point de risquer un claquage des zygomatiques.

– C'est beau, tu ne trouves pas ?

Je devine qu'il hoche la tête. Il resserre sa prise et m'embrasse dans le cou. Je frissonne et le froid n'y est pour rien.

– C'est pas mal, pas aussi magnifique que toi, mais pas mal.

– Flatteur.

– Honnête. Je t'aime, Léonie.

Nous échangeons ces trois mots chaque jour et pourtant ils m'émeuvent toujours. Je suis pleinement consciente de ma chance, je la savoure encore et encore.

– Je t'aime aussi.

Ses mains se glissent sous le tissu du T-shirt, effleurent mes côtes, mon ventre. Mon souffle se perd.

– Où vas-tu comme ça ?

– Avec toi ? Où tu veux, murmure-t-il contre mon oreille. Mais dans l'immédiat, je songeais à une douche. Le grand chef a annoncé qu'on passait à table dans trois quarts d'heure.

Je devine la proposition à peine camouflée, mais je choisis de jouer un peu.

– Ça va être juste si on prend tous les deux notre douche.

– J’ai bien une idée pour gagner du temps et économiser de l’eau…

Ses dents se referment doucement sur le lobe de mon oreille. Le bougre a de solides arguments.

– Mais que vont penser les autres si on s’éclipse comme ça ?

– Ils ne s’en apercevront même pas. Raphaël et Layla préparent l’apéro. Claire et Paul se remettent de leur sieste. Béatrice discute avec Marie dans le salon. Pio et Anna sont toujours aux fourneaux…

Je pivote et nos lèvres se rencontrent presque par hasard. Presque. Je respire son parfum.

– Et enfin, Octave et Auguste se disputent devant *Questions pour un champion*. L’étage est à nous, conclut-il.

– Tu as tout planifié…

L’idée est plus que tentante. Lui, moi, une douche. Que désirer de plus ?

– Cette invitation s’autodétruira dans quelques minutes, ajoute Éric sur le ton de la plaisanterie, avant de se lever.

Je me retourne, l’observe. Il est toujours tellement séduisant. J’aime son regard franc, sa fossette au menton que je devine malgré la légère barbe, ses lèvres douces que je ne me lasse pas d’embrasser. Il affiche un sourire aussi large que le mien et me tend la main pour m’aider à me relever. Emportée par son élan, j’atterris tout contre lui.

– Alors ? Tu m’accompagnes ? demande-t-il.

– Avec toi, j’irai où tu veux.

FIN

REMERCIEMENTS

Avant, quand je lisais un livre, je trouvais toujours dingue de voir autant de personnes remerciées à la fin. Depuis, je me suis inscrite sur une plateforme d'écriture et j'ai compris. Une histoire, ce n'est pas juste une personne qui tente de créer des personnages et de les mettre en scène. Je suis convaincue que le processus ne peut aboutir si on est seul face à son écran. L'histoire de Léonie existe grâce à mes précieux lecteurs de la première heure.

Je remercie en tout premier lieu mon mec, pour ses incitations à agir quand je sombre dans l'immobilisme et pour m'inspirer chaque jour. Merci aussi d'avoir pris le temps de me lire et de me donner ton avis. Sans toi, je n'aurais jamais osé partager mes écrits, et encore moins envoyer mon manuscrit à des maisons d'édition. Sans toi, tout ceci n'aurait sans doute même pas existé. Je t'aime.

Merci aussi, à toi et à nos enfants, de m'avoir laissé le temps d'écrire. Je vous aime, mes kids.

Je souhaite remercier mes deux fidèles bêta-lecteurs :

Kirsten Reeves, avec qui je partage l'amour de la romance pas mélo et bien d'autres références. Merci pour ton soutien, nos discussions sur le fond, ton avis précieux.

Peter Dussoni, pour ta sincérité et ton formidable travail de « coaching mental ». Je te dois beaucoup, merci d'être toujours là.

Tous les deux, vous avez droit à un merci spécial pour votre relecture attentive suite aux adaptations et aux modifications apportées à ce texte. Votre aide est inestimable.

Merci aussi à :

Anne-Christine B. pour son œil de lynx et sa parfaite maîtrise du français.

Mille Milles, pour ses suggestions délirantes. Avec celles d'Anne-Christine B., elles ont fini par déteindre sur moi.

Noxthelie, traqueuse d'incohérences, pour avoir poussé ma réflexion par ses questionnements, même si ses annotations m'ont souvent fichu la trouille.

Geo pour sa lecture sans concession et son honnêteté. Merci d'avoir osé me dire quand le récit devenait moins bon.

G. E. Froideval, *aka* Gigi, pour son enthousiasme et ses fabuleux commentaires, pour sa fidélité sans faille à mes débuts et la publicité qu'elle m'a faite.

CM Le Guellaff, j'admire tellement ton style qu'un retour positif de ta part est toujours un encouragement énorme.

En six mois, grâce à vous, j'ai l'impression d'avoir plus appris qu'en vingt ans d'écriture solitaire.

Enfin, je souhaite remercier la maison d'édition Déliées, Sophie pour avoir retenu mon manuscrit et suggéré quelques améliorations, Maud pour nos échanges toujours sympathiques et positifs, et toute l'équipe qui œuvre en coulisses et grâce à laquelle ce livre existe.

À vous tous et à ceux que j'ai forcément dû oublier, merci.

EXTRAIT

Super Mums
Parfaitement imparfaites !

DELINDA DANE, LUDIVINE DELAUNE,
SONIA ESKA ET NOÉMIE LORENA

1

Ninon

Ouvrir la porte tout doucement, entrer dans l'appartement à pas de loup… Autant qu'un loup fatigué peut le faire, et poser tout son barda à même le sol parce que… parce qu'il est deux heures du matin, parce que je repars dans peu de temps et parce que… merde, je suis chez moi, je fais ce que je veux !

– Tu rentres ou tu sors ?

Je sursaute et me retourne pour contempler ma mère qui s'avance vers moi, enroulée dans sa robe de chambre. Elle a les cheveux en bataille, le visage épuisé d'une veuve de 60 ans qui vit avec sa fille et ses deux petits-enfants.

– Je rentre. J'ai été appelée pour une enquête décès. Rien de grave, maman…

– Ninon, je ne m'habituerai jamais à t'entendre dire « décès » et « rien de grave » dans la même phrase. Tu es en intervention depuis quelle heure ?

– La salle de commandement m'a contactée à minuit. Je m'étais couchée à peine une demi-heure avant… J'espère que le reste de la nuit va être calme. Va dormir, maman, désolée de t'avoir réveillée.

– Ne t'inquiète pas, je bois un verre d'eau et je me recouche. Au lit, ma fille ! Ce téléphone de malheur peut sonner d'une minute à l'autre.

Je passe devant elle, dépose un baiser sur sa tempe et entre dans le couloir menant aux chambres. Je devrais suivre ses conseils, mais mon instinct me pousse à ouvrir la porte de droite pour entendre la respiration régulière de ma petite puce. J'approche du lit et me penche afin de remettre la couette sur le corps miniature, endormi et paisible de ma fille de 5 ans. Un doux baiser sur sa joue rebondie me redonne une sorte d'énergie improbable, je ressors en marche arrière, la gardant le plus possible dans mon champ de vision. Puis, j'ouvre la porte grinçante de la chambre suivante et vois le buste de mon fils se relever par surprise.

– C'est maman, mon chaton…

Son torse s'écroule en arrière et le petit ronflement adorable de mon dynamique garçon de 3 ans reprend. Encore cette couette à replacer, ce baiser tendre à déposer et cette fuite, sans le lâcher des yeux. Mon Dieu, que j'aime mes enfants, plus que tout l'or du monde ! Mais lorsqu'ils dorment, je crois que je les vénère. Ils sont beaux, sentent bon, acceptent ma douceur sans bruit.

Quel bonheur !

Maintenant, c'est ma chambre, mon lit, ma respiration qui se calme et je sombre dans les bras de Morphée. Quelle sensation délicieuse, la tension baisse au même rythme que mes paupières et je me sens déjà toute légère, prête à faire des rêves à n'en plus…

– Mamaaaaaaaaaaaaaan !

Oh, putain ! Finalement, je les déteste !

Je me relève d'un bond et cours dans le couloir pour rejoindre Salomé. Pourtant, c'est elle la plus sage, elle qui se débrouille le mieux… Pourquoi faut-il qu'elle m'appelle l'unique nuit où son frère dort ?

Pourquoi ?

– Qu'est-ce qu'il y a, ma puce ?

– Bah, j'ai eu peur parce que j'avais enlevé ma couette, mais elle est revenue toute seule sur moi. Tu crois qu'elle a des pouvoirs magiques ?

Eh bien voilà…

À quoi ça sert de faire la mère parfaite et d'embrasser ses enfants en pleine nuit ? La prochaine fois, elle pourra bien congeler sur place que je ne l'aiderai pas !

Chier !

– C'est moi qui suis venue te border, mon ange. Les couettes n'ont pas de pouvoirs.

– Mais pourquoi tu m'embêtes ? T'es pas gentille, maman !

Mâchoire serrée, inspiration lente et contenue…

– Oui, moi aussi je t'aime, bonne nuit.

Je sors en essayant de me calmer, tombe nez à nez avec ma mère et son air accusateur.

– Quelle idée d'aller les border à cette heure-ci ? Je ne faisais pas cette erreur, moi.

– Ça ne risquait pas, tu n'étais jamais là.

– Tu ne peux plus me faire de reproches, je me rattrape nettement maintenant.

Surtout ne pas rentrer dans ce débat en plein milieu de la nuit et profiter de l'occasion pour lui demander de jouer à la baby-sitter parfaite.

– Tu as raison. D'ailleurs, samedi prochain j'ai une soirée avec Lynéa, donc je t'embauche comme nounou. Merci !

Je n'attends pas sa réponse, ferme la porte de ma chambre et saute dans mon lit, espérant m'endormir rapidement.

***

Une sale musique me perce les tympans, j'ai du mal à savoir d'où elle peut provenir… Mon cerveau s'extrait péniblement de son sommeil profond et s'active tout à coup à la vitesse de la lumière.

Bouge ton cul, Ninon, c'est le boulot !

Je grogne, de dépit, de fatigue et d'excitation en entendant mon téléphone sonner. Il est greffé à mon corps depuis le vendredi matin où je prends mon astreinte, jusqu'au vendredi suivant, où je la rends. Toujours cette même ébullition au départ et ce soulagement à la fin, oscillant entre les constatations d'accidents, de violences en tout genre et autres faits délictuels et criminels ; mon quotidien est dénué de routine. Dimanche a disparu, la lueur du lundi commence à pointer son nez et j'ai dormi à peine six heures depuis que je suis en possession de ce mobile de malheur… Je tends difficilement mon bras jusqu'à la table de chevet et décroche.

– Identité judiciaire, j'écoute !

– Salut, c'est encore la salle de commandement. Je te réveille ?

– Non, il est cinq heures du mat', je faisais une séance de stretching. C'est pour quoi ?

– Ninon, j'adore ton humeur matinale… Tu dois te rendre au 95, rue Maréchal-Juin pour un incendie. Le feu a ravagé la Maison des associations et certains appartements des immeubles alentour ont également chauffé.

– Je peux y aller dès maintenant ou ça crame encore ?

– Les pompiers terminent et l'officier t'attend sur place.

Je m'habille à la hâte, prends le temps de griffonner un mot pour ma famille sur le bloc-notes posé sur la table de la cuisine et file faire le travail que j'aime !

***

J'ai dit quoi déjà ?

Ça fait deux heures que je mitraille les décombres fumants de la Maison des associations avec mon appareil photo. C'est sale, ça pue, il pleut et j'ai faim. Et sommeil aussi, c'est la misère ! Les enfants sont à l'appartement, au chaud, et avalent leur petit déjeuner. J'ai envie d'être avec eux, de les prendre dans mes bras, de leur faire des câlins et de parler de leur journée…

Quoique…

Lenzo va bien réussir à renverser son bol de lait et ébouillanter sa sœur, tandis que Salomé va hurler lorsqu'il faudra lui brosser les cheveux. Finalement, j'opte pour la pluie et la suie, si je pouvais juste avoir un croissant ou un truc à me mettre sous la dent, ça ne serait pas de refus.

– Ninon, viens par ici !

Marc, l'officier de liaison, approche en faisant de grands signes. Je m'extrais des décombres pour le rejoindre.

– Je te présente le commandant Lebraux, il organise les opérations et a une demande particulière à formuler.

Je réponds par un hochement de tête, attendant que le pompier enlève son casque rutilant. J'imagine que ce n'est pas lui qui a passé des heures à éteindre ce feu, vu la propreté de son uniforme. Je n'aime pas la hiérarchie, les grades et la discipline que cela incombe. Pourquoi suis-je fonctionnaire de police ? La question est intéressante, mais ce n'est ni le lieu ni l'heure d'ouvrir ce genre de débat. J'ai à peine commencé ma journée et je suis déjà trop épuisée pour philosopher.

Mais non, suis-je bête, ma journée a débuté il y a soixante-douze heures !

Le commandant découvre enfin sa tête et je reste quelques secondes à observer les traits de son visage cachés sous une barbe fournie mais entretenue. Je remonte un peu et évite de montrer mon plaisir en plongeant dans son regard océan.

Finalement, je veux bien qu'il me donne des ordres.

Il a tout ! Il est grand, épais – je peux le déceler sous son gros manteau ignifugé –, certainement musclé vu son métier. J'ai envie de coller sa bouche pulpeuse entre mes jambes et je reste en haleine lorsqu'il ôte ses gants pour me serrer la main.

Par pitié, faites qu'il n'y ait pas d'alliance… Et merde !

– Bonjour, Marc dit que vous seriez la personne idéale pour mes exigences.

Ce n'est pas faux, je suis même la personne idéale pour tes nuits, et peut-être bien pour ta vie, si jamais tu penses un jour enlever cet anneau de malheur !

En attendant, mon excitation est au point mort et ma motivation a foutu le camp. Je lui demande malgré tout de continuer à parler, puisant dans mon instinct professionnel. Il poursuit en me souriant, puis pointe son doigt vers une tour voisine.

– Pour avoir une vision d'ensemble, j'aimerais que vous preniez des photos depuis les toits de l'immeuble. Cela nous permettrait de déterminer le lieu du départ de feu.

Mais bien sûr!

J'ai dormi trois heures cette nuit, donc, pour me fatiguer un peu plus, autant grimper un bâtiment de sept étages par les escaliers. Faut pas me prendre pour une demeurée, je sais que l'électricité est coupée dans le quartier, et que l'ascenseur est hors d'usage. Vive la séance de step gratuite… Et merci qui? Merci commandant « Beau gosse » Lebraux.

Au cinquième palier, je fouille frénétiquement dans toutes les poches de mon blouson de travail pour trouver mon téléphone qui hurle telle une alarme de voiture. En regardant le nom de l'appelant, j'ai juste envie de raccrocher, ou de le balancer par une fenêtre, mais j'appuie malgré tout sur la touche verte.

– Oui maman, il y a un problème?

– Je cherche le cartable de Lenzo partout. Une idée?

N'ai-je donc rien d'autre à faire que de savoir où se trouve le sac de mon fils?

– Aucune idée et je suis occupée, alors qu'il parte sans, c'est pas grave.

La voix de ma mère vrille, je déteste sa façon de dramatiser notre quotidien et souffle un peu plus en accédant au sixième étage.

– Mais tu n'y penses pas, ton fils est désespéré et je ne sais pas quoi faire!

– Son cartable ne sert à rien, Lenzo est en maternelle, bordel! C'est juste une déco inutile et… allô? Allô?

Ah oui, je déteste aussi lorsqu'elle me raccroche au nez. Parfois, je rêve de lui hurler dessus ou de la secouer comme un pantin désarticulé, la virer de chez moi, lui botter les fesses, ou… Mais je suis une maman célibataire et je n'ai d'autre choix que d'accepter ses sautes d'humeur en contrepartie de son aide.

C'est ma croix…

J'arrive en haut de l'immeuble. Je ne pense qu'à me laisser tomber dans le vide tant ma fatigue et mon énervement m'oppressent. Lorsque je suis d'astreinte, j'aimerais oublier le reste du monde, ne me consacrer qu'à mon travail, à la précision que chaque intervention me demande. C'est compter sans mon quotidien en pagaille et ma vie à mille à l'heure. Je regarde les décombres trente mètres plus bas, ça fume toujours. Ce tableau résume bien mon humeur du jour, un désordre sombre et dangereux dont on ne connaît pas encore la cause. Vivement le week-end et cette soirée entre copines que j'attends avec impatience. C'est mon seul moment de répit, mon unique récréation… Quelques heures négociées pour souffler et redevenir une femme.

J'ai besoin de picoler!

Je pense au cocktail que je pourrai me préparer tout en déclenchant mon appareil photo. Je balaye la zone pour n'oublier aucun détail et envisage de redescendre, vu que mes cuisses ont fini de souffrir, lorsque mon portable sonne.

Pitié, mais foutez-moi la paix!

Je retrouve mon téléphone perso rapidement pour constater que c'est mon mobile professionnel qui hurle dans une autre de mes poches. Je touche le fond, avec l'envie furieuse de me cacher sous la couette et me réveiller le jour de ma retraite. Je veux oublier le monde vivant et hiberner dans les profondeurs d'une grotte, mais… pour l'instant, je décroche.

– Oui!

– Euh… Ninon, c'est Thibault. Est-ce que vous pouvez…

– Thibault qui ? Non parce que, soyons clair, entre ma mère qui me tape sur le système, mon manque de sommeil et un pompier sexy qui m'a fait monter sept étages pour établir un beau rapport à sa hiérarchie, je n'ai pas ma journée, alors sois concis !

– C'est le pompier en question… le commandant Lebraux. Hum, je… je voudrais que vous fassiez des clichés de la zone la plus excentrée. Rapprochez-vous du bord, je vais vous montrer d'où je suis.

– Je peux savoir qui vous a donné ce numéro ?

– C'est Marc. L'interrogatoire est terminé, on peut travailler ?

Respire Ninon, respiiiiiire. Tout ça n'est qu'un malentendu. Tu vas t'avancer en oubliant tes idées suicidaires et exécuter les ordres. Rien de plus simple, tu es faite pour ça.

Le commandant me montre ce qu'il veut en pointant la main vers l'entrée opposée. Il est séduisant, même d'ici, ce qui lui donne un sacré avantage pour ne pas l'envoyer balader.

– C'est bon, vous avez réussi à zoomer sur la zone ? me demande-t-il avec insistance.

– Évidemment, vous croyez quoi ? Vous avez d'autres instructions ou je peux descendre ?

– Je vous attends en bas, merci.

« Je vous attends en bas… Je vous attends en bas… » Il n'a pas autre chose à faire, sérieux ? Il n'a pas d'hommes à aider, un rapport à pondre, des consignes à diffuser à son équipe ? Je n'ai pas besoin qu'il m'attende, je n'ai pas envie de parler. Je veux juste rentrer au bureau, avoir le temps de boire un litre de café serré et m'abrutir devant mon ordinateur pour sortir les albums photographiques de mes dernières interventions. Je ne suis pas très sociable lorsqu'il me manque quelques heures de sommeil, donc quand il s'agit de plusieurs nuits, je deviens exécrable. Je tente de l'éviter en m'écartant de la zone sinistrée, mais il m'alpague et parle d'une voix plus douce.

– Merci pour votre travail, je pense que notre expert en incendie serait intéressé par vos clichés. Est-il possible de les récupérer ?

Je lui dis ou pas que je ne bosse pas pour les autres, que mes photos sont pour les enquêteurs et que son expert à la con peut aller se faire… ?

Non, je ne lui dis pas.

– Je donnerai mon album à Marc, il le fera suivre si besoin.

Le soldat du feu penche la tête et commence à sourire en continuant ses interrogations. Mon Dieu qu'il est attirant, quel dommage que son large manteau cache son corps ! J'aurais aimé le détailler, par curiosité, par envie, pour récompense.

– Mauvaise nuit ?

– Courte. Vous avez besoin d'autre chose ?

– Une dernière question, si vous me le permettez…

Ai-je une alternative ? Je lui fais un signe du menton en essayant de ne pas être trop désagréable. Il continue sur sa lancée, sans se départir de ce sourire insupportablement délicieux.

– Vous êtes toujours comme ça ou c'est le manque de sommeil ?

– Je choisis la seconde option. Je peux y aller ?

– Je vais attendre un peu pour le reste. Bonne journée, Ninon.

Il se retourne déjà et je réagis avant qu'il ne sorte de mon champ de vision.

– Attendre pour quoi ?

Il ne répond pas et, après tout, peu importe. Il patientera pour avoir ses clichés et les précisions que je peux apporter à l'affaire.

EXTRAIT

Et si je rêve… tant mieux !

SOPHIE BÉNASTRE ET MARION VAUJOURS

1

Aussi loin que puisse voir Gaëlle, le velours gris de la route s'étire à l'infini, doux et embrumé dans la lumière du jour qui se lève. Les enfants dorment, la tête penchée sur la poitrine. Gaëlle sourit en voyant dans le rétroviseur la bouche grande ouverte de Tom. Il rêve aux anges, comme disait la grand-mère de Gaëlle quand elle était petite.

Gaëlle commence à avoir des fourmis dans les reins, elle bouge légèrement sur son siège. Elle tient son volant d'une main, son autre main blottie au chaud entre ses cuisses, une mauvaise habitude comme tant d'autres. Si Fabrice avait été là, il lui aurait dit : « Les deux mains sur le volant, Gaëlle, tu as la responsabilité de nos vies, je te rappelle ! » Il râle toujours quand elle conduit. Cela lui fait drôle qu'il ne soit pas avec eux. Il aurait pu les accompagner, ça aurait fait plaisir aux enfants, eux qui ont déjà bien du mal à accepter ce déménagement imprévu.

Il est vrai que le départ a été un peu précipité. Mais parfois la vie vous envoie des signes et vous sentez que vous ne pouvez pas les ignorer. Il faudra sans doute du temps à Tom et Lola pour digérer ce brusque changement de vie, mais Gaëlle est confiante. Elle croit en la magie du Pays basque, son Pays basque, le paradis de son enfance qu'elle va enfin retrouver. Elle n'y est pas retournée depuis la mort de son grand-père et la perte de leur maison. Plus de quinze ans sans gonfler ses poumons de ce vent pur, sans se laisser bercer par le bruit des vagues.

Elle jette un œil à son GPS. Ils viennent de dépasser Angoulême. Elle a du mal à croire que dans un peu plus de trois heures, elle pourra enfin plonger son âme dans l'océan. Son grand-père disait que c'était le meilleur remède aux baisses de moral et aux chagrins d'amour. Quand il voyait sa petite-fille boudeuse ou triste, Bixente la chassait d'un geste de la main : « Va plonger ton âme dans l'océan, Pitchoune ! Les vagues vont te nettoyer ! Allez zou ! » Et il avait raison. Elle revenait apaisée. Rien ne résiste à la puissance de l'océan. Elle va peut-être devoir y faire un tour en arrivant.

Lola gigote sur le siège passager. Elle change de position et rabat rageusement sa capuche sur son visage. Même dans son sommeil, elle reste fâchée contre sa mère. Elle a attaqué alors qu'ils n'avaient même pas encore quitté la région parisienne.

***

– N'importe quoi ! C'est juste n'importe quoi !

C'est la même rengaine qu'elle ressasse en boucle depuis trois mois. Gaëlle soupire et lui fait la même réponse que les fois précédentes.

– Ce n'était pas prévu, chérie. Je te jure. Je te le répète, j'ai postulé un peu par hasard. Je n'y croyais pas. Il y avait tellement de candidats. Tout le monde veut aller vivre dans le Sud. Tout le monde.

– Eh ben pas moi. Et Tom non plus d'ailleurs.

– Tom répète tout comme toi. Arrête de t'en servir. Ce n'est pas très correct.

– Correct ? Correct ? Parce que c'est correct de nous faire quitter notre vie en plein milieu d'année ? C'est correct qu'on perde tous nos copains ?

– C'est dégueu, intervient Tom qui jusque-là est resté silencieux.

Lola continue comme un disque rayé :

– Correct de nous emmener dans une région qu'on n'a même jamais visitée ? Correct de nous faire passer notre premier Noël sans papa ?

– Tu sais très bien qu'on passera Noël tous ensemble, je te l'ai déjà expliqué. Ou il viendra nous voir, ou on reviendra à Gagny, mais de toute façon…

– Ce sera quand même pas comme d'habitude ! la coupe Lola.

– On n'a pas pu faire autrement. Pour nous aussi, c'est beaucoup de changements, les enfants. On a bien conscience de vous brusquer, mais…

– Ouais, c'est hyper violent ! aboie Lola.

– Oui, hyper violent ! renchérit la petite voix de Tom à l'arrière.

– Le Pays basque ! Le Pays basque ! Tu nous rabâches ça depuis trois mois ! Genre… un paradis… C'est pas les Seychelles non plus ! Et puis, si c'est un endroit si merveilleux, pourquoi vous nous avez jamais emmenés en vacances là-bas, hein ?

– Lola, c'était trop dur pour moi. La mort de mon grand-père m'a… bouleversée. Et qu'on soit obligés de vendre notre maison…

Dans des conditions si dures… ça m'a achevée.

Lola regarde sa mère à la dérobée. Elle voit bien comme Gaëlle est troublée. Elle se radoucit un peu.

– Oui ben, désolée mais nous, on l'a pas connu. À part quelques photos, tu nous as jamais rien raconté.

– Je sais. Je vais me rattraper. Je vais vous faire découvrir tout ça. Il y a le club de plage que tenait mon grand-père, il va falloir attendre les beaux jours pour qu'il soit remonté, mais il faut absolument que vous le voyiez. C'était toute sa vie. Et puis, je vous montrerai notre maison. Gure Etxea.

– C'est plus la nôtre, maman.

Le ton de Lola est plus sec qu'elle ne l'aurait voulu. Mais c'est trop tard et elle voit sa mère pâlir.

– Merci de me le rappeler, Lola.

– Pardon, mamoun !

Lorsque sa fille l'appelle comme ça, c'est qu'elle souhaite se faire pardonner. Mais Gaëlle garde les yeux rivés sur la route en serrant les dents. Tom attend un peu que l'orage passe avant d'intervenir :

– Moi, c'est mon école que je veux voir.

Gaëlle lui jette un sourire par-dessus son épaule. Le garçon a besoin d'être rassuré. L'école est pour lui une source d'inquiétude. Pas par manque de capacité intellectuelle. Non, de ce côté-là, il n'y a aucun souci. Mais Tom est un peu timide. Solitaire. Il n'y a qu'avec son père qu'il parvient à s'ouvrir réellement.

– Oui, Tommy, on fera ça. On a deux semaines de vacances pour se préparer, ne t'inquiète pas. Nos affaires sont déjà sur place. Vous allez voir. Vos chambres sont bien plus grandes qu'à Gagny et puis, j'ai pensé qu'on pourrait…

– Quoi ? demande Lola, inquiète.

– Quoi ? répète Tom.

– On pourrait... adopter un bébé chat !

– Sérieux ? (Lola affiche un air outré.) T'es sérieuse, maman ?

– On a un jardin donc oui, ça me paraît... envisageable.

Lola soupire bruyamment.

– C'est vraiment dégueu d'acheter ton fils avec un chaton ! N'importe quoi ! Et c'est moi qui me sers de mon frère ! J'hallucine.

– Sauf que là, c'est pas dégueu, affirme Tom, parce que moi, j'ai toujours voulu un chat.

La jeune fille grogne d'un air dégoûté et se recroqueville vers la portière.

Gaëlle préfère en rester là. Elle n'est pas fière de « la technique du chat » ! Mais il faut bien tenter d'adoucir cette rupture avec la vie passée.

***

Le soleil s'élève rapidement au-dessus de l'horizon. Gaëlle abaisse le pare-soleil et vérifie que les enfants dorment toujours. Elle veut profiter de ce moment de calme pour réfléchir encore. Autour d'eux, le paysage commence déjà à changer, laissant place à des collines verdoyantes, parsemées de chevaux et de moutons.

Tout a été si vite, songe-t-elle.

Un jour, dans la salle de repos, alors qu'elle buvait son café en parcourant distraitement les offres d'emploi en interne, elle est tombée sur l'annonce : « Homerama recrute pour ce magasin un/une responsable du rayon Luminaires. » Ses yeux se sont bloqués sur la localisation : « FR-Pyrénées-

Atlantiques-Saint-Jean-de-Luz. » Sa tête s'est mise à tourner. Elle a dû s'asseoir et prendre une grande inspiration. Une fois calmée, elle a lu et relu l'offre. Ce poste était fait pour elle. Elle avait la qualification. Et Saint-Jean-de-Luz… En une seconde, elle a su qu'elle rêvait d'y retourner. Elle a laissé son âme là-bas. Et les choses se sont terminées d'une manière si violente, elle en a encore le goût amer dans la bouche. C'était l'occasion ou jamais de boucler la boucle, de recoller les morceaux restés brisés dans son cœur.

Mais il allait falloir convaincre Fabrice. Le soir même, une fois les enfants dans leur chambre, alors que Fabrice et elle étaient installés sur le canapé, elle s'est jetée à l'eau.

***

– Je sais que c'est un peu fou Fabrice, mais je crois que c'est le genre d'occasions qui ne se présente pas deux fois. Je peux toujours postuler, ça n'engage à rien ?

– Tu peux, oui.

– Tu serais prêt à bouger, toi ?

– Tu sais que depuis l'arrivée de Mainard, c'est pas vraiment la joie à l'agence, alors chercher ailleurs, pourquoi pas.

– C'est vrai que c'est un sacré con celui-là.

– Il me rend fou, tu veux dire. Aujourd'hui, il a signé la petite maison à Montreuil. J'étais dessus depuis quinze jours. Vingt et une visites et c'est lui qui l'a vendue. Ce mec me pique une affaire sur trois.

– Et vivre à Saint-Jean-de-Luz, ça te dirait ?

– Je sais pas trop. C'est le genre de coins qui est vivant en été, mais le reste de l'année, c'est pas un peu mort ?

– Je ne crois pas, non… hésite Gaëlle.

Fabrice a toujours été un Parisien pur jus, amoureux de la ville, de sa foule, du bruit et de l'agitation.

– Mais bon, reprend-il en haussant les épaules, comme tu dis souvent, qui ne tente rien n'a rien. Si jamais tu es retenue pour le poste, ce qui, si j'ai bien compris, a peu de chance d'arriver, eh bien, je viendrai. Partir loin de Mainard me tente assez. J'imagine qu'il doit y avoir du boulot dans l'immobilier par là. Si ça ne colle pas, il sera toujours temps d'aviser.

Il étend ses jambes devant lui.

– Et puis, j'y ai de bons souvenirs, ajoute-t-il, l'air malicieux.

Elle lui sourit en retour, les yeux brillants. Ils ont passé leurs premières vacances en amoureux là-bas. C'est la seule et unique fois où Fabrice a pu voir Bixente, la maison et le club de plage. L'année d'après, Bixente est mort et la maison a été vendue.

– On était bien, hein, c'était le bon temps ! soupire Fabrice en posant un bras sur ses épaules.

Elle se blottit contre lui.

– Pas d'enfants, pas de factures, pas de problèmes de boulot. On était jeunes et insouciants et si je me souviens bien, on a dû faire l'amour dans à peu près toutes les pièces !

Elle rit et se rapproche de lui pour l'embrasser. Il est séduisant avec sa chemise un peu ouverte, ses cheveux ébouriffés par la fatigue et cette allure toujours classe quoi qu'il fasse.

– Tu ne changes pas, Gaëlle, on dirait que tu as toujours 25 ans, dit-il.

– Toi non plus tu n'as pas changé, chuchote-t-elle.

Il repousse une mèche de cheveux sur son front.

– Si seulement tu faisais des efforts avec ta coiffure et…

Elle l'embrasse pour le faire taire. Il ne va pas recommencer avec ça ! Il répond à son baiser mais juste après, il étouffe un bâillement.

– Je n'en peux plus, moi, je suis crevé, je vais me coucher !

Il la laisse seule et frustrée sur le canapé. Gaëlle s'interroge sur ce qui ressemble de plus en plus à de l'absence de désir. Pourquoi lui dire qu'elle est belle s'il ne veut plus faire l'amour avec elle ?

***

Maintenant que, contre toute attente, après quatre entretiens, elle a été choisie pour le poste, elle espère que cette courte séparation, le temps que Fabrice s'organise pour les rejoindre, relancera un peu la flamme de leur couple.

Gaëlle se frotte les yeux. Elle a besoin d'une pause, de se dégourdir les jambes et de boire un café. Les enfants dorment toujours, elle se gare en douceur. Elle sort de la voiture en faisant attention à ne pas claquer la portière et s'étire. L'air vif la fait frissonner. Elle marche quelques pas et soudain est saisie par l'odeur qui lui saute au nez. Elle en chavire presque. Des mimosas en fleur longent le parking. Elle s'approche et enfouit son visage parmi les petites boules jaunes. Le parfum est fort, poudré mais sublime. Elle en a les larmes aux yeux.

– Je rentre chez moi, chuchote-t-elle, enfin je rentre chez moi.

La fin du voyage se fait dans le calme. Gaëlle est encore un peu ivre de l'odeur du mimosa et les enfants, après avoir émergé péniblement, restent vaseux et silencieux. Ils arrivent à ce qui sera leur nouvelle maison peu avant midi. Fabrice a fait jouer ses contacts et il faut bien admettre que la location qu'il leur a trouvée est aussi avenante que Gaëlle l'a espéré. Ce n'est pas en bord de mer, bien sûr, ni même dans le centre, les locations y sont bien trop chères. Et puis, il vaut mieux s'excentrer pour éviter l'enfer des étés sur la côte atlantique : les bouchons, la foule, la foire d'empoigne pour se garer, pour acheter du pain ou pour étendre sa serviette sur la plage. Alors, ils ont fait un choix pratique : celui d'être au plus près de l'école de Tom et près d'un arrêt du bus allant au collège pour Lola.

Le petit pavillon à un étage, entouré de pelouse, est situé avenue de l'Irrintzina. Rien que ce nom est déjà une promesse. C'était le cri de joie des fêtes basques auxquelles Gaëlle assistait avec euphorie dans son adolescence. Son grand-père, qui l'accompagnait toujours, lui a expliqué qu'à l'origine, ce cri était utilisé en montagne pour rassembler le troupeau. À chaque fois qu'elle donnera son adresse, elle entendra ces cris de joie qui vous font courir des frissons tout le long de l'échine.

Comme prévu, la clé est posée dans la boîte aux lettres entrouverte. Les déménageurs ont tout déposé la veille. Leurs affaires, entreposées dans les cartons, attendent maintenant d'être déployées, déballées, installées. C'est tellement excitant ! Gaëlle sent une énergie folle bouillonner en elle. Cela fait longtemps qu'elle ne s'est pas sentie aussi vivante. La maison lui plaît énormément. Elle est petite, mais lumineuse et saine. Elle dégage de bonnes vibrations. Gaëlle sent que ce sera le cocon dont elle a besoin pour ses enfants et elle. Et Fabrice, bien sûr. Il la rejoindra et il fera partie, lui aussi, de cet endroit.

Déliées

Livres déjà parus

Sophie Auger
Quand le vent caresse mes cheveux

Morgan Bars
La Fille de Bretagne

Elsa Carat
Nos rendez-vous manqués
La Bulle de Jade

Angélique Fejean
Le Doux Parfum de l'avenir

Frédérique Hespel
Tout commence aujourd'hui. Le Journal de Léa Jaune
La vie est trop courte pour être triste
À l'aube de ma nouvelle vie

Marie Meyer
Au bout de mes rêves

Marie Parker
Ma nouvelle vie commencera quand je l'aurai décidé. Non mais !

La Bulle de Jade
Elsa Carat

Laura est divorcée et mère de Jade, 8 ans. Très protectrice envers sa fille, son Aspergirl comme elle l'appelle, Laura a du mal à laisser entrer de nouvelles personnes dans leur vie. Pourtant, Fabien ne lui donne pas vraiment le choix : il débarque dans son quotidien comme une tornade !
Il y a aussi Sophie, jeune coiffeuse qui manque de confiance en elle et rêve du grand amour, et Véronique, qui n'a jamais eu d'enfants et hésite vraiment à flirter avec un gentleman sexagénaire rencontré au marché. Trois femmes, trois générations, trois vies entrelacées qui ouvrent les yeux, les oreilles et le cœur !

Auteure : Marie Parker

Édisource – Éditions Déliées

100, rue Petit, 75019 Paris

Imprimé par FINIDR – Lipova cp. 1965 – 73701 Cesky Tesin, République tchèque

Dépôt légal : mai 2019 – Achevé d'imprimer : avril 2019

ISBN : 979-10-340-0012-8

Réf. contrat : ZOUI_001